U0591614

中山出版
ZHONGSHAN PUBLISHING
香山承文脉 好书读百年

大地飞歌

见证中山70年

郑万里　主编

南方出版传媒
广东人民出版社
·广州·

图书在版编目（CIP）数据

大地飞歌 ： 见证中山70年 / 郑万里主编. — 广州 ： 广东人民出版社，
2020.4

ISBN 978-7-218-14213-5

Ⅰ．①大… Ⅱ．①郑… Ⅲ．①纪实文学－中国－当代 Ⅳ．①I25

中国版本图书馆CIP数据核字（2020）第032010号

DADI FEIGE——JIANZHENG ZHONGSHAN 70 NIAN

大地飞歌——见证中山70年

郑万里 主编

版权所有 翻印必究

出 版 人：肖风华

责任编辑：李锐锋
特邀编辑：杨欣月
装帧设计：吴可量
封面设计：吴可量

统　　筹：广东人民出版社中山出版有限公司
执　　行：王　忠
地　　址：广东省中山市中山五路1号中山日报社8楼（邮编：528403）
电　　话：（0760）89882926　（0760）89882925

出版发行：广东人民出版社
地　　址：广东省广州市海珠区新港西路204号2号楼（邮编：510300）
电　　话：（020）85716809（总编室）
传　　真：（020）85716872
网　　址：http://www.gdpph.com
印　　刷：恒美印务（广州）有限公司
开　　本：787mm×1092mm　1/16
印　　张：20　　　　字数：256千
版　　次：2020年4月第1版
印　　次：2020年4月第1次印刷
定　　价：68.00元

如发现印装质量问题影响阅读，请与出版社（0760—89882925）联系调换。
售书热线：（0760）88367862　　邮购：（0760）89882925

编委会

编委会主任：陈江梅

编委会副主任：卢曙光

主　　　编：郑万里

主创人员：　程明盛　卢兴江　妍　冰　紫小耕　冷启迪
　　　　　　黄廉捷　孙　虹　徐向东　连志刚　黄祖悦
　　　　　　苏小红　吕　由　郑万里　秦志怀　黄婉媛
　　　　　　田际洲　江泽丰

序言 | 铭刻中山历史印记

　　1949年10月1日，毛泽东主席向全世界庄严宣告：中华人民共和国成立了！在那一天，第一面五星红旗在天安门冉冉升起。从那一天起，亿万中华儿女开始了实现国家富强、民族振兴、人民幸福的伟大征程。70年前，我们的祖国积贫积弱、一穷二白、百废待兴。70年里，中华儿女在党的领导下披荆斩棘、艰苦奋斗，创造了波澜壮阔、惊天动地的历史。70年后，一个充满生机的民族，一个充满希望的中国，已经巍然屹立在世界的东方。

　　作为伟大的革命先行者孙中山先生的故乡，中山一直是革命与建设的热土。在战火纷飞的革命年代，这里走出了苏兆征、杨殷、杨匏安等一批革命先驱，成为珠三角乃至整个广东抗击日寇、开展敌后斗争的中心。在热火朝天的社会主义建设时期，全市群众克服一个又一个困难，战胜一个又一个挑战，为新时期现代化建设提供了坚实的物质基础和丰富的智力积淀，创造出无愧于历史、无愧于人民的业绩。在激情澎湃的改革开放年代，"不走回头路"的中山人锐意创新，抢抓机遇，奋勇拼搏，聚精会神搞建设，一心一意谋发展，城乡面貌发生翻天覆地的变化，取得了令人瞩目的发展成就。

　　70年来，这片热土上发生过无数可歌可泣的感人故事，诞生了无数勇立潮头的英雄儿女。从农业县到名列广东"四小虎"，从积极打造专业强镇到建设成为现代化工业城市……秉承"敢为天下先"精神的中山人民，经历了坎坷与艰辛，也收获了硕果与荣耀。联合国人居奖、全国文明城市、国家园林城市、国家卫生城市……这些响当当的"国"字号招牌，彰显着中山人民坚守的和谐发展理念。中国洗衣机大王威力，中国第一个联产承包村里溪，中国持续时间最长的慈善活动"慈善万人行"……中山人在时代的洪流中飞舟竞渡，培育出一大批"弄潮儿"。中科院院士郑守仪，世界冠军邱红霞、陈连娇、江嘉良，党的十八大、十九大代表闫文静，中国飞人苏炳添……一代又一代新老中山人向世界展示着中山水平、中山速度、中山精神。

"笔墨当随时代。"习近平总书记在致中国文联、中国作协成立70周年的贺信中，寄语广大文艺工作者要记录新时代、书写新时代、讴歌新时代，努力创作出无愧于时代、无愧于人民、无愧于民族的优秀作品。2019年以来，在市委宣传部的正确领导和密切指导下，中山市文联、中山市作家协会组织作家开展了《大地飞歌——见证中山70年》文学作品集创作编印工作。作品集选取了新中国成立以来中山的代表性著名人物与重大事件，以纪实文学、分篇合著的形式，深入挖掘70年来中山改革创新、敢为人先、先行先试的城市精神，用文艺讲述中山故事、展现中山风采、塑造中山形象，不断提振中山人民改革开放再出发的精气神，为打造"湾区枢纽、精品中山"振奋士气、鼓舞干劲。

"浩渺行无极，扬帆但信风。"今日之中山，经济繁荣、社会和谐、生态秀美、人民幸福，正展现出雄厚的实力，焕发出无穷的魅力，释放出澎湃的活力。这座城市从来没有像今天这样生机勃勃、欣欣向荣，中山人民从来没有像今天这样意气风发、豪情满怀。文艺是时代前进的号角，最能代表一个时代的风貌，最能引领一个时代的风气。实现"两个一百年"奋斗目标、实现中华民族伟大复兴的中国梦，文艺的作用不可替代，文艺工作者大有可为。中山市文联将继续团结带领广大文艺工作者，坚持以习近平新时代中国特色社会主义思想为指导，坚持"二为"方向和"双百"方针，紧紧围绕市委、市政府中心工作，在抢抓历史机遇、重振中山虎威，全面参与"双区"建设，奋力实现省委赋予的"三个定位"，交出"四个走在全国前列"、当好"两个重要窗口"中山优异答卷的征程中，不忘初心使命，勇攀文艺高峰，以文艺的名义汇聚起中山奋勇前进的磅礴精神力量！

中山市文联

2020 年 3 月

目　录

1 | 岐江河上"民心桥" / 田际洲

12 | 粤中船厂的"蝶变" / 卢兴江

24 | 共和国的中山样本 / 徐向东

36 | 石岐自行车厂的前世今生 / 黄廉捷

45 | 一地金黄的小榄菊花会 / 紫小耕

57 | 你好，长江水库！ / 紫小耕

65 | 水闸重建，城市崛起 / 卢兴江

76 | 中国轻工业的一面旗帜 / 徐向东

87 | 中山"三来一补"发现"见证者" / 黄廉捷

94 | 春动温泉"千层浪" / 苏小红

108 | 威力精神 / 黄祖悦

121 | 风起里溪动乡野 / 冷启迪

130 | 温暖中山的"城市名片" / 孙　虹

141 | 光临天下 / 孙　虹

152 | 红木河流"撑篙人" / 秦志怀　黄婉媛

166 | 第一个"全民偶像" / 连志刚

176 | 把咸水歌唱到北京 / 连志刚

186 | 一朵艳丽的"格桑花" / 妍 冰

197 | 旗 帜 / 郑万里

208 | 百年老街蝶变记 / 卢兴江

217 | 经贸盛会竞芳华 / 程明盛

227 | 一座城市的文明之旅 / 程明盛

238 | "中山杯"引爆乡愁 / 冷启迪

247 | 沙溪凉茶蜚声海外 / 妍 冰

258 | 中国高新区第一股 / 程明盛

269 | 逐梦深海 / 田际洲

279 | 那一方圣土 / 黄祖悦

291 | 七破世界纪录的"美人鱼" / 吕 由

300 | 解码苏炳添 / 江泽丰 吕 由

"岐江桥，是咱们共产党人领导的中山县兴建的第一项重大工程，而且是一座开合式木质桥梁。虽然我们经济有限，建不起铁桥，但我们的木桥不能输给外国的铁桥。"谭县长一再提醒大家。

岐江河上"民心桥"

田际洲

"我知道中山，讲石岐话，有一条岐江河，还有一座岐江桥。"如果你在外地与人聊天，总会听到这样的答话。

而今，2014年重建好的岐江桥似一双大手，紧扣起富华道和孙文路。

岐江水暖，骄阳高照，安坐一旁的岐江公园以绿色的眼睛注视着岐江桥上人来车往。岐江河——中山人心中的"母亲河"，在橙红色和白色相间的岐江桥下见证着中山的城市变迁与路桥发展。

中山是水乡，自古多桥。据《香山县志》记载，清同治十二年（1873年），香山（中山旧称）有古桥梁116座。至宣统初年有73座。其中，记载最早的是杜婆桥，修建于北宋。中华人民共和国成立后41年来，中

2016 年 6 月 1 日，航拍岐江公园、岐江河一带风光（中山影像 © 文智诚／摄）

山市的桥梁建设取得了巨大成就。至 1990 年止，全市共修建公路永久性桥梁 215 座。而在众多桥梁当中，岐江桥是中山人心中最具分量的桥梁，不是因为其宏大，而在于其承载着岐江历史与人文、生活变化等多种因素。水乡江河多，百姓出行易受阻。当年，石岐东西两面的公路网已初步出现，但因为岐江河的阻隔，东西两条公路互不相连，交通仍然不便，老百姓迫切希望建桥通路。

1951 年 1 月 1 日，岐江桥首次建成通车。桥长 70 米，宽 4 米，为木结构的人工开合桥。从那一天开始，中山人终于圆梦。有中山人说，"岐江桥的建成，体现了当年中山人实干创新、奉献团结的面貌"，"这座岐江桥知名度很高，不少商家把它注册为商标"。岐江桥成为横跨时空的经济、文化、历史见证者，是中山一道独特的风景，是这座城市的标志性桥梁。

岐江桥——民生需求催生新桥

巍巍五桂，悠悠岐江。

据史载，岐江古称"石岐海"，盖因唐代石岐以南是一片海岛。至清代又名"石岐水"。由于地理环境特殊，中山河网纵横，百姓出行颇受江河阻隔。行人、商旅来往于河的两岸，只能依靠艄公的摆渡。据传，在1152年香山立县时，关于县城选址在东岸还是西岸有过争论。当时县官许诺要在江上建一座桥，但资金与技术都是大难题，后来只修了天字码头和隆都码头。

岐江摆渡风行多年，正因如此，也就有了"石岐晚渡"一景的出现。图景如画，出行仍艰。

20世纪20年代末到30年代初，老百姓迫切希望建桥通路。史料记载，1931年，中山县县长杨子毅决定修桥，向全县募集建桥费，每亩耕地征收2元，专设"民众实业银行"。工程仅进行几个月，只立了4个桥柱，就因资金不足、"工程阻塞河道交通"而停工。到抗日战争时期，中山县政府曾搭建一座简易竹桥，方便群众疏散，躲避空袭。竹桥仅在空袭警报鸣响时开放，平时则关闭。日军占据中山后，竹桥被拆除。1948年12月，石岐镇提议，发行"义券"以建设岐江铁桥。后因担心难以筹集足够资金，方案改为建造木结构浮桥，最终成空。

1949年10月中旬，中国共产党领导的中山县人民政府在长江乡成立，县长是谭桂明。1950年7月，中山县全境即将解放。在县政府召开的全县工商业会上，谭县长提出："两个月前，我们县政府计划在岐江上建一座桥，这可是咱们中山人的百年梦想。县政府让建设科做了一个预算，材料选用木材，需要近三亿元（编者按：旧币，约今三万多元）资金。大家知道，我们县财政是手长衣袖短，拿不出钱。我们要把岐江桥建起来，要靠石岐工商业的鼎力支持。"

谭县长的话掀起一阵热浪,与会者纷纷表示支持,并提出可以采取募捐的形式筹集资金。修建岐江桥,天堑变通途,全县人民都很兴奋。县政府把岐江桥的规划和设计下达到建设科,并安排余文伟和容文始两位同志具体负责岐江桥的图稿设计。

接手岐江桥的设计任务后,余文伟和容文始多方查找搜集有关建桥的资料。查来查去,最后查到 1949 年 3 月国民党石岐镇镇长陈思危留下的一份岐江桥的建桥方案。方案提出以木材建桥,还附有雇请工程技术人员绘制的木结构岐江浮桥图样。虽然说这是国民党留下来的,但是仍可作为建设岐江大桥的技术资料。

县政府经多方讨论和论证,确定建木质桥梁,资金控制在三亿元之内。余文伟和容文始遵照县政府的要求,按木材桥梁进行设计。

石岐解放后,虽然一度被称为石岐市,但行政级别属于区镇级,受中山县管辖。根据协商,修建岐江桥的资金运用、材料购置、施工人员调配等工作,皆由石岐市建设委员会负责,施工方必须按照县政府建设科设计的方案和图纸施工,县政府建设科派建设科科长林克负责监督实施。

当中山县建设委员会正紧锣密鼓地规划与设计岐江桥时,港务部门负责人突然找到县长谭桂明说:"建岐江桥是好事,方便过往的车辆和行人,但不能阻碍船运,船运是咱们中山县的重要产业。"

"既要车辆和行人通行,又要保证航运不受阻碍,这又是对咱们中山县共产党人的考验。"谭县长叫来余文伟和容文始,仔细商量研究,决定更改方案和图样。谭县长知道,要解决岐江桥通航问题,只能靠大家想办法。"船运是咱县第一大运输行业,经济收入超过了一般运输行业。我们修岐江桥,人车要通行,船只也要通行,这才符合我们修岐江桥的宗旨。"

修桥不影响船运，这可不是在纸上多画几笔或少画几笔就能解决的事情，而是整个架桥计划都将被打乱，余文伟和容文始两位年轻人这时如同被一桶冰水从头淋到脚。

"小余、小容，不要气馁。我们岐江桥，必须保证人车船通行。"谭县长鼓励设计人员。听了谭县长的话，余文伟想了好一阵子才说："要解决人车船通行问题，只能采取分流办法，人车通行时放下桥面，通航时把桥面中段吊起来。"

"通航时把桥面吊起来，购置起重设备，费用会增加多少？"谭县长问余文伟。余文伟略加思考后说："需要购置一套十至十五吨的起重设备，至少增加两亿元费用。"

"我们可不可以预留一道口子，堵上时人车通行，移开时船只通行？"谭县长认为，桥体的开合有多种方式，不要局限于吊桥，他试图寻求一种

1951 年，建设中的岐江桥

更简单的方法。

"航运部门不是有驳船吗？到时请他们支持两条驳船，这个问题不就解决了！"遵照谭县长的指示，余文伟和容文始重新设计了图纸。

1950 年 8 月中旬，余文伟、容文始绘制的岐江桥图纸，经中山县政府建设科科长林克审定后，上报县政府，县长谭桂明又召集石岐市的领导专门进行座谈。

"岐江桥，是咱们共产党人领导的中山县兴建的第一项重大工程，而且是一座开合式木质桥梁。虽然我们经济有限，建不起铁桥，但我们的木桥不能输给外国的铁桥。"谭县长一再提醒石岐市的有关人员："我们县政府把岐江桥的修建任务交给你们，你们要恪尽职守，保证每一元资金、每一寸木材，都用到岐江桥上。"

在这天的座谈会上，石岐市建设委员会主任卢天诚向谭县长提出，他们准备把整个工程按进度分期付款承包给南记工程公司，材料、人员、安全责任等，全部由南记工程公司负责。

"架桥不同于修路，需要一定技术。如果技术上不过关，劳民伤财。"谭县长语重心长地对卢天诚说："我不反对承包，但一定要搞好监督，严把质量关。岐江桥是我们共产党人在岐江上修的第一座桥，不说管一百年两百年，二十年总要管，我们一定要对得起中山人民。"

"我们是这样商量的，这么大的工程不能蛮干，我们必须找一家有技术实力的公司负责施工，保证岐江桥的质量。我们只要严加监督，把好质量关，不浪费一寸木，能省则省。"卢天诚也听懂了谭县长的话，便向谭县长仔细说明。

1950 年 8 月下旬，石岐市建设委员会与南记工程公司正式签订了岐江桥的建设合同。根据合同，工程按进度分期付款，材料购置、工程人员的调集安排、安全责任等，全部由南记工程公司负责。

20 世纪 80 年代的岐江桥

　　为了加强对岐江桥建设的质量监管，县政府委派建设科副科长黄健为监督员，代表县政府进驻南记工程公司岐江桥工程指挥部，石岐市建设委员会的卢天诚也亲自担任工程质量监督员。

　　中山刚解放，还有暗藏的匪特未肃清，军管会人员少，只有南下部队的一个团驻扎中山县，配合军管会清匪反特。团政治委员郑少康，与县长谭桂明在抗战时期就是老战友。南记工程公司招不到工人，郑少康就把整个工程连调来支援岐江桥建设。据记载，1950 年 10 月，岐江桥动工。石岐商会牵头负责筹钱准备材料，南下解放军协助，耗资 2.17 亿元旧币（约 2.17 万元人民币）。

　　1950 年 10 月 21 日（农历九月十一），上午九点，岐江桥开工典礼在岐江东岸的天字码头隆重举行。开工典礼由石岐市市长郑吉主持，县委书记林川、县长谭桂明、南下部队团政委郑少康、石岐市军管会主任梁冠等出席了开工典礼，并发表讲话。

"岐江桥今天正式开工！"县长谭桂明话音一落，天字码头和隆都码头顿时鼓声雷动，石岐两支龙狮队和长洲两支龙狮队欢舞起来，四万石岐百姓挥舞草帽、头巾，在岐江两岸欢呼跳跃，他们抬着金猪，担着鲜鱼，唱着动听的咸水歌，来到岐江桥临时指挥部。

十条大木船开了过来，在南记工程公司六名技术人员的指导下，在解放军工程连官兵的配合下，开始动工，宁静了千年的岐江沸腾起来。

1951 年元旦这天，岐江两岸鞭炮声不断，龙狮欢舞，四台扎着彩旗的汽车轰轰隆隆地从岐江桥开到了长洲。就从这天起，岐江结束了无桥的历史。石岐百姓敲着锣打着鼓，抬着金猪，来到天字码头，石岐酒厂派代表送来一百斤酒。岐江两岸四万石岐百姓欢呼着、跳跃着。"岐江桥终于在我们共产党人手中建起来了。"县长谭桂明意味深长地说："我们共产党人建桥，即便是一座木桥，也要经得起大风大浪！"

岐江桥竣工通车，贯通了岐江东西两岸的陆路交通，岐关车路有限公司马上将交通运输路线延伸至长洲、沙溪。岐江桥的建成，是中山人民迈向繁荣和兴旺的开端。随着广中公路贯通，岐江桥成了连接广中公路和岐关路的枢纽，是广州、顺德到澳门陆路交通的重要通道。

岐江桥——城市变迁的"见证者"

在岐江桥边望烟墩山，别有一番景致。

桥边天字码头，留下深沉的历史足迹。随着岐江桥的建成，岐江东西岸商贸来往得到新的发展。中山也因为加大陆路交通建设力度，社会经济发展迅猛。

这座母亲桥，在她的眼中与心里长久留下城市变迁的印记——岐江酒

2019 年 1 月，蓝天下的岐江河中山二桥一带风光（中山影像 © 梁嘉俊／摄）

家的辉煌、中山汽车站的繁忙与兴盛、慈善万人行的场景、白墙灰瓦"骑楼"的身姿、国际酒店和富华酒店的崛起、中山百货和中垦百货卖场的热闹、粤中船厂的忙碌、岐江公园宁静美好的身影……

笔者在翻阅中山市档案馆相关资料时了解到，当年岐江水位高，难以建高桥，最早的岐江桥是人力开合桥，在通航期间须由几名船工把浮桥撑走，让出河道给船舶通航。1975 年，中山县政府筹建电动吊桥。1977 年 2 月，以粤中船厂为施工主体所建成的混凝土和钢板结构组合的电动吊桥，成为岐江桥的特有形态。由于交通上的需要，1984 年又把桥面扩宽至 19 米，其中机动车道 7 米，两侧非机动车道各 4 米，人行道两边各 2 米。

岐江桥是中山市城区交通繁忙的桥梁之一。据 1985 年测定交通流量：每小时机动车 600 辆次、非机动车 1.1 万辆次、行人 9000 人次。每日桥下机动船通航 100 艘、非机动船 90 艘。岐江桥是石岐城区交通流量最大的桥梁。

随着城市的变化，岐江桥也在一次次拆建中成为一道记忆的风景。

据了解，1988 年 6 月 15 日起，岐江桥开合调整为每天 2 次。1996 年 1 月起，岐江桥每天仅在凌晨 2 时至 4 时开桥 1 次。2013 年岐江桥又重建，工期长达 14 个月。全新的岐江桥按照旧桥原貌重建，桥面比旧桥宽了 1 米，平均分布在左右两侧的非机动车道上，而新桥的限高是 4.5 米，可以通行载重达 55 吨的车辆。此外，新的岐江桥在外观上继续沿用橙红色和白色两种主色调，在碧绿色的岐江河的衬托下，格外显眼。

如今的岐江桥是中山人的温暖之桥，它能勾起许多人的美好回忆，每个中山人心中都有一座自己的岐江桥。

"对岐江桥最深刻的感受是父亲说的往事。我是早产儿，虚弱重病，母亲没奶水，眼看养不活。当年物资短缺，别说奶粉，连葡萄糖都难找。父亲只身进市区，找葡萄糖到傍晚无果，立于桥头发呆。一战友路过，幸其有门路买到葡萄糖，救我小命。"这是记者采访时某受访者的留言。多年后，中山人在回忆岐江桥之时，总有说不完的故事。2014 年 7 月 31 日，中山地标——岐江桥又以崭新的姿态与中山人见面。整座桥的变化是两旁人行道各扩宽了 0.5 米，整座桥宽了 1 米，原来的双向两车道扩宽至双向四车道。

而今，岐江桥仍静静地矗立于岐江上，它与这条中山人的"母亲河"一起，深情拥抱着这座城市。

作者简介

田际洲，广东省作家协会会员。1969年9月出生于四川开县（今重庆市开州区）一个农民家庭。高中毕业后，于1989年3月至6月，自费参加鲁迅文学院文学短训班学习，后在地方报刊发表文艺作品。

自2009年始，作品发表在《羊城晚报》《文艺报》《小说月刊》《小说选刊》等报刊，共30多万字。出版小说集《花开的声音》，并与香山文学院签约创作长篇历史小说《赤胆》，参加三十多次全国征文比赛并多次获奖。

1998 年，走过 45 年的粤中船厂光荣完成了历史使命，退出中国工业舞台。1999 年，中山市政府决定投资 9000 万元，将粤中船厂的旧址改建成占地面积 11 公顷的市民公园，取名"岐江公园"。它留给我们的是时代的进程和一座城市弥足珍贵的记忆。

粤中船厂的"蝶变"

卢兴江

1962 年到 1989 年，朱凯仁在岐江河边的粤中船厂工作了 27 年。直到今天，说起让他印象最深的地方，还是粤中船厂。

从他居住的雍景园寓所西行到岐江河边大约三公里，他走路得半小时。踏过横跨岐江河的中山大桥，不远处就是"粤中船厂"了。不过，人事非昨，现场除艺术加工过的码头、船排、船坞和水塔外，已经没有当年老船厂的模样了。

尽管已是冬季，枯叶随风曼舞，但女孩子们仍旧将鲜艳的布块铺在草地上，听着音乐，享受着冬日的暖阳。有人弹着吉他边走边唱，有人在白色钢管的丛林中走着猫步，前面是弓着腰、推着机器拍摄的摄影师。

20 世纪 80 年代的粤中船厂工业区

孩子们在草坪上开心游戏，狗儿随孩子的心情追逐着飞盘……

询问游玩者，大家都知道这里叫岐江公园，却极少有人知道它的前身是粤中船厂，曾是中山的第一个国营工厂，曾造出全省第一艘铁质机动客轮"红玉号"，曾在抗美援越时，为前线建造了大量油船和货船，立下赫赫战功。鼎盛时期，工厂有近2000名员工，在相当长的一段时期，粤中造船厂的员工，是社会各阶层人士所羡慕的。它还是中山工业文明的先导者和工业母机，它还入选全国水运工业五百强。当然，没有粤中船厂，就没有现在的岐江公园；没有当时的工业文明，也没有现在的生态文明。

岁月如流，这些光环和荣誉，已经被时间老人装进历史的口袋。

朱凯仁边走边看，他的思绪回到了那个激情燃烧的岁月。

民众捐砖瓦建起来的船厂

1953年初春，几乎每天都在下雨。虽然算不上大雨如注，却总是淅淅沥沥。也许归功于这些浪漫的雨水，西区沿岐江河的河滩、水田、基围郁郁葱葱，生机勃勃。尽管基围内有一间破烂的煤油仓库、一间小型酱料加工厂和两间草棚，但居住在石岐的人们依然认为这里就是荒郊野外。没有人知道，这里即将发生重大改变，诞生中山工业文明。

新中国成立后，首先考虑的是解决人民的温饱问题。广东省靠海，有丰富的海洋资源，而海产品是人类蛋白质的重要来源。不过，要想获得丰富的海产品，也并非易事，渔民需要出海打捞，打捞就需要渔船。基于这么一个简单的逻辑，省政府决定在省内建设五个船厂，分别在粤东的汕头、粤西的阳江、海南的文昌、广西的北海（当时文昌和北海属于广东管辖），而粤中则选择了中山。

选择中山，一方面是因为中山的地理位置较好，岐江河由西江进入，穿越市区后，直接进入珠江口，再往前就到了伶仃洋，对港澳有良好的辐射作用。另一方面，中山的造船业有着良好基础，岐江的上游沿线分布有多间小型船厂，虽然大多只能修船，却聚集了许多建造木船的师傅。

接到省里筹建粤中船厂的任务后，中山的地方官员迅速从各单位抽调得力干部，组成六人筹建小组。不等雨停下来，小组成员就到岐江河边考察，确定厂址。经专家组科学论证，最终建厂的地址选在了岐江河西郊，一片被石岐居民称为"荒郊野外"的地方。于是，用两间草棚搭成建厂初期的办公室，煤油仓库成了工具房，而酱料加工厂则变成了临时饭堂。

没有砖瓦和木材怎么办？慷慨的石岐居民拆掉了牌坊、围墙、危房，把大量的砖瓦和木材送到了建设工地。施工图纸很快就送到建设现场，没有资金和工人怎么办？市内的建筑单位派来技术工人，夜以继日，加班加点施工。工人们没地方住，没地方吃怎么办？当时的海员工会站了出来，无偿接收寄宿工人；模范电影院站了出来，提供茗食服务。

1954 年 7 月 1 日，明媚的阳光下，简单而热烈的仪式中，粤中船厂建成并投产。

此时，刚满 20 岁的朱凯仁还在求学路上，做梦都没有想到八年后，他将成为粤中船厂的一员，后来还当上了管理近 2000 名员工的厂长，见证一个时代的辉煌。

落后的设备 激情澎拜的工人

时间来到 1959 年 6 月，就读于武汉工程学院（现武汉工程大学）船机制造专业的朱凯仁修完全部课程，大学毕业。当时，大学毕业生稀缺，不仅包分配，而且非常抢手。朱凯仁被分配到了交通部海河总局机务处工作。三年后，他在老家中山结婚了，爱人也是中山本地人。刚结婚就相隔千里，多有不便，朱凯仁就申请调回中山工作。鉴于实际情况，海河总局予以批准，谈话的负责人告诉朱凯仁，在基层锻炼几年，处理好家庭问题后，随时回来，"海河总局的门向你敞开着！"

朱凯仁道谢后，离开了北京。消息很快传到了广州。省海河管理部门的负责人特意找到朱凯仁，希望他留在广州，理由是广州离中山很近，关键是省里缺人才，有利于个人发展。朱凯仁想了想，觉得留在广州跟留在北京差不多，夫妻还得分居两地，便婉拒了。

1962年6月的一天早晨，朱凯仁乘船来到岐江河边的粤中船厂。辞掉交通部工作的大学生要来粤中船厂上班，这事在干部和工人中间炸开了锅。因为自带光环，许多人以为厂里一定会给这个"神"一样的大学生安排一个领导岗位，没有想到的是，不等厂领导说话，朱凯仁直接申请到一线车间工作。领导觉得这个年轻人不一般，有培养前途，同意了。

从交通部海河局到粤中船厂，反差极大，但朱凯仁没有退缩。厂领导带他参观了整个工厂后，他多少有些失落。船厂实在太落后了，且不说整个厂区的建筑均为砖瓦木质结构，单说加工设备就够寒酸的。没有任何起重设备，通过岐江河运来的木材全靠工人肩扛。钢材太重，人扛不动，就借助涂了润滑油的木轨和一台固定在树上的卷扬机，外加人工力量拉上岸。因为没钱修水闸，拉运钢材等原材料的船只能依靠岐江河的潮起潮落，进出船排车间。很多时候，工人们需要半夜起床，彻夜工作。

修船车间是粤中船厂当时的基础车间，朱凯仁进到车间一看，车间只能修造小舢船（近海和江河上用桨划的小船）、小吨位木制驳船，以及少量机动渔船。工人师傅使用的工具只有木铇、螺纹钻、牛筋钻、板锯和线锯等，锯大木的则是风车锯。这里生产劳动强度极大，生产效率极低。虽然设备简陋,环境艰苦,但工人们激情澎拜,没有一个人抱怨和喊累。这是朱凯仁最大的欣慰,也就在这个场景之下,他暗下决心,利用自己的专业,协助厂领导改变现状。

不敢想的事变成了现实

1962 年 3 月,春姑娘从冬眠中醒来。顺应时代潮流,已经接管粤中船厂的省航运厅决定对船厂进行大规模改造,上马钢质船舶项目。当时,船厂的环境和条件非常简陋和艰苦,听到这个重磅消息后,工程技术人员纷纷摩拳擦掌,期待新时代快些到来。可是,建造钢贡船舶谈何容易?要人没人,要技术没技术,要设备没设备,大家的心里还是没底。

但是,厂领导的思想是统一的:没有条件,那就创造条件,逆势而上。没有技术,十多名有制造木船经验的工人被派到南京金陵船厂跟班学习,而且一学就是三个月。回厂后,"向金陵船厂工人学习,自力更生,向造钢船进军!"的口号悬挂在每个车间。没有设备,矢凯仁等技术骨干被委以重任,全力改造和上马船排、水闸、船坞和起重装备。

1963 年,朱凯仁利用所学技术,设计出了重型吊架,降低船坞工的劳动强度。此时,钢船项目已经上马,大量的钢材需要从岐江河边的船上运送到岸边,靠人力显然不行。可是,问题来了,朱凯仁学习的是船机制造,不懂土建,而重型吊架要建立在地面上。为了解决这个问题,他请示厂领导,前往省里的水利规划设计院学习。时隔不久,吊架建成。对于需要常年像牛一样用肩运输原材料的船务工来说,这简直是想都不敢想的事。当重型吊架将 15 吨重的钢材提上岸时,岸边响起了雷鸣般的掌声。

两年后的 1965 年,一个风和日丽的早晨,粤中船厂来了三位尊贵的

中山石岐粤中船厂新造的钢质内河客货轮在岐江试航

客人。他们是粤中船厂的老领导请来的，都是退休老师傅。他们来自距离中山千里的上海江南造船厂，经验特别丰富。当时，船舶建造专家黎卓先生正在率队自行设计和建造省内第一艘内河钢质客货轮。就这样，在老师傅们的指导下，在缺乏冷加工设备的情况下，不到一年时间，钢质客货轮"红玉号"下水试航，取得成功。试航成功的那一刻，朱凯仁和许多同事热泪盈眶。

33艘"中山造"驶向战场

雍景园东门外一家咖啡馆里，和煦的阳光从窗外透过玻璃，洒落在桌面上，一半温暖一半凉。我们问朱老，在粤中船厂奋斗了几十年，您感觉最忙的是哪个时段？

"援越抗美！"朱老想都没想便弹出几个字，铿锵有力。"一年时间，我们开足马力，白天晚上都工作，制造了 10 艘 50 吨的小油轮，又做了 21 艘 50 吨小货轮和 2 艘渡车船，外加对应配件，陆续交接给了越南。这种船目标小，在小河中行动灵活，避开了美国的炮弹，在战场上立下了汗马功勋。"说这话时，朱老仍有一种自豪感。

1964 年 8 月 5 日，美国借"北部湾事件"，发动侵略战争，威胁到我国安全，越南劳动党请求中国支援，"援越抗美"开始。1968 年，粤中船厂突然接到省里一项任务，需要建造大量油轮和货轮。于是，全省三家有建造能力的船厂陆续报价，有报 12 万元的，有报 10 万元的，粤中船厂报价最低，建造一艘只需 8.5 万元。最终，省里拍板，每艘 10 万元。

时间紧急，必须马上建造。动员极其简单，厂领导讲话直奔主题，最后丢下一句话：不管加班加点，多辛苦多劳累，都得按时并且保质完成任务。"这些船可是赶着上战场啊！"

两个月后，升任主管技术员的朱凯仁带着首批 5 艘 50 吨的油轮接受省航运技术监督机构的试航验收，结果全部过关，而其他两个船厂制造的油轮温度超高，没有达标。座谈间隙，有人偷偷向朱凯仁请教："按标准制造的，试航时，船机温度怎么就超标了？"朱凯仁轻声回复："安装质量可能有问题！"对方有些疑惑："怎么讲？"朱凯仁一语道破天机："发动机和主机连接，我们只误差两个丝（编者注：一根头发约 8 个丝）。你们多少？"同行不出声了。

5 艘 50 吨油轮开往海口，然后交到越南人手中时，朱凯仁的心中升腾起一股莫名的自豪感。接下来的时间里，粤中船厂继续开足马力，无论白天还是晚上，生产车间里机声隆隆，一派繁忙景象。一年时间里，在保证日常生产不受影响的同时，粤中船厂生产出 33 艘船。它们一批接一批驶向越南，登陆战火纷飞的前线。

曾是全国水运工业 500 强

33 艘"援越抗美"油轮和货轮为粤中船厂赢得盛誉的同时，也蹚开了无边的经营渠道。

澳门航行香港的第一艘钢质货柜船"大发号"，亦是粤中船厂所建造。质优价廉加上交货快，粤中船厂拿下澳港线后，开始做起了海外船舶出口业务。航行在琼洲海峡的汽车渡轮及海洋航标船最早亦由粤中船厂建造。20 世纪 70 年代，粤中船厂就是交通部定点生产船用柴油机的企业，船用 135 系列柴油机一时出现供不应求的局面。80 年代，粤中船厂与澳洲商人合作，开始生产经营玻璃钢游艇，产品远销澳洲。

造船厂属于装备制造业，选址岐江河畔的粤中船厂以其强大的金属加工能力和机械制造能力，很快成为中山名副其实的工业母机。船厂根据南方的气候特点，不仅建造了室内造船台，降低了工人的劳动强度，提高了劳动生产率，也开了国内造船的先河。鼎盛时期，粤中船厂曾有 8 个室内造船车间、2 个船坞，船厂总人数接近 2000 人。当时，粤中船厂不仅是全省水运工业推行"工业宪法七十条"的试点单位，还被评为全国水运工业 500 强、广东省综合效益 200 强企业。

朱凯仁清晰地记得，改革开放初期，在"一业为主，多种经营"的指导思想下，中山许多工厂的吊车都是粤中船厂的产品，大跨度的厂房金字架多数是由粤中造船厂加工，岐江桥、员峰桥的钢结构也由粤中船厂加工配套，中山、珠海多座人行天桥亦是粤中船厂的杰作。

繁华散尽后的浪漫

一个晴朗的午后，已经是粤中船厂厂长的朱凯仁突然接到一个重要消息，粤中船厂正式被市政府纳入关停并转之列。这个泄息虽然迟早要来，但对朱凯仁来说还是有些难以接受。毕竟，从无到有，从弱到强，所有的粤中人都为之付出了青春和心血，也收获了幸福和喜悦，谁都不舍。但在社会历史发展中，新事物必然战胜旧事物，谁也无法阻挡。

朱凯仁能感受到的是，改革开放后，整个珠三角大量兴建桥梁、道路，以水路为主的运输开始让位于陆路运输。粤中船厂所在的位置，随着城市的不断扩张，逐步变成了城市中心，船厂的繁华逐渐散去，效益开始走下坡路，归于落寞在所难免。

1998 年，走过 45 年的粤中船厂光荣完成了历史使命，退出中国工业舞台，主营业务停产，开始进入清欠阶段。惋惜中让人安慰的是，粤中船厂歇业前，没有欠银行的贷款，也没有欠职工的工资等，这在那批关闭、转制、改革的国企中是少有的。

已经清拆的粤中船厂正在改建为岐江公园

1999 年，中山市政府决定投资 9000 万元，将粤中船厂的旧址改建成占地面积 11 公顷的市民公园，取名"岐江公园"。北京土人景观规划设计研究院和北京大学景观规划与设计中心担纲设计，哈佛大学设计学博士俞孔坚出任首席设计师。粤中船厂"蝶变"岐江公园的序幕就此拉开。

两年后的 2001 年 10 月，公园主体建成，并对公众开放。次年 11 月，岐江公园内的中山市美术馆建成，正式向公众开放。

岐江公园在设计上保留了粤中船厂旧址上的许多旧物，包括所有古树、部分水体和驳岸；不同时代的两个船坞改成了游船码头和洗手间；废弃的轮船和烟囱等物变成了公园的大型雕塑；两个水塔则变成了艺术品，起名"琥珀水塔"和"骨骼水塔"；龙门吊、变压器、机床等废旧机器经艺术和工艺修饰后，散落公园各处，点缀着公园的同时，记录下曾经的辉煌。而奶白色的钢柱林是新建的，象征着当年船厂青年冲天的信念与干劲，水柱从布满铆钉的钢板中喷涌而出，象征粤中人曾经满怀激情的岁月；公园内，杂草和铁轨是今天的年轻人最喜欢打卡的地方。

艺术家和建筑师将粤中船厂变成我们生活家园的同时，也是收获满满。2002 年 10 月，岐江公司获得"美国景观设计师协会 2002 年度荣誉设计奖"，2003 年获得"中国建筑艺术奖"，2004 年获得"第十届全国美术作品展金奖""中国现代优秀民族建筑综合金奖"等多个奖项，2009 年 6 月获得"国际城市土地学会 2009 年度 ULI 亚太区杰出荣誉大奖"。

从农业文明、工业文明到生态文明，岐江公园带给我们的是时代的进程和一座城市弥足珍贵的记忆。

作者简介

卢兴江，祖籍甘肃文县，1970年出生。现居中山，供职于《中山日报》，从事新闻采写工作，任深度新闻部主任。2000年开始从文，曾就职于《晨报》（乌鲁木齐）、《华商报》（西安），任新闻采访部主任、首席记者等。从事新闻工作19年，发表新闻作品、报告文学超过5000篇，多次获新闻奖。

当年，中山青年突击队是中山广大人民群众奋斗不息的宝贵乡土精神资源。它的内涵除了爱国敬业、诚信友善、奋斗务实，还包括了大众创新、万众创业、热心公益、快乐奉献等品质。

共和国的中山样本

徐向东

一

她 13 岁参加原中山县新平乡青年突击队，是当时年龄最小的队员。

笔者前往她家采访。这天是 2019 年 7 月 6 日，星期六，天气晴朗。

盛夏，绿树成荫，瓜果飘香。与广州仅一河之隔的中山市民众镇沙仔村，水景旖旎，生机盎然。笔者按照村主任的指引，沿着三围河涌，通过一个拱形铁桥，来到了新平一村三围头路 82 号。

这是一个农村二层小院落。院子里种了一棵龙眼树和一棵九里香，地面上晒了些花生。阳光照耀，满屋生辉。房主叫潘月兰，年近八旬，身板硬朗，精神矍铄，细柔的音调里，思路清晰，底气十足。很难想象，当年她和她的哥哥、姐姐们，都参加了青年突击队。在"有得做，没得吃"的贫困年代，她和她的队友们曾经几次晕倒在田间地头。但是，她们走过来了，跟着共产党，坚定地走到了现在。

老人知道我们的来意，很高兴地和我们谈起往事。采访中，她情不自禁地露出笑容，一字不漏地唱起了当年的《语录歌》——

我们唱的是毛主席语录歌，

走的是毛主席开辟的道路，

读的是毛主席的书，

……

跟着毛主席一辈子干革命，为人民服务……

她坐在沙发上，随着歌声起伏，右手食指在茶几上敲出悦耳的节拍。她的眼神亮了起来，面部肌肉荡漾着笑意，思绪沉浸在那一穷二白、艰苦奋斗的岁月里。

二

1955 年春耕时节，食不饱肚，饥荒又起。民众水乡的村民，再次勒紧了裤腰带，艰苦度日。一些村民家里，早已揭不开锅了，有的想摇船过河，经南沙，沿珠江而上，去广州码头行乞。历史上，这种事情在珠三角水乡并不鲜见。更为严重的是，有人将儿女过继给他人，换来几升大米度日。

中华人民共和国成立初期，摆在群众面前的首要问题是有饭吃有衣穿。一天晚上，原中山县新平乡第九农业生产合作社（在今中山市民众镇沙仔村）党支部召开会议，讨论这个问题，24 岁的团小组组长梁碧南受邀参加了会议。

是晚，一轮明月挂在榕树头，水乡处处银光闪烁。几个党员干部都心事重重地扭头望着窗外，望着水光深处，在想：这样一片美丽水域，怎样才可以种出水稻来呢？过了一会，其中一人若有所悟，转过身来，紧锁的眉头舒展开来，说了一句："如果能够将我们的低洼水域，变成水田就好了！"这话引起了所有参会人员的注意，大家纷纷表示赞同，并当即决定成立青年突击队，由梁碧南任队长。

翌日，在社党支部的支持下，梁碧南发动 24 名青年成立了中山县新平乡第九农业生产合作社青年突击队。此后的数天内，突击队队员发展到了 35 名。

这一天晚上，13 岁的潘月兰获悉后，来到梁碧南家里，要求参加青年突击队。梁碧南被她的热情所感动，想了想，摸了摸她的头说："你还是个孩子，怎么行呢？社里最苦、最难的事情，平时都会叫青年突击队上，

民众镇三位老突击队员，从左至右分别为梁齐胜、梁碧南、梁庆能（摄于 2008 年 8 月 19 日）

你吃不消的，再过两三年吧。"

潘月兰急了，说："梁队长，你就让我参加吧！如果你不答应我，我就去找社主任！"

梁碧南拗不过她，点了点头，说："你是真的铁了心想参加青年突击队啊？"

她斩钉截铁地说："我已经长大了，你们能干的，我也能干好！"

"你要知道，突击队员和村民一起出工才有工分的。平日里，完成社里的突击生产任务是不计工分的。这个，你也愿意干？"

潘月兰坚定地说："我愿意！"

"那好，你就跟着大哥大姐们先干干。"

就这样，潘月兰加入了青年突击队，是年龄最小的一员。从此，这支富有朝气的青年突击队，增至 36 人。

三

岁月留痕，往事如歌。

面对潘月兰老人，我们致敬那个岁月，也向如父亲母亲般可亲可敬的老人们致敬。我们知道，此时，岁月的歌声再次在她心中响起。笔者想拿出手机，录下她动人的讲述，但是，我们没有这样做。我们更多的是用耳朵听，听那个年代，那个百废待兴的中国社会主义建设时期，中山农业合作化运动在这个村掀起的高潮——

当时，正值新中国第一个五年计划时期，为解决人民吃不饱穿不暖的问题，共和国上到党和国家领导人，下至普通的党员干部、青年团员，都将此事摆上了议事日程。可是，对于民众水乡而言，历史上，这里地处低洼，河网纵横，土地年年歉收，农民生活水平低下。中山解放前，生产力和生产体制无法解决这一长期困扰农村发展的问题。要快速发展农业生产，前期只能扩大水稻种植面积。因此，拖艇、入泥、抬高咸水地面作田，便成了中山县新平乡第九农业生产合作社的当务之急。

一天，凌晨 4 点多钟，青年突击队队员们去平一村拖泥入田。他们个个都是饥肠辘辘，可是他们意气勃发，黄瘦的脸上春风荡漾。此时，潘月兰蒙眬中听到了出工声，队长梁碧南安排小组长去叫她。她来不及穿鞋，从屋角拿起铁锹冲出了门外。

母亲提着一双鞋，追着喊："等等，鞋子没穿！"

潘月兰怕出工落后了，跟在小组长后面，头也不回，边走边对母亲说："我不穿了，穿上鞋子不方便干活！"

母亲无奈而返。当初，女儿要参加青年突击队时，她反对过。但是，母亲识大体知大理。潘月兰上夜校时，听教员说过：要改变我国农村贫穷落后面貌，在共产党领导下，人民需要自力更生、艰苦奋斗。她将这些道理讲给母亲听。现在，母亲心疼女儿年少，干不了繁重的体力活。于是，潘月兰说服母亲，打消她的顾虑。

36 人分为多个小组，队员跟着小组长，小组长跟着青年突击队队长，踏着夜色，在犬吠声中，从河涌里，拖着艇仔（粤语，指小船）来到指定地点。一条艇仔，长五六米，宽约 0.8 米，能装下 800 斤泥土。队员们从浅滩挖土装上艇仔后过基，上田坎，将艇仔拖到平一村的泥田里，然后入泥、平田……直到上午 8 点多钟，队员们才停下来，到河涌里简单洗洗，在岸上坐下来，算算各组今天谁拖的泥最多，谁拖的泥少了，总结经验，表扬先进。然后，大家在路面休息一会，准备休工回家。

此时，队长梁碧南的话还没讲完，潘月兰已经进入梦乡。她太困了。这天，她没有睡好，在出工的路上，她还是睡眼惺忪，只是队员们顾着赶路，个个不想掉队，没发现她的困乏。她也羞于向队长和组长说出来。她不想

中山县新平一大队青年突击队在挖河泥积肥

掉队。她多次在心里对自己说，要向大哥大姐学习，坚定意识，让自己成长为一个钢铁队员。

回到家，潘月兰匆忙冲了凉，吃了点早餐，又出工了。

两年后，她15岁，光荣地加入了中国共产主义青年团。

回忆起这些，她感到无比自豪。她说，当时她有点火线入团的光荣。为了建设社会主义，青年突击队跟着共产党走，奉献青春，书写壮志，无愧于那个时代。她的队友们都是这样做的。她也这样做了。她只是队友中的普通一员。

四

采访那天上午，笔者从村主任处获悉，青年突击队第一任队长梁碧南老人已于去年去世。笔者心情十分沉重。十多年前，笔者采访过他。那时，老人还很健康。他在自家屋子里，接受笔者采访，说起当年，他用半生半熟的普通话比画着，精神抖擞，仿佛回到了当年激情奔放的年代。好在，原来的 36 名队员中，还有 5 人在世，其中包括第二任队长卢顺娣。现在，他们每月都有养老金，儿孙满堂，安享幸福晚年。

清澈的三围河涌，在绿树映衬下，分外明丽，从平一小学校门前缓缓流过，流向大海。笔者随着潘月兰老人来到这所学校。

为了增强当代青年的责任感和使命感，2016 年 4 月 28 日，中山新平乡青年突击队"四最"精神学习园在原平一小学建成投入使用。如今，学校成了中山市青少年红色教育基地。干净的校园内，建起了纪念广场、纪念碑及青年突击队事迹展示墙。它们以翔实的图片和文字资料，介绍了突击队"四最"精神的由来与新平乡青年突击队艰苦奋斗的历史。

在展示墙前方，刊登了一张毛泽东主席执笔的黑白照片。在前言里，我们对青年突击队"四最"精神的由来有了更加清晰的认识。

2016 年 4 月 28 日，中山新平乡青年突击队"四最"精神学习园在民众镇沙仔村正式建成（来源：中山文化信息网）

原来，1955 年 9 月至 12 月，毛泽东主持选编了《中国农村的社会主义高潮》一书。1956 年 1 月，此书由人民出版社出版发行。该书收编了全国各地提供的反映农业化运动情况的材料 176 篇，共 90 万字。毛泽东给该书作序，并为其中的 104 篇材料写了按语，热情赞扬农民走社会主义道路的积极性。其中，在《中山县新平乡第九农业生产合作社的青年突击队》一文中，毛泽东撰写了"四最"按语："青年是整个社会力量中的一部分最积极最有生气的力量。他们最肯学习，最少保守思想，在社会主义时代尤其是这样。希望各地的党组织，协同青年团组织，注意研究如何特别发挥青年人的力量，不要将他们一般看待，抹杀了他们的特点。"从此，青年突击队成为生产和建设第一线上先进青年活动的重要形式，并与毛泽东同志为社会主义青年写下的"四最"精神一起，永远载入了中国青年运动的史册。

五

无独有偶。同期，原中山县港口区群众乡（今属港口镇）第一农业生产合作社主任梁祥胜领导的农村合作社也搞得热火朝天，树立了全国农业合作化运动的光辉典范。

1954 年秋，中山县港口区群众乡第一农业生产合作社农户由原来的 16 户扩大到了 130 多户。要领导这样一个大社，梁祥胜承受着前所未有的压力。尤其到了 1955 年春耕时节，农业生产问题摆在他面前，使他感到肩上的担子更重了。

一天，他放工回到家里，屁股还没坐下，就有几个社员来到他家，你一句我一句，问得他晕头转向，无从答复。

"梁主任，我们今天做的这片田，每亩应该计多少艇？"

"我们今天撑泥比昨天的路程远了好多，工分怎样计？"

"主任，我队上，明天要绞泥，派谁去好呢？"

"明天，那个绞辘要擦油了，不然难转了。现在，社里没钱购买机油了，怎么办？"

当晚，梁祥胜辗转反侧，难以入眠。是啊，怎么办？他开始反思起来：我究竟要怎样当好这个主任，应该做好哪些工作，抓住哪些关键问题？他思考着，最终明白，必须首先抓住合作社的生产工作，使这个合作社能够有条不紊地进行农业春耕生产。这就要求他抓好全社的生产计划和劳动力的组织使用等主要工作。

次晚，他主持召开了全社小组长以上干部会议。群众乡第一农业生产合作社简陋的办公室里，一灯如豆。从小小的纸窗往里望去，梁祥胜正踱着步，抽着水烟，入神地思量着今晚会议的重点。想到关键处，他会用毛笔记下来。

随后，他不放心地到屋外走了走，仰望璀璨夜空，吐着呛人的烟，不一会，黑夜中传来村里人洗刷锅碗瓢盆的声音。他仿佛从中听出锅碗见底的贫穷声音。他心里一阵震颤，更加坚定了要将社里的生产抓上去。

他走回办公室，在土墙上重重地划了一道线，表明从今天起，要将社里的春耕生产搞上去。他眼前一亮，咬咬牙，一个良好的分工计划，在胸中酝酿而成。

不一会，社副主任、队长、会计和小组长都到齐了。梁祥胜招呼大家坐定，他分配好工作后，对大家说："从今往后，作为主任，我个人主抓社里的全面工作，主要是抓生产工作安排，深入领导全体社员进行有效生产。其他同志各负其责，自己管自己分管的事情。例如我的私单交由会计和出纳管理，租艇、买艇的事由副主任负责……大家看看，还有什么好的意见或建议？"说完，他注视了大伙一会。当大家都表示同意后，他宣布散会，一人荷锄到田里察看水情去了。

从此，社员们的精神提振起来，全社的劳动生产效率得到了很大提高。梁祥胜笑了，他正式进行"巡田"工作，对于在实际工作中发现的问题，他都一一及时纠正，全社工作步入正轨。

1955 年 5 月的一天，驻群众乡第一农业生产合作社工作组的同志找到梁祥胜，他谈了自己的工作经验。工作组的同志将他的经验整理成文字材料，一级一级最后上报到了中央。

六

采访次日，笔者在中山市档案馆查阅了当年梁祥胜的这份谈话记录。他和他领导的原中山县群众乡第一农业生产合作社的社会主义农业合作化运动事迹及其光辉形象，一起载入了新中国社会主义建设的光辉史册。

毛泽东在主持选编的《中国农村的社会主义高潮》一书中，对中山县群众乡第一农业生产合作社主任梁祥胜《我当大社主任的经验》一文，作了充分的肯定。他在按语中这样写道："不要以为只有老解放区才能大规模地推广合作化的运动，晚解放区则不能够。这样想是不符合实际情况的。晚解放区同样可以大规模地推广合作化。就若干的县、区、乡来说，晚解放区可能和老解放区同时完成，甚至先期完成合作化，现在已有了一些事例证明了这一点。这是完全要看党的领导工作是否适当，是否少犯错误来决定的。这一篇是广东中山县的一个合作社主任的谈话记录，他谈的并不比一个老解放区的合作社主任差些，可能某些老解放区的合作社主任还比不上他。"

打开一段尘封的资料，最有力的数据生动地呈现在我们眼前，闪耀着历史的光芒。

1954 年春，中山县新平乡第九农业生产合作社团小组长梁碧南倡议并发动 36 名青年组成一支突击队。他们在备耕积肥、兴修水利等科学种田实验中发挥了先锋队作用，使水稻年产由 300 斤提高到 700 斤，迎来了农业生产合作社成立后的第一个丰收年。在他们的影响下，1955 年中山县 131 个乡建立青年突击队，第二年发展到 524 个（占全县乡村的 95% 以上），人数多达 11948 人。而在党中央的直接领导下制订的第一个五年计划（1953—1957）期间，我国超额完成了规定的任务，实现了国民经济的快速增长，为我国的工业化和农业化奠定了基础。这离不开全国人民的努力，其中也有青年突击队的功劳。

那天，笔者从民众镇沙仔村采访回来的路上，村主任梁键枫发来一条短信。短信内容是广东省人大常委会原副主任雷于蓝曾经说过的一段话——

当年，中山青年突击队是中山广大人民群众奋斗不息的宝贵乡土精神资源。它的内涵除了爱国敬业、诚信友善、奋斗务实，还包括了大众创新、万众创业、热心公益、快乐奉献等品质，在 50 后、60 后、70 后、80 后、90 后乃至 00 后身上，都留下了深刻印记。中山是毛主席两次题词（注：指原新平乡青年突击队和群众乡第一农业生产合作社）的地方，我们一直要努力着，继续发扬这种精神，将这种精神发挥到社会主义的各项事业中去，将中山建设得更美好！

时光流逝，岁月不老……

作者简介

　　徐向东，本科学历，曾任中学教师，现为中山日报社编辑、记者，广东省作协会员。曾出版长篇小说《归者》、诗集《季节无言》，与人合著长篇报告文学《王道》（第一作者）。有文学评论获中国城市党报副刊奖一等奖，新闻作品获中国地市党报一等奖，报告文学获首届广东省作协"有为杯"报告文学奖，短篇小说获中国煤矿文学征文比赛二等奖，散文获广东省期刊优秀作品三等奖等。

> "当时，根据形势发展，本着'大跃进'的要求，决定将三个合作社转为地方国营自行车厂，以生产珠江牌单车、三轮车、二轮手推车为主，各种单车零件为辅。"

石岐自行车厂的前世今生

黄廉捷

　　一个时代的变迁，总有一个时代的见证物，自行车就是见证百姓生活变化的最好物件。自行车是20世纪中后期最普及的交通工具，"凤凰""永久""飞鸽"等牌子在老年人的记忆中并不陌生，当时中国也被称为"自行车王国"。

　　而今，私家车普及，还有高铁、城轨、公交等多种出行方式可供选择。"共享经济"兴起，你想在街头骑走一辆自行车，只需扫个二维码。但在40年前的中山，自行车是家庭生活中的奢侈品，如果当时你家拥有一辆自行车，那是件值得向朋友炫耀的事。在物资缺乏的年代，百姓当中流行一种"三转一响"的说法——自行车、手表、缝纫机和收音机，自行车排在第一位，可见自行车在百姓心目中的位置。

自行车是改革开放的历史见证物，大家可能不知道，在 20 世纪 50 年代，中山就有一家自行车厂——石岐自行车厂，除了生产零配件，也生产自行车。伴随着中山的经济发展，石岐自行车厂从诞生到成长，最后完成自己的使命，不断助推中山工业经济发展。

尘封的厂史，记录着自行车厂发展历程

2019 年 7 月的一天，我在中山市档案馆找到了"石岐自行车厂厂史"。在厚厚的卷宗里，还有五金制品厂发展史、电工厂发展史、石岐饮料厂厂史等资料汇集在一起。由于是第一手资料，弥足珍贵，年代感十足，纸张有些泛黄，我戴上手套，每翻一页都得小心翼翼。

"我厂……由三个合作社合并起来的。当时这三个合作社，其中有两个是修理单车的，一个是生产单车零件的，这三个合作社只有五金一

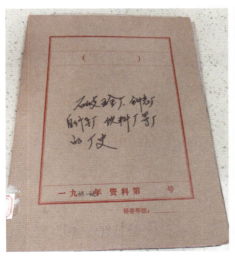
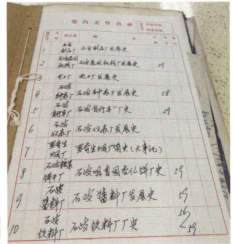

保存在中山市档案馆的"石岐自行车厂厂史"记录

社设备比较好些，经济也稍微富裕。其他两个五金合作社则是人员复杂，加上管理不善，年年舌（引者注：应是"亏"）本，因而资金全无，特别是单车二社，不但全无资金，而且债项累累，连社员的工资都无法支付。同时设备也最差，只有车床一部、电焊机一部。当时，根据形势发展，本着'大跃进'的要求，决定将三个合作社转为地方国营自行车厂，以生产珠江牌单车、三轮车、二轮手推车为主，各种单车零件为辅。"

"1958 年 4 月间，在上级党委指示和工业局的具体领导下，由各合作社的正付（引者注：应是"副"）主任……组成的筹备委员会，也随之成立，领导各社的生产和管理，同时派出梁标、缪结伟、黄卓荣、梅佳等人往上海、天津参观自行车的制造方面。……另外，石岐市委派出袁丽晖同志领导全面筹备。在 28 号，经市委批准正式转为石岐自行车厂，由袁丽晖同志担任厂长。当时人员共 108 人，科室管理人员共 7 人。在设备方面，只有车床 21 部，刨床一部，风气锤一部，所以除了车工之外，其他全部是手工操作。"

我在"石岐自行车厂厂史"手稿上见到，稿纸最上端的红色字所写的"地方国营石岐自行车厂"，地址是治安街 24 号，电话是 265。在市档案馆翻查"政区与聚落地名编"资料中，我找到了治安街的介绍："在中区办事处西，西起于水关街，东接民生路北段。"通过查阅当年用电的记录，我还找到了南基路 8 号、民族路 191 号的相关资料。据被采访人介绍，最早时她就在南基路厂址上班。

在 1997 年中山市地方志编纂委员会编的《中山市志（上）》中，有一段有关自行车零件厂的记载。"该厂始建于 1958 年 4 月，初期产品有自行车飞轮、轴芯、波碗；至 20 世纪 60 年代末，主产飞轮，年产量 13.96 万个，年产值 60 多万元。1974 年被国家轻工业部纳为属下定点专业生产飞轮厂，其产品列为全国成车配套产品，生产有较快发展。

到 70 年代末，年产飞轮 150 多万个，产值 500 多万元。1982 年产飞轮达 287.57 万个，年产值 940 万元，是历史上较好水平。之后三年受市场变化影响，飞轮生产大幅度下降，企业一度转产石油气炉具、用于家庭环境卫生的芬香机及香座、医疗用的按摩垫等业外产品。1986 年飞轮生产开始回升，基本达到 20 世纪 80 年代初的较好水平。1990 年该厂从业人员 750 人，年产值 1673 万元。"

后来，石岐自行车厂搬到了现在西区长洲一带继续生产。

在《中山市志（上）》中可以见到，当时石岐自行车厂区域在石岐西区。这是新开发的商业、旅游区，是城区高楼大厦林立的繁荣地带，区办事处驻富华道。"工商业兴旺，区内有市属石岐玻璃总厂、家用电器总厂、美味鲜食品厂、石岐自行车零件厂、柴油机厂、电器仪表厂等颇具规模的工厂……"

郑阿姨关于石岐自行车厂的记忆

由于办厂较早，现在要找到当年在厂里做事的老员工极不容易。经过多方打听，我终于找到一位曾经在石岐自行车厂工作的员工。2019 年的一天，笔者到青云街旧街中寻访这位曾经在石岐自行车厂工作的员工郑阿姨。在两层小楼里，我见到了郑阿姨。

郑阿姨名叫郑华，虽然头发花白，但耳聪目明，做起家务也利索，显得神采奕奕。她在家里带着一个四岁小孙女，不断为小孙女倒水、递玩具。

"我讲几个人的名字，看你是否记得，梁标、缪结伟、黄卓荣、梅佳。"我把厂史里找到的几个人名念给郑阿姨听。

郑阿姨说："记得，缪结伟、梅佳都有印象。梅佳是老职工了，如

郑阿姨拿出她的退休证细细端详

果能找到他们，就能了解厂里更多的事了。梅佳做过厂间主任，高个子。"

　　"你有当年在石岐自行车厂做事的物品吗？"

　　郑阿姨不断回忆自己保存的东西，还上二楼翻箱倒柜地找，但一无所获。她走下来时，有些失望地告诉我，由于搬过家，好多物件都没有保留下来。最后，她找到了一本红色皮面的退休证。

　　她拿出自己的退休证，上面写着：原工作单位：石岐自行车零件厂；姓名：郑（小）华，1962年1月参加工作，工龄34年，1996年12月退休。在退休证附页上，还见到：基本退休（职）金30%，204元，按工龄加发补助费34%，206.58元，每月退休（职）金合计410.58元。这本退休证是1996年11月14日所发，由于保存不当，退休证有些受潮，郑阿姨的黑白照片发霉褪色，变得模糊。这是郑阿姨箱子里保存的工作时唯一的纪念物。退休多年，她与以前的工友也没有什么联系。在小孙女出生前，她还与一个工友一起喝过茶，出外游玩。有了小孙女，她把时间都花在照顾小孙女身上，就没有和工友联系了，平时她都是待在家里，极少出门。

郑阿姨当时在金工车间，这个车间主要从事金属加工工作。

"我 46 岁提前退休，退休时厂还没有关闭，厂址在长洲。"

"为何你叫郑小华，又叫郑华？"

"其实我叫郑华，但当时厂里有一个女工也叫郑华，同名同姓，也是车间的，我比她小。厂里领导就说，你比她小，就叫小华吧。在厂里我就改叫郑小华，我的身份证是写郑华，但厂里说好记，就叫了郑小华。"郑阿姨笑着给我讲改名字的来历。

郑阿姨不断为我讲起在自行车厂工作的旧事。

"大概是 1969 年，在南基路有两个车间，有金工，有钳工，有安装、磨光这些工种。当时厂很小很旧，人不是很多。后来，厂搬到了长洲马山，我们都是踩自行车上班，要踩一个小时才到厂里。"

"你的自行车是这家厂生产的吗？"

"不是，我当时买的是二手车，不记得是什么牌子了。"

据郑阿姨讲述，厂搬到长洲后，自己上班的路程就远了，还要过桥，她只好踩自行车去上班。"当时上班是'三班倒'，路好远，七点上班，好早就起床了，先把儿子送到托儿所，然后去上班。当时厂好旺，事情也多，我们做自行车的飞轮、外壳、轴芯，还有磨光，把一个成品给做完。"郑阿姨说，厂刚搬到长洲时，生产形势最好，生产很多零件，速度也很快。

"当时有工资与奖金，一个月 29 元。"

郑阿姨讲，石岐自行车厂搬到长洲后，迎来了发展的辉煌时期，她们经常加班加点赶零件，飞轮也做得多。但从石岐自行车厂厂史可以了解到，石岐自行车厂起步发展时也并不是一帆风顺的。

据"石岐自行车厂厂史"记载："转厂初期，组织是不健全的，只有统计员一人，供销员两人，财务人员两人而已。同时由于是合作社转来，因而工会也没有成立。随着生产的发展和本厂的需要，现设立行政、供销、财务统计等机构管理企业。同时还成立工会和实行'三参一改'，共同管理企业。另外，为了弥补技术力量薄弱和人手紧缺的问题，厂里大量培养技术骨干并招收学徒，使自行车厂迅速扩充到348人。按生产的情况，分铸造、锻工、车工、钳工四个车间和喷漆、风电焊两个组来生产。"

退休多年，郑阿姨已记不清自行车厂的人与细节，但讲起自己的上班经历还是滔滔不绝。"当时要上夜班，12点下班，踩车回家，岐江桥又关了，我们就得搭船艇过江。好多人争着上船过渡，一条船只能载10人左右，还有28寸旧单车一起，在天字码头过渡。"有一次，大家都争着上船，有一个人不小心从船上掉到江里，好在没事。"当时从长洲回来，路不好走，一下雨，路上坑坑洼洼，像跳马一样，晚上还没有路灯。"讲起夜里上班的事，郑阿姨还记得当年的苦与乐。讲起当年的经历，她显得开心。

石岐自行车厂的兴办，还得益于中山早年机械制造的基础。据了解，在20世纪20年代后期，中山水陆客货运输业开始发展，汽车、轮船数量相继增加，在工业生产中，一些简陋的机器如碾米机、压榨机等相继投入使用，机器修理业应运而生。1956年2月，石岐机械厂创立，这是本市第一家现代机械工业企业。

在石岐自行车厂档案中，还能见到该厂注重以带学徒形式促生产，"我们不单4级技工以上带多个学徒，2级技工也带数个学徒。并且，在一个月左右，均能独立操作，而成功地将一班改为三班。这样一方面提高了生产，另一方面，增加了雄厚的技术力量，为我厂生产打出了局面"。

我查找当时有关长洲的记录，"1986年的工业产值196万元，占工农业总产值的 34.4%，还有小学（烟洲学校）、卫生站、市属石岐五金厂、中山自行车零件厂……"

20 世纪七八十年代，自行车遍布中山街头。在城区上下班高峰期，甚至出现了自行车"洪流"。据 1988 年的统计，每万人中拥有 0.7 辆公共汽车，仅为全国平均水平的一半，绝大多数市民用自行车代步，因而每日上下班时马路拥堵。为改善百姓出行方式，20 世纪 90 年代，中山开始大力发展公共交通，扩大公共汽车营运范围，自行车"洪流"渐渐退潮。其他地区的情况基本与中山一致，自行车的发展高潮也一起消退。

郑阿姨把自己与石岐自行车厂有关的事都告诉了我，她在石岐自行车厂的这段工作经历，成为中山自行车零配件发展的最好见证。当年生产自行车飞轮的场景还在郑阿姨的记忆中：飞轮打磨时火星四射，叮当声时起时落……

岐江水长，烟洲雨悠，五桂巍巍，南海潮唱！

据了解，石岐自行车厂从 1998 年起，走上了长达数年的转制之路，并于 21 世纪初正式落下帷幕。石岐自行车厂也算是"阅尽世间沧桑，历经岁月洗礼"，与时代同步发展，完成产业更迭的使命。

作者简介

黄廉捷，广东廉江人，1974 年出生，中国诗歌学会会员、中国小说学会会员。著有《淡淡的沉默》《爱情转了弯》《漫无目的》《一百年后，我凝视这村庄》《黄廉捷爱情短诗选》《金秋之手揪住风的尾巴》《穿行》《站在平台看风筝》等。作品在《中国作家》《文学报》《诗潮》《广州文艺》《诗林》《诗歌月刊》《中西诗歌》等报刊发表。有作品入选《中国诗歌年选（2017）》《长安风诗选（中国当代诗人卷）》《中国当下诗歌现场（2016 年卷）》《中国新诗百年精选》等。曾获"文华杯"全国短篇小说奖、2016 广东省有为文学奖——第二届"桂城杯"诗歌奖优秀奖、广东省报纸副刊好作品奖、中国报协城市党报副刊作品奖等。

岁月悠悠，转眼之间，南迁的中原人陆续在小榄建立家园。这些南迁先民认定，是菊花指引他们来到这方福地。于是他们对菊花百般呵护，称菊花为吉祥、富贵之花，告诫子孙后代，要世代爱菊。

一地金黄的小榄菊花会

紫小耕

菊花的美，那一地金黄的艳丽，相信看过电影《满城尽带黄金甲》的人，都深有体会，都为菊花台上那满地金色花瓣所倾倒。也许，从此对小小的黄菊花便刮目相看了。

没有一个地方的人民，如小榄人民如此爱菊花，爱之深，体之切，全化成了拳拳之心。

2019年是中华人民共和国成立70周年。小榄菊花会以"辉煌七十载，追梦新时代"为主题，将菊花的婀娜多姿融贯于时代和科技的变迁之中，让人耳目一新，对菊花的美和变化万千的造型过目难忘，更被小榄的菊艺深深折服。小榄人民对新中国70周年华诞的祝福，便倾注在那片无言的花海之中。

一个美丽的地方，一个凄美的传说

唐玄宗派张九龄开辟梅岭以后，就有了一条贯通南北的路——梅岭古道——徐徐走向梅关，途经南雄珠玑巷，出入南中国。宋度宗咸淳十年（1274年），南粤珠玑巷与帝都临安隔着莽莽森林，隔着连绵无际的青黛，千山万水。传说正是从这里开始。

某日清晨，珠玑巷正笼罩在雾霭中，宁静而祥和。镇里某些早起的人，已怡然自得地行走于街铺之间。忽然，远处紧急的马蹄声打破了平静，惊飞了正在鸣叫的群莺。不一会儿，一个仆童从马背上跃落，慌慌张张地叩响了胡妃的木门。

"夫人，不好了，皇上准奏张大人在此建立'安良平寇寨'，今已下旨，要血洗珠玑巷呀！"

听了仆童惊慌失措的话语，胡妃不啻被惊雷劈过，颤声问道："此话怎讲？"

原来一年之前，度宗皇帝思念被贬黜的胡妃，派兵部尚书张英贵四处寻她。历时一年，未果，张尚书上书谎报胡妃已死。如今，张英贵获悉胡妃尚在人间，遂起血洗珠玑巷之心，妄图杀人灭口，为自己办事不力洗脱罪名。

消息传开，珠玑巷的百姓纷纷卷起铺盖，携家带口，砍竹结筏，沿着浈江顺流而下，往南四散奔逃（史称胡妃之乱）。当时南粤已进入冬日，逃难仓促，食物衣物俱未备足，脚下竹筏冷入骨髓，耳边是呼啸而过的冷冽寒风。望着广袤的江面，想起故乡珠玑巷正遭遇血洗之灾，镇上其他人家生死未卜，竹筏上的人不禁潸然泪下。

好在几日过去，并无恶寇追来。竹筏上逃生的人家，在浩瀚无垠的江面漂流，不敢靠岸。日出日落，也不知过了多少天，历经险滩、湍流，就在众人心惊胆战之时，忽入珠江。众人终于松了一口气，遂选一个平坦滩涂靠岸登陆。因漂流多日，舟上的人早已疲惫不堪，拖着犹如铅灌的双腿，举步维艰。蹚过滩涂，这几户人家互相搀扶着走上一片荒野。茫茫四野，不知该往哪里逃生。正踟蹰，忽闻寒风送来阵阵幽香，众人放眼望去，是一座山丘。只见山脚下，遍野金黄色的菊花，朵朵娇艳，正朝着这群衣裳褴褛的逃难者翩跹起舞呢。

珠玑巷的居民多数来自中原地区，那里连年征战，百姓苦不堪言。东晋有陶渊明"采菊东篱下，悠然见南山"，百姓对这种生活向往已久。

菊花，又名寿客，商周或更早之前，先人已经借助菊花的花期节令来指导农耕。菊花，叶可以做羹，花入药，《神农本草经》记载："菊花久服能轻身延年。"

眼前漫山的菊花翩翩，芬芳幽幽。当下众人皆认为，此地肥沃，菊花盛开，是为吉祥之地。于是，这些逃难者便结庐于此，垦荒定居下来，成了小榄最早的居民。从此以后，世世代代，与菊花结下不解之缘。

这一年，是甲戌年

岁月悠悠，转眼之间，南迁的中原人陆续在小榄的飞驼岭、凤山、圆榄山、半边榄山等山麓或沙丘高地一带建立家园。这些南迁先民认定，冥冥之中，是菊花指引他们来到这方福地。他们对菊花百般呵护，不仅将野菊花引入园圃，以种菊为荣，还以菊花为吉祥、富贵之花，告诫子孙后代，要世代爱菊。

1959 年，金秋十月的清晨，是老归侨莫应桂回国的第二天。走在小榄老街上，耳边充斥着亲切的乡音，莫老像归巢的小鸟，心中欣喜。他步履轻盈地穿过街头，准备去吃一口老街的菊花水榄。莫老一脚探出街阶，耳边忽地传来一阵急剧的自行车铃音，刹那间，一辆载满菊花的三轮车从莫老身边掠过。莫老心里一沉，下意识地刹住脚步，吓出一身冷汗。这满车菊花少说三四百斤重，要是撞到了，这条老命还在呀？不过，咦，这情景，怎么在记忆深处存在着？莫老清楚地记得，20 多年前，1934 年 11 月，他与父亲就是这样，将自家院子里那一盆盆的蜜蜡西施、白雪如意、秋水长天等菊花，放到人力车上，推向小榄老街，去参加中区菊会——那场 60 年一次的盛会。当时，各地来观赏者逾 90 万人，道上游人通宵弗绝。

莫老从小到大，陆陆续续从乡人口里、从文献里知道——菊花以其清香凌霜的一副傲骨，使中国无数文人骚客为之倾倒。先人将中原的菊文化带来小榄之后，愈加发扬光大，不时有咏菊、赛菊、以菊会友的活动。明代，这种艺菊风气已盛，每逢菊花盛放时，聚集三五知己，酌酒赏菊、对菊吟咏已成习惯。至清代，小榄的菊花民俗文化盛行，乾隆元年丙辰（1736 年）小榄已有赛菊之举，名为"菊试"。乾隆四十七年壬寅（1782 年），十个菊社联合，举办了一场规模盛大的活动，名为菊花大会（又名黄花会）。嘉庆以前，小榄菊会"会无常期，或十年一盛，或数十年一盛"。至嘉庆十九年甲戌（1814 年）菊会，这一年与先人搬来小榄定居的咸淳十年都是岁次甲戌。人们认为甲戌菊会对纪念先人开村定居小榄，极具象征意义，小榄乡内各大菊社遂商定日后每 60 年举行一次甲戌盛会。

莫老对小时候奶奶、爸爸精心伺弄菊花的情景印象深刻：掐算日子摘心，叶茂叶稀对花期的影响等等。他这个调皮小子，一到花期就被勒令远离菊花园圃。他闷闷不乐，奶奶告诉他，菊花结蕾，大人们生怕小孩子淘气摘花。这点莫老是知道的，他看过何大佐的《榄屑·菊试》：乡人设菊花试场于李尚书四世祠前……于是乡里热闹起来，赛棚前，大人们忙着搭戏台；赛棚上、戏台后，大人们忙着将娇艳的菊花悉数搬出……

"老伯，您没事吧？"一声关切的问候将莫老从记忆里拉了回来。莫

2010 年 11 月 23 日，小榄菊花展在小榄举行（中山影像 © 叶劲翀／摄）

老看了看眼前的小伙子和满车的菊花，脱口而出："没事，没事。小兄弟，这菊花是？"

"去葵溪展会参加菊会呀！"

"啊？那不是六十年才举办一次么？"莫老记得，1934 年那次菊花会，差点举办不了——早一年年底，乡亲们痛心提出，"国难当头，不宜苦中作乐"。六百多年前，他们的祖先，因战乱，因统治者的无理迫害，逃难到小榄；1933 年的小榄人，将国运与个人、家族命运紧密连接在一起，这就是小榄人的家国情怀啊！经过再三思考与商议，最终，那场盛会还是如期举行了。

莫老自言自语道："六十年一个甲戌年开一次菊花盛会，那是老祖宗定下的规矩，只要家国还在，就要如期举行。所以下期的菊花展，应该在 1994 年。"

"老先生，您不知道吗？新中国成立 10 周年呀，我们小榄人为祖国庆生呢！"三轮车随着话音落地而远去了。

随着那阵清香飘然而去，莫老有些恍若隔世的感觉——他想都不敢想，有生之年还能再一次看到菊花盛会。

1959 年 11 月 12 日，小榄解放后首届菊花展览会，在山明水秀、景色别致的榄乡"小柴桑"上，在鞭炮的轰鸣声中，喜气洋洋地开幕了！这次展会用菊花 4000 盆，时花 3200 多盆。这喜庆的菊花展是小榄人民给中华人民共和国成立 10 周年的伟大献礼！

举国同庆的日子里，小榄人民用一盆盆融爱与深情于一身的菊花，用几百年传承下来的精湛技艺，将老祖宗定下的一甲子才举办一次的菊花盛会献给祖国，表达了对家园、对祖国的深深热爱。

那是一个激动人心的日子，举国上下齐欢腾，新中国成立 10 周年了！

此次的庆展还有一个主旨，就是进一步推动工农业生产，加强与港澳台同胞和海外侨胞的联系，使他们对祖国有进一步的认识。这些人当中，当然包括莫老。

在花海里，莫老看到雄踞在烈士陵园里的大立菊！无数菊花、时花将 40 多盆大立菊围在中间，最大的为 10 圈（331 朵），整条陵园大道俨然成了花街。在人民公园广场内，莫老立在菊壁"和平鸽"前久久凝视。那是莫老不曾见过的新手艺——用菊花砌成的菊壁，宽 10 米，高 7 米，鸽身用纯白的白菊砌成，和平鸽展翅欲飞。按莫老对菊艺的了解，单单那白菊，要用 300 多盆花。

莫老转身，看见用菊花砌扎的巨幅标语，如"共产党万岁""人民公社万岁"等等，造型小品有扇面、五角星……品种展区有名菊 110 多种，莫老一一叫出名字：国色天香、嫦娥奔月、龙翔、蚧肉球、十丈珠帘……区内陈列有各式石山和盆景艺术。噢，其中还有莫老最喜欢的悬崖菊，犹如挂在悬崖上的小黄菊，正随风舞动。

"葵溪，去葵溪"仿佛听到花仙子的召唤，仿佛听到一河两岸各色菊花的呼喊，莫老信步踏过搭在河涌水面的花台、花塔、花亭、花桥。桥上古建筑模样的牌楼惟妙惟肖。这一切，令莫老流连忘返。不知不觉中，天色渐暗，他来到位于新市车站前的迎菊亭，这是一座高约六丈的巨型花塔。

花塔过去是食肆。莫老揉揉双腿，这才想起逛了大半天，该吃晚饭了，争气的肚子识时务地咕咕响起。"吃菊花最有名气的地方，是广东小榄。"（朱伟《餐菊》）莫老一口气点了几样小榄名菜：小榄菊花鱼球、菊花三蛇羹、菊花凤丝卷。菜牌上，菊花糕、菊花肉、菊花水榄（汤丸）映入眼帘。这几道早上才吃过。

老板娘特会做生意，笑盈盈地给莫老倒上等菊花茶，还送了一杯菊花酒和菊花四品种（菊花蛋卷、菊花饼、菊花糠、菊花糖砖）给莫老当见面礼。"乡里乡亲的，莫老您忘记我这老邻居啦？"

莫老定睛一看，这不是当年老街巷口卖早点的丫头吗？

莫老一激动，头点得像鸡啄米："记得记得，我去香港的辞别宴（菊花宴），酥炸金菊叶、野菊爆沙虾、菊花鱼头羹、菊玉鱼块、菊花鱼茸粥、菊花脑清汤都是你做的！"

"可不是嘛，一转眼三十年过去了！"老板娘笑了，泪花在眼角的褶皱里打转，"唉，那些兵荒马乱的日子，还是你们逃出去的好啊！"

"不说这个了。"莫老感叹道，"解放十年啦……"话音刚落，耳边忽然一阵雷鸣，身边人群躁动。噢，烟花！

是的，此次菊展，有大型烟花晚会，有古镇纱龙在凤山广场表演，有省粤剧一团、佛山粤剧一团、杂技团、省曲艺团，更有著名演员红线女，以及刚出席

2014 年 11 月 12 日，2014 年小榄镇菊花会菊花烹饪大赛在小榄公饭店举行。图中是用菊花做成的美食（中山影像◎文波／摄）

全运会归来的省体育健儿。多么地轰动！这次菊展，珠江电影制片厂专门制作了一辑名为《菊花》的纪录片，《羊城晚报》《广东画报》等报刊报道了菊展盛况。

在香港，乡彦们无不想念家乡的菊花会。其实，同治十三年（1874 年）、民国二十三年（1934 年）举办的第二、三届甲戌菊花会，已经蜚声中外。小榄的先民何曾想到，新中国成立短短 70 年，这朵小黄花竟然被演绎成一台台文化大戏。

关于菊花的编年史话

1963 年，小榄人的栽菊风气进入兴盛时期。广州市举办"19 省（市）菊花展览"时，小榄菊场联合办了一个展馆"小榄菊花馆"，精选了一批小榄名菊赴穗参展。

1973 年，小榄举办小型菊会，立菊最大达 16 圈，817 朵；菊展造景——彩塑天女散花，栩栩如生。展期原定 9 天，后观众反响热烈，延长至 18 天。此次参观人次超过 100 万。

1979 年，小榄举办庆祝新中国成立 30 周年菊会。菊会设高 5.8 米、宽 10 米的菊花龙壁组景。小榄人在传统菊艺扎作的基础上，配合电光电动技术，使壁龙首尾摆动，惟妙惟肖。还有高 5 米的电动旋转"菊柱银龙"；长 28 米，以黄菊砌作的"菊花龙"；高 9 米，以菊花、柑橘砌作的"吉羊"等。

1994 年，小榄举行第四届甲戌菊花大会。菊会分 3 大展区、4 大展场，布展面积 10 平方公里，展出各种菊花 82 万盆，时花近 5 万盆，菊花品种 1568 个，景点 198 个。单株 43 圈、着花 5677 朵的大立菊，被列为上海大世界基尼斯之最。大会期间举办各类展览会 17 个，签订经济合同总额达

15 亿元，超过 600 万人次参会。

2001 年，"新世纪菊花欣赏会"展出菊花 20 万盆，时花 27000 多盆，大小各类组景 68 个，其中大型造景 32 个。"世纪子母灯"高 22.88 米，宽 12.23 米，高六层，被确认为上海大世界基尼斯中国之最。同时，会上还举办以"菊花、菊城"为主题的文学、美术、书法、摄影、集邮、收藏品、钱币、手工、插花和菊花传统美食等文化艺术活动。

2004 年，小榄举办（甲申）菊花文化艺术欣赏会，布展面积 20 万平方米。这次菊会在规模、层次、内容、形式和菊艺水平上都有所突破，采用拼装式网架栽植器制作出超大型菊花造景"赏菊楼"。开幕时醒狮（112 头）、吴川飘色（21 组）、荷塘沙龙（长 5 米）、山西威风锣鼓、樟木头麒麟（20 头）、小榄老人腰鼓队、文艺花车（3 辆）等巡游表演和烟花汇演。菊展期间，十多个民间业余艺术团体开展丰富多彩的文艺晚会，举办千人书法大赛、菊艺欣赏会摄影比赛。菊会展出的赏菊楼和单株嫁接 247 个品种、15 圈的立菊荣获英国吉尼斯世界纪录，单株盆栽 45 圈的立菊（2 盆）、168 米菊花造型"金龙腾飞"、规模最大的菊花艺术造型精品展览会均获大世界基尼斯之最。展会参观人次达 318 万。是年，小榄被文化部授予"中国民间艺术（菊花文化）之乡"的荣誉称号。

2007 年，次第九届中国（中山小榄）菊花展，这是中国菊花展首次在一个小镇举办。中国菊花展是中国菊花界的"奥林匹克"，是我国规模最大、档次最高、影响最广的国家级菊事盛会，每三年一届，对促进交流、引导生产、美化城市、改善人居环境等起到了巨大的推动作用。这次菊花展上的造景"菊花楼"，仿岳阳楼设计制作，高 17.5 米，长、宽分别为 19 米，主楼外形三层，外表设有内圆柱 68 根，各层飞檐瓦瓴 12 个，菊花裱扎面积 730 平方米，富丽堂皇，蔚为壮观，在展览会上获金奖 2 枚、银奖 4 枚、铜奖 4 枚。此次小榄镇获中国风景园林学会颁授"中国菊艺之乡"称号。

近十年的菊花会

随着祖国日臻繁荣昌盛，近十年的菊花展会也与时俱进。现在的菊花会，每年举行一次，更加巩固了小榄在中国的"菊事"地位。

2008 年和 2009 年的菊花会，展出的各类菊花及时花接近 7 万盆，花会期间还举办了插花大赛及美食嘉年华。

时光悠悠，很快到了 2012 年。这一年菊花大会首次提出"全民种菊"活动。是年六、七月间，小榄镇菊花栽培基地繁育了 2 万多株品种菊苗，免费向镇上居民派发。从此菊花进入全镇家家户户，做到了行街走巷，处处菊花飘香。

2013 年的菊花会是新中国成立后首次有氏族宗亲会参与。菊花会期间除举办"水色造型巡游""小榄美食节""五人龙舟赛"外，还在江滨公园开设了"小榄名优特产品展销区"，将"吃、购、娱"元素与菊花会有机结合，发挥菊花会的社会整合功能。

如果说 2013 年的菊花会已然多姿多彩，那么 2014 年的菊花盛会，更

2007 年 11 月 23 日，2007 年第九届小榄菊花会（中山影像 © 黄杰军／摄）

是规模空前。这年距离首届甲戌菊会正好 200 周年。

遥想 200 年前，嘉庆十九年，小榄人举办首届甲戌菊花盛会，以纪念先辈开村之功。如今的小榄菊花会，继往开来，布展面积就达 13 万平方米，比往年主场的江滨、龙山两公园面积之和还大。

2014 年 11 月 23 日至 12 月 12 日，"金秋小榄·美丽菊城"是"甲戌"200 周年菊花会的主题，展馆内有"菊馨·尚雅"精品馆、公益体验馆、文化旅游产品展馆、师生菊花艺术作品展馆等。

此次菊花会吸引了海内外众多爱菊的专业人士，如中国菊艺大师叶家良、陆建山、顾艳、李建祥、王德建等。还特设了一个绿菊展台，展出从南京引种的菊中珍品"绿安娜"。

"甲戌"200 周年菊花会牵动着小榄全民的心，镇教办及镇美协组织全镇中小学生为菊会创作了一幅长 200 米的菊花长卷画，在主场内展出。邮政部门发行了一套小榄甲戌菊花大会 200 周年的纪念邮集《菊缘》，还有菊花纪念封、明信片等。

2016 年，小榄菊花会的花海区面积约 100 亩，为历年之最。花海中除设有绵羊、猴子、孔雀等人工造景外，还首次引入灯光互动和 3D 投影技术、动态捕捉技术，游人仿若置身在一片如梦似幻的菊园花海内。朵朵菊花在灯光的映衬下，显得更加娇媚与灿烂。

2017 年，小榄菊花会由民营资本投资主导。是年最大造景，是中轴景区高 8.5 米的半球拼盆菊。进入中轴景区的主路两侧，有总长 200 米的崖菊长廊。景区湖上，夜间播放水幕电影。在花田区，有高 8 米的菊花脸谱横跨主道。

2018 年是改革开放 40 周年，也是中山市升格地级市 30 周年。菊会"牵手"第六届岭南民俗文化节，于 11 月 23 日在菊花园同时开幕。菊会会期 25 天，民俗文化节会期 4 天。开幕式上，来自清远、江门、韶关、汕头等

2019 年小榄菊花会（中山影像 © 宋健如／摄）

地近 20 个演出团体带来了别具特色的民间艺术表演。

2019 年是个喜庆的年份，新中国迎来 70 岁生日。又一年金秋到来，菊艺造景、文化展演，菊花竞相绽放，争奇斗艳，小榄人再次运用聪明与智慧，使菊花展再一次大放异彩。一地小黄花，缔造了一个神话般美丽的世界，一个花的世界，一地花的传奇……

作者简介

紫小耕，本名翁素萍，广东饶平人，现居中山，广东省作家协会会员，腾讯文学签约作家，中山香山文学院签约作家。出版长篇小说《情迷江城》，长篇现代言情小说《总裁追妻，101 次求婚》在起点女生网连载，另有散文诗歌若干在报刊发表。

长江水库是艰苦奋斗时代，淳朴的中山人民创造的历史奇迹，是中山精神的生动体现。水库建成 50 多年来，以经济生态效益、自然环境之美造福一代代生于斯长于斯的中山人。

你好，长江水库！

紫小耕

相传，300 年前，有姓龙的叔侄二人，从江西老家来到这里拓荒，为表示不忘故土之情，把定居地方叫"长冈"（因他们来时，曾走过一列长长的山冈），又把"冈"字谐读为"江"，暗喻他们祖舌江西之意。这就是长江村名字的来历。

一

"阿哥——"一个清脆的女声穿过松树层层叠叠的针叶间，向树林深处扩散。

密林深处，一个十一二岁的少年，右眼紧眯，左眼圆睁，手上拉满弹弓，正聚精会神地瞄准松枝上轻盈跳动的鹧鸪。宁静的林野，除了远处偶尔传来一两声布谷鸟的鸣叫声外，就只有树上的鹧鸪啄着松果的沉闷声。

少年刚要松开弹弓，忽然一声"阿哥"划过上空，鸟儿刹那间不见了踪影。

"小妹——"少年没好气地白了一眼女孩，"都怪你！"

"哥哥，阿妈叫你去踩龙骨车，快下山。"

"又是张家边舅舅家吧？"

"嗨。"女孩一边应答，一边踩在林间溪流中间的大石块上，敏捷地跳到对岸，"每年这个时候，他们那边处在低潮期，潮水不上来，有什么办法！"

是啊——少年还知道，老天再不下雨，海水就要反灌了，到时候，咸潮上涌，南朗的亲戚们那咸田里生不出谷子来，又要到他们家来借粮食。前几年还好，去年开始，公社里的粮食越发少了……还有环城的三姑六婆，将会成群结队来扒他家粮仓。

少年记得有一年，他陪母亲去看望环城生病的表姨，路过南区寸草不生的大地。那场干旱，旱得田里的泥土像渔网一样干裂开了，有些裂口大得可以伸脚进去！那时候他想啊，即便下上三天三夜的大雨，或许都不能把那些裂口合上。

表姨躺在床上，嚅嗫着那两片干瘪瘪的嘴唇："小林子，姨问你阿妈借两斗米煲粥给妹妹吃，可同意？"

还没等小林子开口，他母亲立刻回应了，好好好。

"总之，不论哪个亲戚，谁家要是没收成了，准找我们家。""小林子"龙伯林一脚踢起一块小石子。看着小石子落入宫花河，他看准了泥路上一块更大的，准备起脚。

"哎，难怪解放鞋上你脚，没几个月就穿洞。别踢了。"女孩嗔怪道，"我们村有六条山坑，这六条山坑就是我们的福源。你看，清清的山水取不尽用不完，我们长江村旱涝保收，全因为有了这六条山坑常年积水。谷子吃完了我们可以再种，阿妈说了，亲戚们不救济会饿死人的。"

"阿妈跟我说过，可是，我们现在也没有谷子了。嘘，山狗！"龙伯林的话音刚落，河边的水草边哧溜一声钻出一只黑褐色、前脚短后脚长、腮长颚尖的山狗来。山狗一见有人，拔腿就往山上窜。那时山上的芒草、灌木被砍得精光，山狗眨眼间溜得无影无踪。

"爸爸来就好了，肯定能逮住它。"龙伯林兄妹俩异口同声叫出来。兄妹俩有好长时间没吃山狗肉了。

两个孩子走在宫花河洁白的沙滩上。女孩折了一根芦花，把芦花打在河面上。看着宫花河床中间突兀的小丘，丘上绿色的草也像玉带飘在河面上，女孩叹了口气："哥哥，看见那块平坦的水面吗？要建一座大坝。"

"真是呀？建大坝做什么？"

"刚刚上山叫你的时候，公社里派人逐户登记了。"

中国的水利事业，自大禹治水（公元前 2268 年）以来四千多年，历代都陆续进行。1949 年中华人民共和国成立之后，国家进行了多次治水工程。淮河、黄河、长江、辽河、松花江、珠江，七大流域都先后进行规划治理。不论筑坝防洪发电，修堰引水灌溉，国家参与程度、群众动员人数和总投资额，都远远超过了历朝历代，取得了显著成效。据统计，由 1952 年至 1980 年，国家用于水利的资金近 800 亿元，其中地方及社队自筹也近百亿元。

长江水库的修筑就是在中山县委县政府领导下进行的。

长江水库位于中山市市区之东南，五桂山北麓，大环河（宫花河）上游，距离市区 8 公里，为五桂山汇流集雨面积最大出口处之一，集雨面积 36.4

长江水库

平方公里。

当时修筑水库主要为灌溉和防洪，1964 年和 1978 年分别进行加固，并按千年洪标准，水库设计灌溉面积 40960 亩。总干渠长 3.25 公里；干渠两条，总长 16.2 公里；支渠 34 条，总长 37.96 公里。分东西两干渠道灌溉，东干渠受益 28383 亩，西干渠受益 12577 亩。设计正常水位 25.98 米，相应库容 3463 万立方米，死水位 17.11 米，相应库容 331 万立方米，总有效库容 2912 万立方米；大坝全长 331 米，坝顶高 30.25 米，坝顶宽 7.3 米，坝高 20.3 米；方形泄洪洞 222 平方米，洞口高 20.2 米，最大泄洪量 37.9 立方米每秒。

长江水库因大坝在长江村附近，故取名长江水库。

长江水库是中山市唯一一座中型水库，总库容 5040 万立方米。水库于 1959 年 12 月动工，于 1965 年 12 月建成投入使用。当时没有施工机械，只能靠人力施工，由各受益公社抽调人员组成施工队伍，施工高潮时进场人数多达 3300 人。1995 年以来，中山市政府投资 3000 多万元对长江水库大坝进行全面除险加固，逐年完成大坝加高加固等工程。2009 年 12 月实施了水库大坝安全鉴定，经广东省水利厅批准，评为 II 类坝，达到百年一遇洪水设计、两千年一遇洪水校核的防洪标准。

二

　　龙伯林退休之前是长江经联社党支部书记。我采访他的时候，他已经退休在家了。60 多岁的他，精神矍铄，身板十分硬朗。

　　"大概是 1958 年下半年，说要修筑水库，没多久，我们学校就从村里搬迁了。"龙伯林沉浸在回忆里："在现在中心村靠近南外环那一带，搭了几排茅草屋，就算临时学校了。"

　　每天穿着蓝棉衣，肩上背着黄挎包，挎包上绣着红艳艳的五角星，兴冲冲上学去，龙伯林跟村里其他孩子一样，除了肚子总是饿外，生活无忧无虑。水库的修筑，除了学校和家里的搬迁，孩子们的日常生活并无其他影响。只是，山上暂时不能去了，少了捕抓野鸡、山鸟、鹩哥、山狗等乐趣。不过，孩子们很快又有了新乐子。

　　1959 年主坝动工时，恰巧是开学的时间。两周后，孩子们想要去瞧个新鲜，土坝已经弄好蓄水了。主坝两侧的半山腰上各建了一溜茅草房，竹子做的屋墙上、树林间，挂着"抓革命，促生产""艰苦朴素，劳动美，心灵美""为人民服务""共产党万岁"等标语。再往下，就是修筑水库的工地了。

　　平日里淙淙的山涧流水，此时安静地躺在土坝里面，水面平静如镜。土坝的另一边，人头攒动，所有人都服从山坡上一个大喇叭的号令，个个干得热火朝天。戴竹笠的，包头巾的，还有个别露着黑脑壳，晒在太阳底下的。那些人手里的铁锹、锄头挖地的嚓嚓声；挑着沉沉担子的时候，扁担发出的吱吱声，挑担人嘴里发出的吭哧声；最撼山动地的是坝堤上，那声声震耳欲聋的"一、二、三，嘿……"这些声音拧在一起，打破山里的寂静，直冲云霄。

"当时参加水库修筑的多达数千人，可谓声势浩大。那时候的人，衣着高度统一，男女都穿工装或者军便服，颜色除了蓝色就是灰色。一眼望去，就是一片黑压压的人群。"龙伯林说到这里呷了一口茶水，"半山腰的人用锄头挖着泥土，给来来回回的排着队的簸箕装泥土，然后挑簸箕的人将泥土从山腰挑到主坝上。"

"长江水库的修筑，全程人工建造，包括碾压。当时是怎么用人工碾压、修筑这个'巨无霸'的呢？"面对龙书记这位亲眼见证者，我发出了疑问。

"是啊，全是人工建造啊！"龙书记感慨："用石夯，少说 100 多斤，四个人喊着号子，把石夯抛向空中，然后砸下。就这样，一夯一夯把大坝砸实。劳动人民就是这样展示力量的。"

水库大坝属于土石坝，即当地土料、石料或土石混合经过碾压或抛填等方法堆筑成的挡水坝。土石坝一直以来是被广泛采用的坝型。优点是可以就地取材，节约大量的水泥、钢材、木材等建筑材料；结构简单，便于加高、扩建和管理维修；施工技术简单，工序少，便于组织机械化快速施工；能适应各种复杂的自然条件，可在较差地质条件下建坝。

毫无疑问，相较于现在，当时的物质条件真的非常简陋。龙书记回忆，那时候，人人穿着打补丁的衣裤，脚上穿的是用轮胎剪下做鞋底，用棉线做鞋帮的鞋子，甚至一个水杯大家轮流用。吃的嘛，龙伯林说到这里，嘴角一翘，露出孩子般的笑脸。

"当时真有吃的，我们小孩子，就是冲着吃的去了。那里有个小卖部，里面有蕉头饼、猪糠饼，筑坝的负责人，下午会发这种点心给修筑水库的人充饥。"龙书记说："我有一位朋友，他的母亲当年就是水库的建造者，他每周日去工地看望母亲。回来的时候，总把母亲不舍得吃的蕉头饼带回给家人吃。"

至于娱乐，参加水库建造真的很苦，当时的交通工具基本是"11路车"。附近的宫花村、白庙村的人尚可以日出夜归，其他公社的人就要住在山坡上临时搭建的茅草房。工地每周只放一天假，这也是孩子们最开心的一天。因为这一天，大家都可以在干涸的河床上看电影，这便是当时工地上唯一的娱乐节目了。

三

1966 年，春天的脚步随着绵绵细雨来到了南国。南朗成片被咸潮干扰的大地，此刻，被春风揉出了鹅绒绿。"好雨知时节，当春乃发生"，广袤的耕地，贪婪地吸收着这毛毛细雨，更渴望来一场洪水般的暴雨。南方的水稻，在水田里才能发芽、健康成长。

怀有这种愿望的农田，搁往年只能成为"望天田"。

这一年，龙伯林知道，他再也不用去踩龙骨车了。他的那些亲戚们，这年的夏天以后，再也不用跟他们家借粮了。长江水库里，白花花的淡水，从西干渠的涵洞里奔腾着，越过原野，跨过公路，汩汩地流向干涸的农田。清风抚过农田里插秧苗的人们，将他们的笑声播向远方。

中山市水利局数据库资料显示，长江水库原设计受益面积偏大，除东干渠没有详细调查外（因兴建了井溪电力灌溉站工程，受益队未将水库的渠道开通），西干渠经详细调查，实际灌溉面积 8000 亩，水库每年的水量有所剩余。为充分发挥水库的水能，政府决定兴建水力发电站工程，并将之纳入中山市所用的珠江电网系统，以解决农排电力和革命老区人民生活用电不足的问题。

据参与建设的民工称，现在的长江水库建成的地方，原来有 300 多间房屋，居住着 2000 多人，水库动工时，这些居民迁到了现在的中心村。由于工程紧迫，部分房屋没来得及拆，水库建成蓄水后，它们仍留在水底。后来有潜水员发现，这些水底房屋成了水库大鱼的"安乐窝"，而在水位低时，一些碉楼的顶部隐约可见。

20 世纪 80 年代，每当雨水充沛，需要开两侧排洪口泄洪时，龙书记记得，有村民在下游抓到长达一米、几十斤重的大草鱼。

兴建长江水库最初的目的是防洪和抗旱，随着计划外工程的不断增加，长江水库发挥着越来越重要的作用：1966 年冬建成坝后发电站一座，年发电量可达 100 万千瓦时；1972 年安装了一条直径 500 毫米的铸铁管道，开始向石岐城区提供生活和工业生产用水；1981 年再增一条穿坝钢筋混凝土套钢管输水管，供城区用水。

历史变迁，长江水库的功能也在拓展。每年咸水倒灌、咸潮肆虐的时候，城区供水公司便引用长江水库的水冲淡咸潮。长江水库还是"中山市心肺"，六条自然集雨山坑，静静躺卧在莽莽群山之中，发蓝的水面，不时有白鹭飞过。东南西三面，五桂山的重峦叠嶂绵延着，如泼墨的山水画。沿着水岸是一望无际的松林、杉树、樟树，郁郁葱葱。美如玉枝的树影，层层叠叠，"长江叠翠"美誉由此而来，于 1998 年被评为新"中山十景"之一。

长江水库是艰苦奋斗的时代，淳朴的人民创造的历史奇迹，也是中山各界人士付出 135 万人工日的义务劳动所建造，是中山精神的见证。水库建成至今已有 60 多年历史，它以经济生态效益、自然环境之美造福一代代生于斯长于斯的中山人。

如今，望着这福泽一方之水，我只想说——

你好，长江水库！

在珠江口拦坝建设水利枢纽工程，不要说中山市，整个广东省也没有先例。"这不是钱的问题，而是技术问题。"回忆当年筹建情况时，周世雄非常认真地说。

水闸重建，城市崛起

卢兴江

站在东河水利枢纽大坝上，年过半百的泵站管理股股长黄志明的思绪回到了 33 年前的一个早晨。时年 19 岁的他怎么也没有想到，脚下老弱病残的水闸将发生一次划时代的蜕变，而自己接下来的工作将事关一座城市的安危与崛起。他目睹了，也经历了，如今往事历历在目，仿佛发生在昨天。

年轻的我，老弱的它

1986 年 4 月的一天，19 岁的黄志明战战兢兢地走进东河水闸管理所所长办公室。走出来时，他轻松自在，面带微笑。从这天起，他成了东河水闸管理所的正式工人。不过，他认为这是老爸所赐，因为他父亲是西河水闸的老职工。也是从这天起，他在河之头，老爸在河之尾，父子俩和许多水利人一起，镇守着一座城市，一条母亲河——岐江河的两端。

刚工作时的心情是新鲜的、激动的。一段时间后，黄志明感觉工作性质和农民没太大区别，唯一不同的是每月收工资。那个时候，除了看护东河水闸，所有职工都得到水闸下属的鱼塘搞生产，整天累得喘不过气来。有时，他都不知道自己是养鱼的还是守水闸的。好在黄志明年轻，虽辛苦，但还是跟打了鸡血一样，穿梭于鱼塘和水闸之间。

当时的东河水闸有 32 个孔，采用浮运式水闸，始建于一场大水灾过后的 1974 年。听老职工讲，每个孔内有两扇门，需要时人工打开，不需要时关上即可。说起来简单，但做起来可就难了。遇到台风或暴雨，几十号人开闸关闸，累个半死，也抵挡不住灾难对城市的冲击。

值得庆幸的是，他上岗的时候，闸门已经鸟枪换炮，改成了机械提升，用上卷扬机了。虽然设备极其简陋，但对于老职工而言，也算是盼呀盼，头发都盼白了，终于不用手工开闸了。

极度危险，但没办法

一天早晨，台风夹着暴雨如期而至。按照市三防办的指令，每隔一小时，东河水闸需要汇报一次水文信息。那时，可不像现在，看一眼中控室的水位信息表即可汇报，必须有人到现场查看标尺。

水位观察室设在水闸前方大约 50 米的珠江口。黄志明和师傅全副武装奉命到达水闸时，雨衣已经被风无情撕开，全身湿透。黄志明年轻，他叫师傅原地计数，自己将一根粗绳绑在腰间，将另一头拴在了水闸栏杆上，逆风而行。三次被风掀翻在地，他又努力爬起，继续前行。师傅担心这样下去绳子会松动，徒弟可能被直接抛进海里，一直大声提醒："注意绳头！注意绳头！"

殊不知风声雨声过大，黄志明根本听不清。揪心的危险中，黄色影子终于钻进了水位警戒室。快速记下水位数，返身时强风在瞬间将黄志明送到了水闸。师傅发现徒弟有惊无险后，悬着的心才平静下来。

这天，师徒二人在如此险恶的环境中抄报了五次水位。本想晚上没大事了，没想到所领导再次派发紧急任务："内河水位急速升高，城市有麻烦，赶紧协助开闸。"

虽然闸门换成了机械提升，但夜晚时分，32个闸孔一一操作，也不是一件容易的事。

机械按钮设置在露天廊道的上方，操作时，必须一个人爬上按钮箱，一个人站在闸门口，拿着电筒查看开启度。虽然大家都知道这样操作非常危险，但许多人都做了。要知道，闸门晚开一分钟，下游浸泡在水中的城市就会多一分危险。

痛定思痛，重建水闸

1994年6月12日，华南地区普降暴雨，一连下了五天五夜。央媒报道显示，广西北部、广东北部和西部、江西大部、湖南南部山洪暴发，江河水位暴涨，西江、北江、湘江相继发生了中华人民共和国成立以来最大的洪水，受灾人口达4024万，40余万间房屋倒塌，629人死亡，直接经济损失达364亿元。

大灾大难中，地处西江下游、珠江西岸的中山遭遇重创，城市水位调节器——西河水闸和东河水闸遭遇冲击，岐江河水位暴涨。

这年，是黄志明在东河水闸工作的第八个年头，眼看着城市浸泡于水

水利建设，图为东河水闸旧照

中，居民生活受到极大影响，掌管城市水位调节的他和他的伙伴们却无能为力。原因何在？洪水退去后，水闸管理所的领导和员工们曾做过小范围的分析，认为东河水闸确实老了，跟不上时代需要了。最揪心的是，当城市亟须排涝时，水闸只能紧闭闸门，按兵不动。原因是，水闸没有排涝功能，而且珠江口的水位高，如果打开水闸，城市里的水不仅出不去，而且还会发生海水倒灌，导致内河水位升高。

这个问题早已引起市委市政府的高度重视。痛定思痛，重建东河水闸的计划已经在酝酿之中。为此，市委市政府专门组建了一个指挥部，由市委书记担任总指挥。已经退休的中山市水利设计院院长周世雄受聘担任项目负责人。项目规格升高，变成了"东河水利枢纽"，兼备挡潮、通航和排涝三大功能。

荷兰经验　引进中山

在珠江口拦坝建设水利枢纽工程，当时，不要说中山市，整个广东省也没有先例。"这不是钱的问题，而是技术问题。"回忆当年筹建情况时，周世雄非常认真地说。

黄志明想学点技术，请示所长后，被调到了东河水闸维修班，这个变动让他跟周世雄有了接触的机会。"周老虽然已经退休，但做起事来，比年轻人还要认真和拼命。"在黄志明眼里，项目前期，周世雄几乎走遍了水闸周边的每一寸土地。

接受任务时，周世雄还向指挥部提出一个条件：批准他与这项工程相关负责人前往荷兰考察一次。指挥部听取汇报后，果断批准。

很快，周世雄带领一支队伍，飞往荷兰。黄志明也想去，但他没有资格。在他的想法里，东河水利枢纽工程只要具备排涝功能、通航能力，而且方便维修管理，能应对台风、暴雨就算不错了。后来的事实证明，这不过是小儿科。

在荷兰，几十号人被周世雄带到了须德海围海大堤　眼前的景象震惊了所有人。须德海原是一个内陆海湾，湾内岸线长达 300 公里，湾口宽 30 公里。1932 年，荷兰人民筑起宽 90 米、高出海平面 7 米、总长度达 1800 公里的拦海大堤，直接把须德海湾与北海大洋隔开。此后，不断将湾内海水抽出，到 1980 年，向大海索取了 70 万公顷土地。

结束荷兰考察返回中山后，考察团成员收获颇丰，信心满满。这正是周世雄想要的结果，东河水利枢纽工程可以动手设计了。

时不我待，马不停蹄

考察结束不久，东河水利枢纽工程现场指挥部成立。每个夜晚，这里都灯火通明。在黄志明的记忆中，有多少技术人员加班忙于紧张的设计和调研，他不知道；周世雄何时离开办公室和家人团聚，他不知道。但他知道，指挥部里面的灯似乎从未熄灭过。

作为总设计师的周世雄内心急啊，万一再来一次更长时间的特大洪水，老水闸会不会倒下？中山这座城市还能顶得住吗？时不我待，必须马不停蹄啊！

原地重建还是异地新建？关键问题上，指挥部鼓励多方参与，各抒己见。周世雄更是慎之又慎，做了大量调查研究。最后，方案在省水利厅相关专家的助力下，初步确定下来。大方向明确后，水闸重建工作热火朝天进行。

1997 年 5 月 19 日，经省、市水利专家安全鉴定，原东河水闸被确定为"三类水闸"，建议拆除重建；6 月 12 日，东河水利枢纽工程正式立项；四天后，市长办公会讨论将东河水利枢纽工程列入 1998 年水利基建项目，建议上报省水利厅立项。

7 月 6 日，市主要领导考察东河水利枢纽工程拟建现场，将此工程提高到事关中山经济快速发展的高度，要求抓紧时间上马，争取早日发挥作用。

8 月 18 日，省水利厅批准东河水利枢纽工程建设可研报告。10 天后，省计划委员会批复，同意兴建东河水利枢纽工程。

破土动工，创新施工

1998 年 5 月 31 日上午，东河水利枢纽工程建设指挥部工地上人头攒动，大家都在等待一项伟大工程的破土动工。

当周世雄迈着稳健的脚步踏入开工动员会中心位置时，站在人群后排的黄志明踮了一下脚，"嗯，马上开始了！"随着市领导一声令下，东河水利枢纽工程破土开工。

亲手设计的大工程已经上马，按说周世雄该是眉头舒展，笑逐颜开，但黄志明却发现周老的表情丝毫都不轻松。黄志明猜想，作为工程总设计师，或许是压力实在太大吧！

东河水利枢纽工程如若按设计建好，不出质量问题，将彻底改变一座城市的命运，关乎一座城市的安全与发展；若出现质量问题，发生少许意外，对这座城市将是毁灭性的打击。这一点，周世雄比谁都清楚。

不过，黄志明不用思考这些大事。站在老旧水闸廊道上值班时，他在想，在老水闸靠内河50米的地方建新水闸，周老将如何指挥施工。把前后河道堵住，抽干水，修建整座水闸吗？两三年的工期，截断岐江河，下游的城市肯定不答应。会新开河道，围堰施工吗？周围都是建成区，完全不具备条件。

周老和他的设计团队采用的是一种全新局部的围堰施工法，大致来说，先围堰建设船闸，接着围堰建水闸，最后围堰建泵站。水闸很宽，设计团队决定两孔一组，分别围堰施工，完成施工后，拆除与之对应宽度的老水闸，

2011年7月6日，开发区东河水利枢纽水闸（中山影像©夏升权／摄）

直接通水，然后再围堰施工另外两孔，以此类推。更为科学的是，轮到水闸施工时，船闸和泵站已经建好通航了。

黄志明发现，枢纽工程热火朝天建设的同时，既没有截流堵河道，通航、通水也没有受到影响。"不愧是老水利专家，这样的施工方式也想到了！"黄志明对周老佩服得五体投地。

百年工程，质量保证

东河水利枢纽工程由水闸、船闸和泵站三大主体构成，为中山市最大、最重要的控制性水利枢纽工程。其中，水闸净宽 150 米，分 10 孔，按 100 年一遇潮位加 11 级风浪爬高标准设计，过闸流量 1020 立方米／秒；船闸的净宽 16 米，500 吨级别的大船可顺利通过；泵站则按五年一遇外江水位、十年一遇 24 小时连续暴雨、城镇一天排干标准设计。

为了达到上述设计要求，技术团队采用了多项新材料、新技术和新工艺。悬浮式钢板桩围堰就是其中一项，解决的重大难题是施工的同时不用截断河流。不过，船闸施工时，麻烦悄然而至。

施工首先要围堰，围堰必须将钢板桩打入地基风化层。可是，施工时，工程人员意外发现河道竟然有 30 多米厚的淤泥，需要用两根 18 米长的钢板连接起来，方可抵达。这给施工增加了很大的难度。不过，在与设计团队和施工团队的充分交流中，周世雄将问题化解了。

然而，在基础浇筑过程中，一条钢板在淤泥的挤压中突然脱扣，大量淤泥涌进浇筑位置。尽管施工人员紧急处置，但浇筑基础还是受到一定影响。是接着浇筑，还是拆除基础重浇？周世雄果断选择了后者。"百年工程，质量必须得到保证！"

落成典礼，千人参加

时间就像岐江河的水，缓缓流到了 2000 年 7 月 1 日。这天早晨，黄志明格外兴奋。早餐后，他骑着摩托车从石岐区的居所赶到已经工作了 14 年的水闸。停好车，黄志明匆匆来到泵站时，泵站大厅早已装扮成节日模样，大厅内外，千人等待。

时隔不久，市里"四套班子"领导和水利厅的领导步入现场，中山市历史上最大的单宗水利工程东河水利枢纽主体工程落成典礼即将进行。

黄志明知道，船闸和水闸已经正常运行一段时间了，典礼这天，泵站将首次启动。简单介绍完工程情况后，市领导大声宣布："开机！"结果出了点小意外，震撼场景昙花一现，跳闸了。原来，按照操作流程，需要一台接一台启动，这次却是六个操作人员同时按下了开关，瞬间负载过重，导致 10 千伏电源开关跳闸，充气拱门也松弛下来，引来一阵骚动。一时间，周世雄显得有些难堪。不过，小小的意外并没有影响众人的心情。重新合上电闸后，震撼的场面再次回到大家的视野，尖叫声不绝于耳。

六台水泵开启后，人们能清楚地看到岐江河的水位在慢慢下降。这样的情形，没有人不为之动容。有人想到了 1994 年可怕的洪水，1998 年疯狂的水灾。那个时候，人们眼睁睁看着城市浸泡在水中，市民的生产和生活受到极大影响，除了恐惧和无助之外，似乎别无他法。从今天起，无助的历史将被终结，一个崭新的时代已经到来。

抵御洪水，经受考验

东河水利枢纽工程正式投入运行后，通过十孔水闸，岐江的水位得以自由调节；通过净宽 16 米的船闸，500 吨级的船只可自由航行；通过六台叶轮直径 3.24 米的水泵, 岐江河的洪水则可自由泄入大海。

对黄志明而言, 改变的不只是这些, 从这天起, 他和同事们不用露天关开闸了。一条液压开关和管线维护廊道穿越枢纽工程的内部, 即便外边刮风下雨, 里面也丝毫不受影响。他们可以开着工程车轻松通过枢纽工程的桥面, 到对面去抢险救灾。

不过, 在周世雄眼里, 这些都不是问题。问题是, 假如来一场类似1994 年的特大洪水, 枢纽工程能成功防御, 帮城市解围吗? 工程落成接近五年, 老天给了周世雄一次证明自己和检验工程的机会。

2005 年 6 月 21 至 27 日, 华南地区普降暴雨。中山莺哥咀水位站 6 月24 日 14 时录到的最高水位达到了 5.29 米, 超出警戒水位 1.81 米, 也超出1998 年 5.15 米的水位, 可谓百年一遇。

按照防汛预案要求, 东河水利枢纽泵站连续开泵排洪 43 小时, 成功抵御了特大洪水, 城市躲过一劫, 东河水利枢纽工程安然无恙。

东河水闸参与建设人员 30 年后相聚

水闸转身，城市巨变

东河水利枢纽从呱呱落地到长大成人，至今已经走过 19 个春夏秋冬，但是，一些老水利人还是喜欢称它为"东河水闸"。个中原因，其中情感，恐怕只有经历过的人才能懂得。

如果说岐江河见证的是中山的巨变，那么东河水闸的华丽转身，带来的则是岐江沿岸的巨变。

"那个时候，这么大的工程，预算大约 3 个亿，最后只花了不到 2 个亿。指挥部准备 200 万奖励有功之臣，可是，没有一个人提方案，最后一分钱都没有奖。""船闸围堰时，突然扣板脱落了，真把人给吓了个半死。一群人，一个通宵加班，问题竟然给解决了。"

2019 年 7 月 2 日，包括周世雄在内的十多名"老水利"重聚水闸，参观了全新的中控系统、水闸和泵站，说起往事，依然激情澎拜，如在昨日。

投产两年后的 1959 年，中山糖厂获得国务院嘉奖令，在 1959 年的社会主义建设先进集体和先进生产者代表大会上，获得荣誉锦旗。周恩来颁发的锦旗，如今珍藏在中山市博物馆内，成了中国轻工业建设史上的一份闪亮记忆。

中国轻工业的一面旗帜

徐向东

时代潮涌，岁月如歌。中山糖厂，当年的激情燃烧，为中国轻工业战线树立了一面光辉旗帜，现在依然在历史天空中飘扬。让我们走进一段 30 年艰苦奋斗的历史，走进那些时代的辉煌。

荒芜的牛岗山下建设"巨无霸"

2019 年 7 月 16 日上午，我们前往中山糖厂（现属黄圃镇新糖社区）采访。当车辆驶入一条不算宽阔的道路时，远远看见中糖医院、中糖幼儿园、饮料厂、发电厂等字样，高挂在醒目的老建筑上，让人立即肃然起敬。

这里珍藏了一段艰苦奋斗、众志成城的闪光历史和珍贵记忆。

在原中山糖厂工业区（现中山永发纸业有限公司厂区）内，当年浩大的一个厂，遗存的厂房和机械，依然按原来的雄姿坐落着，让进厂区的人们，一眼便能感受到曾经的非凡和强大。那些年，这里生产沸腾，工人们激情奔放，处处是你追我赶的建设场景。礼堂、医院、冰室、茶楼、公园、学校、幼儿园、市场、游泳池、职工活动中心等一应俱全。鸡鸦水道旁，大浪飞歌，惊涛拍岸，见证了那个年代里，工业巨子的卓绝成长与发展。

中山糖厂 1954 年动工，是我国第一个五年计划中的重大工程。当时，广东省从全省的一些较大糖厂，抽调了一批年轻的技术和行业骨干，来到厂区建设。他们成了中山糖厂的第一批"拓荒牛"。中山糖厂坐落在荒无人烟的牛岗山下，要房没房，要休息的场所没休息的场所，一切从零开始。这里野草、杂树丛生，四面都是禾田、蔗地、桑基、鱼塘和墓地，一派萧瑟。初来乍到的工人们见到此情此景，都目瞪口呆了。

此时，中山糖厂第一任书记赵光在办公室里紧蹙眉头，拿起的水杯又放下。他立即通知秘书，要求晚上召开党员干部大会，分析眼前的形势和困难，提出解决办法。是晚，参会人员多数是转业军人，其中有解放战争年代走来的"红小鬼"。会上，大家你一言我一语，表示要迅速行动起来，在荒地上建设工厂，以实际行动支持国家建设。

大伙的激情被点燃了，赵光高兴地站起来，说："要改变目前这种面貌，只有靠我们工人自己的双手！我们要为新中国减负，要为社会主义大厦添砖加瓦！我想，我们先在厂里组织一个青年突击队吧！"

他的话音刚落，会场上便响起热烈掌声。第二天，在厂党委的号召下，厂区墙壁上张贴了中山糖厂青年突击队成立启事，一批年轻工人纷纷报名参加。紧接着，青年突击队分成多个组，分头动员职工积极报名参加青年突击队。几天内，全厂青年突击队由一支队伍发展到了三支队伍。

那个年代，共和国一穷二白，百废待兴，但是当人民当家做主后，社会主义建设激情高涨。中山糖厂职工全力以赴，和牛岗山铆上了劲。工人们每天早上 6 点钟准时出工，直到晚上七八点钟才收工，饭也带到工地上来吃。他们中午不休息，实在太累了，就地坐一会，打个盹，一声哨响，便再次挺直腰板，挥镐撑铲，继续大干。

挖土、运石、填土、清理墓地……每一项工作，都不轻松，但他们都做得格外认真。工人们有一个共识，他们在为国家干，为社会主义建设事业干。这是决心与贫困在较量，信心与困难在较量，理想与落后在较量。尤其是厂里的一批转业军人，他们觉悟高，热情高，难事苦事抢着干。

"当初的牛岗山，歌声四起，彩旗飘扬，加油、比赛的声音一浪高过一浪。干部职工们把青春和汗水奉献在这片热土上。通过他们近三年的开发，由国务院专家设计的中山糖厂终于建成投产了。全厂干部职工，那个高兴劲啊，别提有多大了！他们亲手建设了我国第一个五年计划的项目。中山糖厂的老一辈想起这些，一生都无怨无悔！"提起当年，原中山糖厂工会主席助理、秘书梁伟超格外兴奋。办公室行政干部阮守源也高兴地说："中山糖厂初期投资 1657 万元，厂区占地面积 296.3 万多平方米，建筑面积 9.5 万多平方米，职工 1800 多人。这样的规模，在当时的中国轻工业战线，算得上巨无霸了。"

艰苦岁月，双手开挖人工运河

在实际投产过程中，中山糖厂发现一个问题，蔗农大批甘蔗基本上是通过船只运到厂区附近的陆地上。由于没有水道，只能用板车将甘蔗拉到厂区。这样耗费大量的人力物力，也浪费了很多生产时间。没河道怎么办？

在糖厂党委的倡议下，广大职工群众均发扬一不怕苦、二不怕死的精神，不分白天夜晚地挖起一条人工运河。工地上，职工们相互鼓励，相互拉歌比赛。人们总能听到这样激情澎湃的歌声：

> 我们走在大路上，
> 意气风发斗志昂扬，
> 共产党领导革命队伍，
> 披荆斩棘奔向前方。
> 向前进，向前进……

激昂，高亢，有力，整个工地在沸腾。三个月后，工人们用智慧和双手，克服了建设中遇到的各种困难，终于挖出了一条长 200 米、宽 80 米的人工运河。这条水道，成功连接了鸡鸦水道。

"这样，大大方便了蔗农的运输。这在当时，开创了中山及新中国工业史上人工造河的光辉范例。"原中山糖厂办公室主任黄健棠说，"当年，国家之所以选址中山黄圃建糖厂，一方面是由于鸡鸦水道交通比较方便，一方面中山北部有着丰富的甘蔗资源，大片的甘蔗为糖厂提供了最基本的原料供应。"

如今，站在平静的运河边上，梁伟超望向远处，动情地说："在社会主义建设初期，为了改变中国贫穷落后面貌，我们必须建设强大的社会主义中国。中糖的建设者们，觉悟相当高，吃不饱饭，他们勒紧裤带也要赶工期。工人们有信念，心底无私啊，工作起来有了无穷力量，精神也饱满充实起来！这条运河，一直在工人们的嘹亮歌声中挖通！"

提起这些，参与建设的老职工无不感到自豪。在中山糖厂这个工业巨人的影响下，鲜为人知的鸡鸦水道，从此繁荣起来，声名远播。

1965 年，中山糖厂泊满运蔗船的码头

2009 年 6 月 10 日，原中山糖厂码头（中山影像 © 文波 / 摄）

"我们都以是中糖人为骄傲！"原中山糖厂的老职工叶铨新回忆说，每到 11 月份至次年 3 月份的榨季，黄圃镇牛岗山东麓的鸡鸦水道码头上，便会云集四面八方的船只。此时，运甘蔗的船只，来取超产糖的各个公社、生产队的船只，全部挤在水道上，熙熙攘攘。运河上下，像赶集一样热闹。厂里的机器 24 小时不停地运转，职工们上班都是"三班倒"，加班加点生产成了那个时候的常态。运过来的甘蔗，通过过秤、砍蔗、捆扎，最后由吊车送往传输带，入仓，再经过压榨、过滤、蒸发等环节，出来的便是亮晶晶的白砂糖了。在 20 世纪六七十年代，这些白糖、红糖一直都是日常生活的紧俏商品。

周恩来颁发锦旗

1957 年 12 月 27 日，中山糖厂建成投产。它是全国大型糖厂之一，也是当年中山唯一的省属处级国营企业，行政级别与中山县政府平级。建厂初期，日榨甘蔗量达 2000 吨。投产两年后的 1959 年，中山糖厂获得国务院嘉奖令，在 1959 年的社会主义建设先进集体和先进生产者代表大会上，获得荣誉锦旗。周恩来颁发的锦旗，如今珍藏在中山市博物馆内，成了中国轻工业建设史上的一份闪亮记忆。

中山糖厂受到嘉奖后，再接再厉，干部职工们实干加巧干，引领时代风骚。人们提起中山糖厂，脸上便会泛起一种崇敬之情。

市档案馆一份资料显示，中山糖厂的产品自 1978 年起连续七年获省部优品称号。其间，中山糖厂还承担了国家对外援建任务，为非洲多个国家建起了现代化制糖企业，向国家贡献的税收曾占原中山县的 50% 以上。

20 年后的 1979 年，中山糖厂再次获得国务院嘉奖令。代表糖厂去北京领奖的是革委会副主任、党委副书记、厂长潘锐贤，国务院总理华国锋

20 世纪 50 年代，中山糖厂炼糖公司榨季生产的白砂糖像宝石一样晶莹剔透

颁发了锦旗。同一企业，先后两次接受国务院嘉奖令，这在中国工业建设发展史上是罕见的。

20 世纪七八十年代，中山糖厂成为广东省八大糖厂之一。中山糖厂的各项生产技术指标都处于国内领先水平，成了名副其实的领头羊。那时，郁郁葱葱的鸡鸦水道江边，雀鸟啁啾，百花盛开，香气馥郁，工作和生活在这里的工人们，脸上都露出了幸福的笑容。

中山精神是中糖文化之魂

1985 年 6 月 18 日，这是一个特别的日子。中山糖厂总厂内，锣鼓喧天，喇叭声声，全厂上下喜气洋洋，像过节一样热闹。

上午，中山糖厂制糖分厂"甘蔗压榨机及分蜜机回收系统"科技攻关队的全体队员们，容光焕发，排着整齐的队伍，向总部办公大楼走来。他们是向厂党委报喜的。走在最前面的是分厂党支部书记、副厂长冼兴国。在总部会议室，厂党委将一面锦旗送到他手上。

原来，中山糖厂制糖分厂主要生产设备——5台压榨机和28台分蜜机，达到日处理甘蔗6000吨的生产能力，产量为建厂时的三倍。成功的背后，浸透了攻坚队集体的智慧和汗水。

1985年2月底，冼兴国接到总部下达的一项攻坚任务，关于"甘蔗压榨机及分蜜机回收系统的制造和试验提速"项目，要求在四个月内完成及交付使用，时间紧、任务重、要求高，他头上直冒汗。

冼兴国除了高兴，更多的还是担心。他彻夜思考，天亮后，早早地来到车间，守候在大门前，要求他点到名字的人，立即随他参加科技攻关队。凡是他叫到的人，个个都是技术过硬、责任心强的技术骨干。其中，有四分之三是党员。在他的带领下，攻关队连夜召开动员会，分析目标和困难，找准差距，研究生产和技术参数，制定措施和进度，提出技术升级要求，确保任务按质按量完成。

人员分好工以后，这项重大研发项目随着时间和进度一路走来，便有了清晰的线路图。科研人员为了攻克一个个技术难题，经常工作到半夜，累了也不回家，直接睡在办公室。

炎夏的中山，鸡鸦水道旁，蚊蝇叮咬，天气又闷又热，令人十分难受。车间里，办公室里，别说干活，光是站着，工人们都汗流浃背。为了参数合理、精确，一台机器的测试至少要进行十多次。攻关队的人员，累得筋疲力竭，但是，他们没有一个叫苦叫累，喊着要回家休息的，从而保障了各项测试工作的顺利进行。四个月来，技术人员及装配工人每天工作十几二十个小时，终于在当年的8月份，顺利地让机器实现了生产提速目标，设备压榨机及分蜜机回收系统成功通过省市专家验收。

窥一斑而知全貌。阮守源说，这次攻关，只是中山糖厂建设发展的一个片段。它充分体现了中山糖厂党员干部和职工在平凡岗位上，做出的不平凡业绩。他们无私奉献、不畏艰难困苦、勇于攀登和担当的精神，至今仍闪耀在中山大地上。

中糖前世今生

数字是最生动的表达。中山糖厂一份珍贵的历史资料，现存于市档案馆内。我们慢慢打开，对其发展的历史和现在，有了线性了解。

中山境内的制糖业源于 20 世纪初。古镇海洲有个留学美国的博士，他毕业回乡时，将美国先进的甘蔗苗装在笔筒里带回家乡。从此，中山就有了优质甘蔗。这位博士还在海洲建设糖厂。

至 20 世纪 30 年代，蔗糖生产大幅度扩展，兴盛期有近百家制糖厂。20 世纪 50 年代社会主义改造时期，中山境内的私营糖厂相继组建成六家地方国营糖厂。这些小厂均采用动力压榨机，甘蔗输送也以机械传送带代替了人扛肩挑，煮糖设备采用了较过去先进的六锅长炉，生产效率明显提高。至 1957 年，六家糖厂合计年产糖量是 1949 年的 6 倍多。

在制糖业的上升期，中山糖厂应运而生。它是我国第一个五年计划期间自行设计、自行制造设备、自行建筑安装投产的大型糖厂，建成后为国家二级企业，曾先后隶属广东省轻工厅和佛山专署，1985 年转属中山市。

中山糖厂从 1957 年底正式投产至转制前，在国内制糖业一直处于领先水平。33 年间，中山糖厂依靠自身力量，不断提高生产技术和企业管理水平，扩大再生产能力，创造了一个又一个新辉煌。至 1985 年，中山

甘蔗收获后要尽快榨出甘蔗汁，在大锅中将汁液煮沸并过滤，再冷却成蔗糖结晶

糖厂已有分厂5家，职工2757人，拥有压榨机5台、结晶罐12个、分蜜机28台，日处理甘蔗能力数倍增长。此外，中山糖厂还建设了年产7000多吨的造纸车间、3000多吨的酒精车间等。

至1990年，中山糖厂职工3016人，工业总产值2.27亿元。1992年，中山糖厂完成制糖、热电站的技改，制糖工艺采用"双硫双浮"工艺，加工能力提高30%；饮料分厂引进丹麦生产线，纸包装饮料产量达1.24万吨，利乐包装饮料产量曾位居国内同行前列。

建厂30多年来，中山糖厂获得的荣誉不计其数，不仅让中山人为之自豪，也让外地人羡慕不已，"糖厂小伙子不愁娶，姑娘不愁嫁"。李凤泉是该厂第一批职工，想起当年仍记忆犹新。那个年代，中山石岐甚至广州的不少姑娘都想嫁给中山糖厂的小伙子。当年，黄圃镇的党委书记月薪只有 30 多元，而中山糖厂车间主任的月薪却有 49 元。

中山糖厂的发展，带动了周边地区的兴旺和第三产业发展。周边地区慢慢形成以糖厂为中心的社区，家属生活区、图书室、展览室、音乐欣赏室、大中小学、幼儿园、商场、银行、邮局、影剧院、歌舞厅、医院、招待所、餐厅、理发店、菜市场等生活配套设施一应俱全，街道都有十几条，职工文化生活也非常丰富。"从 20 世纪 60 年代起，我们就用上了水箱厕所，"梁伟超自豪地说。20 世纪七八十年代，中糖的各项工艺技术指标都处于领先水平。儿时大家都曾喝过"蜂巢"系列饮品，如饮必美、菊花茶、清凉茶等。冰室 5 毛钱一条的"雪批"，更是厂区孩子的最爱。

随着改革开放不断深入，中山工业迎来了全面发展，中山糖厂也于 2000 年全面转制。转制后的造纸厂和饮料厂仍在运营。

对于民众第一家"三来一补"企业——新华手套厂所起到的招商引资示范作用，已经很少有人知晓了。相关资料也很少出现它的名字，但就是这家企业成了中山现代经济发展中不可或缺的一笔。

中山"三来一补"发现"见证者"

黄廉捷

伶仃洋潮起潮落，五桂山香溢四处。

凭借改革开放强劲东风，依仗得天独厚地理位置，中山人筚路蓝缕，以勤劳双手创造出一个又一个奇迹，让中山从一个传统的农业县，通过改革开放迅速蜕变成工商业发达、城乡一体化的现代城市。今天，中山正抢抓粤港澳大湾区机遇，积极发展。

回望中山经济发展之路，"三来一补"（来样、来料、来技术、补偿贸易）经济模式不可或缺。据记载，中山乡镇企业前身是改革开放前的社队企业。1979年以前，社队企业工业产值约占全市工业产值四分之一，以镇（区）办企业为主，个别较好的村也办一些小型加工和支农企业。1979年后，随着改革开放的深入发展，各乡镇利用中山毗邻港澳的优势，以"三来一补"为起点，逐步发展乡镇企业。"三来一补"是中山利用外资发展的第一阶段，"1979—1983 年为探索阶段。国家的经济体制开始由封闭走向开放，但省利用外资项目审批权未下放，从事对外经济工作的经验不足，思想解放不够，平均每年批准的'三资'企业项目仅 4 个，而且主要是旅游业。"在 1997 年版《中山市志（上）》可以见到"三来一补"经济模式的起步记录。

改革开放春风吹绿南海之滨，五桂之地，春暖花开。

1978 年 7 月，中山纸箱厂成为全县首家"三来一补"企业，引进电子加工装配生产线，新设电子车间，生产收音机。而位于浪网公社（后并入民众镇）的新华手套厂也是在这一时期起步，在中山改革开放中勇立潮头。对于中山第一批"三来一补"企业之一——新华手套厂所起到的招商引资示范作用，如今已经很少有人知晓了。相关资料也很少出现它的名字，但就是这家企业成了中山"三来一补"经济发展中不可或缺的一笔。

记录中山人"敢为天下先"的荣光

位于中山市东北部的民众镇为典型的岭南水乡，河流纵横交错。1974 年分出浪网人民公社，1986 年 12 月改称浪网镇，2000 年并入民众镇。民众镇东至珠江口，西与三角镇接壤，南临横门水道与中山港相邻。据《中山市志》记载，1979 年前，民众工业规模小，经济结构单一，仅有制砖厂、木竹社等几家手工作坊。改革开放后，一些港澳乡亲回乡投资，以"三来一补"及合资、合作形式办企业。1979 年 7 月，"三来一补"企业新华手套厂在浪网开业。

在《中山市志》里有这样的记载：1979 年 8 月，浪网公社新华手套厂建成，为香港南方贸易公司加工各种劳动手套，产品全部出口。1987 年产量达 38.6 万打，香山牌手套获农业部优质产品称号。

2014 年 3 月 13 日，我在参加《改革开放广东一千个第一》"三亲"史料征集座谈会时，市人大常委会原副主任刘玉池讲述了浪网公社新华手套厂建成的情况。《中山日报》2014 年 3 月 15 日的报道中这样写：

"为什么要搞新华手套厂？刘玉池作为当时浪网的领导之一，他印象中当时浪网的土质是'落雨就一条槽，好天就一张刀'，割到脚很痛那种，所以禾田产量不高，农业产值很低。'当时想先把路开通，然后把生产搞上去，没有钱怎么办？办乡镇企业。'刘玉池说，改革开放之后，浪网的港澳同乡会就开始找些人回来投资，终于，建成了这间新华手套厂。浪网公社新华手套厂很快被社会接纳，并开始接香港订单。"

而今，行走在民众镇的浪网大道，绿荫惹眼，果园、鱼塘、工厂错落有致，采访当天，还能吃到上网村采摘下来的龙眼。在民众镇上网村委会二楼，我见到村党总支部书记郑炳枝。刚进他的办公室，他就打开话匣子，带着当地口音，语速极快，给人雷厉风行之感。一听我想了解新华手套厂，似乎有讲不完的故事，他告诉我，高中刚毕业时他的最大理想就是进入这家企业做事，可惜愿望没有达成。

从郑炳枝办公室窗口望去，能见到果园与鱼塘，舒心惬意。这片热土养育着坚韧打拼的人。

新华手套厂是典型的"三来一补"企业，其厂址就在浪网，浪网是大沙田区，工业几乎为零。

郑炳枝说："这个厂当时做出口，工人做的手套都是皮的，全是由猪皮、牛皮等材料做成的，也有人叫它皮革厂。"

据郑炳枝讲述，新华手套厂 1977 年开始兴建，两年后起好厂房，1979 年上半年正式投入生产，由浪网公社副书记何锦添主管，后来由何林添当厂长。

通过郑炳枝的联系，我见到了何林添的儿子。"我老爸去年去世。"何林添的儿子称，新华手套厂选址的地方，当时是一个鱼塘，那个地方近水道，水路运输方便。"我记得当时用石子和沙来填平，填了两个多月，"他介绍说。

浪网因地处浪网沙而得名，据 1997 年版《中山市志（上）》，当时有乡镇企业 529 家，其中工业 99 家，主要有制衣、手袋、漂染、电子、乳胶、织造、纸箱、塑料、化纤、皮具、铸造等厂，新华手套厂的"香山牌"手套获部优和省优产品称号。新华手套厂与其他镇企业一样，通过"三来一补"形式起步，让乡镇企业迅速得到发展，并形成了集中的生产网点。

如今 80 多岁的郭柏年是民众镇人，当年他在浪网担任领导职务。我们在一张十年前他与"三来一补"企业老板陈广球的合影中认出他，找到他进行采访。对于新华手套厂的兴建，他记忆清晰，他说自己很早就与陈广球认识，"当时陈广球父子俩在香港做布行生意，还在浪网建了栋别墅，不时回来。"一天，郭柏年从县里听到了鼓励办工厂的消息，就找到了香港乡亲陈广球，鼓励他回乡办企业。

郭柏年称，选址河边，是出于运材料方便。因为原材料的猪皮、布料、机器等都是从水路运过来的。如果厂址在内陆就麻烦了。这家厂，镇里派了何锦添和马少波两个镇干部负责监管，还需要找一个有经营核算水平的人当厂长。后来找到了会计出身的大队党支部书记何林添当厂长。这些都是镇党委讨论过的，"这是镇里招商引资的企业，我们必须派出干部监管。"

郭柏年拿出一本画刊，里面有他和浪网首家"三来一补"企业老板陈广球的合影（陈慧／摄）

郭柏年说："这家厂建起来后，国务院、广东省、县里都有人来参观考察。当时全浪网没有一家企业，全是农业。浪网靠近民众、三角，这一带也没有厂。新华手套厂建起来之后，又带动了好多厂，带起了整个工业区，但这个手套厂的效益是最高的。农民们都争着进厂工作，因为工资比干农业高很多。"

讲起这段历史，郭柏年像重历了当年大办企业的情景，心情十分激动。

想入厂做工，要找关系

"三来一补"经济模式除了把先进的技术、产品和管理经验带到内地外，也解决了当地富余劳动力的就业问题，为增加百姓收入带来好处。

何林添的儿子继续为我讲述："这家企业在搞基建时，我爸爸在厂里做工，我也去过。"据何林添的儿子讲，当时进入这个厂做工是一份美差，一般人进不去，有文化才行。"进新华手套厂都要公社统一安排。"

郑炳枝说："当时这家企业有很多人来参观学习，各处都有来人，何林添也经常接待。接这些人来参观，是在新华手套厂开一只船到码头，鸡鸦水道开一只机船去接。机船是烧柴油的，路不好走，又没车，只能用船到中山港接港商。"

"三来一补"经济模式，极大影响了中山各镇区，人造纤维（化纤）制造业、纺织品制造业、染整业、缝纫业等业态不断形成。浪网也因新华手套厂，吸收了大量农村富余劳动力。

郑炳枝说："1979 年，我从浪网中学高中毕业，就想入这家企业。我叔叔是浪网公社领导，我找到他时，他对我讲，侄子，'耕田也是革命'，你就回去耕田吧。"

刚高中毕业的郑炳枝为何想进这家企业？原来，他有同学在厂里做事，听说入职第一个月就拿了 38 元。可惜，当领导的叔叔不支持。讲起当年的事，郑炳枝笑了。

郑炳枝为我找来了在新华手套厂工作过的老员工周洪国：黑瘦身材，讲话总带着几分幽默。他 1982 年入职，做了 25 年，从普工做到管理层。"分两班上班，8 个小时工作制，日班 7 点半左右开工，做企业职工好过搞农业，不用日晒雨淋。"后来，周洪国做到了管理层，按月发工资。他说这家企业奖惩分明，产品质量不好或数量不够就扣工资，做得好则有奖励。

周洪国还说，当年工人收入比农民高多了，因此周边村的青年都争相进厂，手套厂的兴旺带动了众多企业前来浪网。

郑炳枝讲，起初浪网公社经济差，村民都好穷，新华手套厂一办，就把浪网公社的经济撑起来了。"新华手套厂做大后，要有好多的配套，其他厂就进来了，形成了浪网公社第一工业区。"据资料显示，到 1985 年，浪网已办起手套、皮鞋、织布、服装等 10 家工厂，安排 3000 人就业，占全镇劳动力的 1/3，工业生产值达 3000 万元，利润 40 万元。1988 年浪网镇村工业增至 33 家。

周洪国说自己进到这家企业工作，村里人都羡慕，"我先前在镇政府当杂工，镇政府领导也很看重我，做得事，有文化，后来就安排进了企业。"他说，工厂招工时很热闹，很多人争着进。遇八月十五，厂里还有赛艇，发奖金都是发港币，整个浪网公社的人都希望来这个厂做工，还要找关系。周洪国介绍，工厂 1982 至 1983 年最旺，有员工四五百人。

2007 年，周洪国离开这家企业自己创业。

随着国家对生态环境保护的重视，鸡鸦水道成为饮用水保护区，新华手套厂只好关闭。

周洪国带着我们回到新华手套厂旧址。站在鸡鸦水道流经三角镇和民众镇之间的交界处，他指着旧址说："这里是企业大门，这里放材料，这里生

手套厂老员工带记者走访新华手套厂的旧址（陈慧／摄）

产……"周洪国——给我们讲解，但破旧厂房已经没有当日辉煌模样，旁边的鸡鸦水道不时有船家靠岸，陪伴新华手套厂旧址的除了岁月就是流水。

而今，新华手套厂旧址是一片被遗忘的工业区，成片的厂房已空无一人，房顶、墙壁、地面、围墙几乎都淹没在绿色的攀爬植物中。新华手套厂完成了"三来一补"的使命，已经走进人们的记忆深处。

中山温泉宾馆有很多东西让人意想不到——在最短的时间，以最少的资金，用最新的合作方式，建成一座具有岭南特色的宾馆。这种速度和效率，在其他地方无法做到，但中山温泉宾馆可以，这就是中国水平，也是亚洲最高水平。

春动温泉"千层浪"

苏小红

1979 年，注定要演绎"春天的故事"。

亿万中国人被党的十一届三中全会的春风唤醒。复苏的激情、复苏的希望、复苏的美好愿景，犹如"惊涛拍岸，卷起千堆雪"。位于中国南海边的伟人故里中山市，成为春江水暖的先知者，敢为人先的中山人率先打开门户，迎接中国改革开放后第一批来自港澳的投资者。

就在这一年动工兴建的中山温泉宾馆，开我国中外合作经营酒店之先河。她犹如一枝报春花，绽放在罗三妹山下，在中国推开对外开放这扇窗户之际，让人们看到了新时代的多姿多彩。春天的故事从这里开始，"不走回头路"的改革强音也从这里响彻神州大地。

一

当年这股汹涌澎湃的"春击波"，当时的中山县委统战部副部长，后任中山温泉宾馆执行董事、第一任总经理的李晃叠记忆犹新。

"党的十一届三中全会，开启了中国改革开放新纪元。但怎样改革？如何开放？从哪筹钱搞建设？这对当时一穷二白的我们来说，真是'一头雾水'。"李晃叠和当时的中共港澳工委副书记柯正平是老朋友，在跟他聊天中，得知中央有意动员一批爱国的、有实力的港澳商人带头到内地投资。

霍英东当时是香港中华总商会会长，何贤是澳门中华总商会会长，他们是港澳商界领袖，很有影响力。李晃叠跟柯正平说："不妨请他们到中山看看。"

霍英东也正有此意。1978 年 12 月 19 日，党的十一届三中全会开幕后的一天，《澳门日报》发表题为"中山县翠亨村将辟为旅游区"的报道，他从这篇报道里嗅到了"春天"的气息。由于经历过携家人回故乡寻根访祖，却无法找到合适下榻宾馆的体验，霍英东认为，打开国门吸引外商，首先要有好的接待环境，让客人住得舒适、愉快。霍英东有意建造一座高端宾馆，投资目标锁定在珠江三角洲地区，他计划到中山、番禺、南沙、从化四地考察，并把中山作为第一站。

1979 年，霍英东带着家人与何贤、马万祺、何鸿燊、柯正平等一行来到中山考察。中山县革命委员会非常重视，安排县委统战部部长林藻负责接待。考察团入住当时条件最好的县委 139 招待所。说是条件最好，却是非常简陋的：招待所的房间里没有自来水，服务员一手提一桶冷水，一手提一桶热水到房间，让客人自己兑着用。洗脸盆的出水口没有活塞，就用热水瓶的木塞代替。霍英东不禁感慨："中国要改革开放，吸引人家来投资，要有好的交通、适宜的食宿地点，人家才会进来。"

考察结束，霍英东一行对四处选址对象逐一比较：番禺是霍英东祖居地，但距离港澳相对较远，基础设施较差，发展旅游业暂时没有优势；南沙地理位置不错，但尚未开发，仍是一片蛮荒之地；从化虽然有温泉，但地处广州东北部，人文资源较为匮乏。大家一致认为，中山综合优势明显：首先，中山地处珠江出海口，与香港隔海相望，城区石岐距澳门仅60公里，是澳门至广州的必经之地。其次，中山人文资源丰富，是民主革命先行者孙中山和近代思想家郑观应的故乡。再次，中山温泉属于"珍稀温泉"，富含镭、锂、氟、钙、钠、镁等稀有微量元素，不仅质量好，而且通过前几年的开发，已经有了一定基础和影响。此外，中山是著名侨乡，侨务工作扎实，与海外、港澳各层次人员交往较多。十一届三中全会后，中山举办过类似恳亲会等在国内有影响的大型活动，知名度在境外尤其港澳地区得到提高。在中山县革命委员会高度重视和积极支持下，霍英东拍板确定

昔日中山温泉宾馆鸟瞰图

将宾馆投资地点放在中山三乡。

宾馆的选址方案也是经过实地踏勘、再三考量、反复论证。

第一套方案：建在泉眼处。此方案便于利用温泉水，不用大规模铺设水管，最省钱。但泉眼紧挨村落，需拆迁征用400—500亩耕地。一来村民会失去赖以生存的基础，二来农田地区一马平川、缺山少水，并非旅游度假胜地，霍英东对此颇有顾虑。

第二套方案：建在雍陌村。雍陌村离泉眼不太远，村后东侧有个平缓的山坡，与罗三妹山东面山脚相连。山脚平坡面积很大，可打造成风景游览区，也可供今后发展游乐园，甚至作为机场选址。讨仑时，大家一致看好这个地方。

第三套方案：建在罗三妹山南面。此方案的形成，得益于一位名叫"秋叔"的温泉旅社员工。听到大家津津乐道第二方案，他突然提议说，还有一个地方环境好，可以带大家去看看。第二天，秋叔拿着锄头，林藻拿着镰刀，霍英东一行人朝罗三妹山进发，直奔山前一块名为"锣鼓岗"的荒坡。

这天下着小雨，山上没有路，山顶的罗仙姑庙也没人进香。锣鼓岗荒坡背靠罗三妹山，岗下有一个山泉形成的湖，当地人称"上有罗三妹，下有冷热泉"。站在岗坡之上举目眺望，山下的湖与远处钓村在烟雨萦绕中别有一番朦胧诗意。尤其是罗仙姑庙后的巨石，状如石鼓，据称拿石块撞敲巨石中点，声如战鼓，颇为壮观。

秋叔现场当导游，称罗三妹山的得名源于当地传说中的一个人物。传说山下的雍陌村有一个叫罗三妹的女孩，自幼丧父，家境贫寒。母亲长年卧病在床，孝顺的罗三妹侍奉无倦。14岁那年，罗三妹的母亲病逝，她悲痛欲绝，十多天粒米未进，哀伤而死。百姓为纪念这位孝女，把这座山命名为"罗三妹山"。

将温泉宾馆建在罗三妹山南面，既不占用耕地，也不需要拆迁村庄，减少了对自然环境的破坏。锣鼓岗依山临水，承北启南，宾馆可依据地势的蜿蜒起伏依次展开，围绕罗三妹山和温泉两大主题空间利用上可做到前后呼应。规划时以罗三妹山为背景，以温泉水为中心，形成"前水后山，复构堂与水前"的景色。还可以借地势高低及水位差异，分级处理水面布置和湖岸装饰，将静态湖面转化成动态流水。游人置身其中，既可与大自然交相辉映，又可同小环境融为一体。

站在锣鼓岗荒坡上，霍英东久久流连，不忍离去。也许，是罗三妹的故事勾起了这位自小被人欺视的"疍民"的童年回忆；也许，是孝义动天的传说呼应了霍英东一心报国的赤子之情。那一个雨天，改革开放的鼓槌，犹如轰轰春雷，落在了罗三妹山上那一面面鬼斧神工天然雕琢的石鼓之上，中国内地第一家中外合作宾馆定址于此！

二

建设中山温泉宾馆，霍英东投资的指导思想是：我出钱，但宾馆要由中国人办，要由中国人管理。

当时，全国没有这方面的合作样板，虽说宾馆的内地合作方是中山县，但由于项目开全国之先河，探索性、政策性强，广东省委、省政府十分重视。根据霍英东的要求，项目建设宏观上由广东省政府直接把控。1979 年夏，广东省派出以中山县委统战部副部长李晃叠为代表的商议小组，与霍英东以中澳投资建设公司名义派出的秘书柯少琪为代表的商议人员，就合作方式及具体细则进行详细洽谈。为便于洽谈，广东省省长刘田夫还特意安排双方代表住进了省政府迎宾馆。

中山温泉宾馆投资规模多大？以什么形式合作？如何管理经营？双方各陈己见，想好一条，否定一条，否定了再想……经过两个多月的商讨，双方对项目投资金额、双方合作方式、收益分配问题、建筑设计方案、工程工期等达成了共识，协议内容经过反复完善后整体议定：以"合作"界定项目性质，即中澳投资建设公司出资，中山县出人力、物力等资源，双方共同建设、营运、管理。中澳投资建设公司出资 3000 万港元，与中山县合作建设中山温泉旅游区，不需担保，不计利息，不分红；旅游区建成后归国家所有，由中国国际旅行社中山支社经营管理；为确保中澳投资建设公司收回投资本金，从旅游区开始营业起，温泉宾馆拨出 100 间客房，包括 5 幢独立别墅和商场的一半面积，由中澳投资建设公司直接经营。经营期内，中澳投资建设公司可在港澳自行组织游客入住温泉宾馆，直接收取相关费用，无须交给温泉宾馆，经核算后利润抵扣出资本金，为期 10 年。后在协议履行过程中，中山温泉旅游区首期工程资金出现缺口，经与霍英东及时协商，中澳投资建设公司在原协议投资 3000 万港元的基础上，追加投资 1000 万港元。后来，温泉宾馆业务不断扩大，经商议，中澳投资建设公司又有了第二期、第三期投资，协议有效期实为 28 年。

李晃叠回忆，霍英东以合作方式投资建设中山温泉宾馆，"投资不需担保，不计利息，不分红，旅游区建成后归国家所有"的慷慨设想，完全是出于霍英东促进改革开放和推动内地经济发展的爱国之情。

在项目的所有环节里，霍英东最担心的是建设速度问题。亲临工程工期商谈现场，他道出心中疑虑：自己曾建议万里长城风景区建一间厕所，没想到那间厕所竟建了两年。中山温泉宾馆要建多少年？别三五年才建好，那就失去改革开放的意义。

大家的目光投向李晃叠。"我也没什么依据，却是'敢'字当头，当即表示，要动员全县力量，争取一年建起来！"李晃叠说，对自己的表态，大家都是将信将疑，霍英东也是笑而不语。

怎么会有这么大的勇气和信心？李晃叠由衷而言："落后就要挨打，

别人看低中国人，就是因为落后，因为做事没效率。"他曾在横栏、南头、小榄等人民公社当过 19 年党委书记，后来还当过农林办主任和十几年统战部副部长，深知群众对落后状态已经忍无可忍。"不是我们不会做，不是我们没力量，不是我们没办法，是陈旧的体制束缚了大家，改革开放总算把思想解放出来啦！"

1979 年 11 月 27 日，中山温泉宾馆破土动工。锣鼓岗上锣鼓响，一场举全县之力的"温泉大会战"拉开了序幕。

由中山县各个相关单位正副职领导组成的中山温泉旅游区建设指挥部，被中山县革命委员会授权为温泉宾馆建设最高权力机构，方便工程统一领导、统一布置、统一行动。指挥部"沙场秋点兵"，在全县不同行业、部门物色业务骨干、专业人才，随时准备将他们调入宾馆。一个精干有力的指挥部架构很快搭建起来，下设基建、财务、交通运输、采购加工、征地、园林绿化、后勤、政工、保卫、行政、接待等 11 个组，各组组长大多数是熟识业务的科级干部。

考虑温泉宾馆建设工程工期紧、要求高，特别是其合作背景意义特殊，指挥部斟酌再三，最后选定中山石岐建筑工程公司承担主体建筑任务。石岐建筑公司无论是以往业绩，还是自身实力，在中山当时都首屈一指。但霍英东对这个县城的建筑队伍不放心，问了一串问题后一直不表态。这可急坏了石岐建筑公司经理周磊明，他当即立下"军令状"："如果温泉宾馆没有按时按质建好，我就带领手下一千多兄弟从三乡爬回石岐！"

李晃叠说，大家都憋足了劲，建设的情景可用"不计日夜"来形容。"我当时 49 岁，应该正当年，但累得只要一坐下，眼皮用牙签都撑不住。"

1980 年 12 月初，温泉宾馆开业在即，霍英东一行到工地视察。从客房主楼到别墅，大家对餐厅和各项配套设施赞不绝口。视察将要结束时，何贤指着四周的黄土问霍英东："请帖都印好发出去了，目前这种情况不

中山温泉宾馆航拍图（余兆宇／摄）

知能否按时开业？"

"一定可以准时开业！别看现在这儿没有一棵树一根草，他们革命加拼命的干劲，我见识过了。"霍英东斩钉截铁。

在开业压力之下，建设温泉宾馆的工人采取"三班倒"方式日夜赶工。指挥部专门从澳门租了广播器在建设现场调度指挥，2000多人没日没夜地干。三天三夜，宾馆外围的绿化区全部种下树，铺上草皮。10万件家私、用品也在一个月内从美国运抵宾馆。12月27日晚上12点钟之前，温泉宾馆的大堂前面还有一块泥地。12点左右才开始铺地砖，工人忙了一个通宵，一直加班到28日凌晨，人人累得手脚酸软，最终保证了宾馆1号、2号、3号、8号楼在开业前顺利开放。

1980年12月28日，中山温泉宾馆隆重开业。一座占地5万平方米、拥有250间客房的现代化园林宾馆展示在中外1000多名嘉宾眼前，宾馆建设从动工到开业仅仅用了 13 个月！

霍英东在开幕式脱稿致辞，赢得掌声不断。他在讲话中说："中山温泉宾馆有很多东西让人意想不到——在最短的时间，以最少的资金，用最新的合作方式，建成了一座具有岭南特色的宾馆。这种速度和效率，在其他地方无法做到，但中山温泉宾馆可以，这就是中国水平，也是亚洲最高水平。谁讲中国的改革开放不行，请你来看中山温泉宾馆。你们不信祖国的改革开放会成功，我信。谁担心，就请你们来看，请你们来中山投资！"

李晃叠回忆起中山温泉宾馆开幕那天，就像做梦一样。他和霍英东都兴奋得睡不着觉，当晚两人吃了夜宵后就一起聊天。霍英东兴奋地说："中国人没有做不到的事情！"霍英东知道李晃叠是农民，又添了一句："你睇，农民管国际水平的宾馆都得！"

李晃叠职业生涯中最后的十年，奉献给了中山温泉宾馆，尽管建设宾馆的那一年，他整整瘦了五公斤，可他依然认为，那是他人生中最精彩的十年。

三

叱咤商场的霍英东既胆大，又心细。按照他的要求，中山温泉宾馆在举行开业典礼后并没有立即营业，而是专门安排一周时间免费供民众参观游览，一来聚人气，二来满足人们对新鲜事物的好奇心。

听说免费参观，十里八乡的村民赶来了，就像刘姥姥进大观园一般，一步一惊叹："啧啧，原来是这样改革，是这样开放的。"

中山温泉宾馆带有浓郁的岭南建筑风格，内设园林小景、电子和机动游戏机，以及空调、彩电等酒店用品。这些对于当时国内大多数人来说都是难得一见的新鲜事物。因此宾馆一开业，就成为旅游热点。开业后的第一季度，即从 1981 年 1 月 10 日到 4 月中旬，住宿者就达 1 万多人次；到此旅游的港澳同胞、侨胞约 15 万人次。总收入约合人民币 100 万元，纯利约 14 万元，效果立竿见影。1982 年，中山温泉宾馆开始盈利，营业额仅次于广州的东方宾馆、上海的锦江饭店、四川的锦江宾馆和北京的北京饭店，跻身中国内地五大宾馆行列。

就在 1980 至 1983 年三年间，中山共引进 1.2 亿多港元大兴旅游项目。1983 年，中山接待国内外游客 182 万人次，比 1980 年增长 8 倍，促进了 2800 多人就业；旅游总营业额 1.07 亿元，创汇 1000 万美元，纯利 834 万元，比 1980 年增长 10 倍。《人民日报》（1984 年 6 月 22 日第二版）发表的文章《中山：客人超过主人》满溢褒扬之词：

> 现在，人们一到中山，一眼就看见兴旺景象。每天，前来中山旅游的平均有 7 万多人，最多的一天达 15 万人。游客中，外宾、华侨和港澳同胞占六成……

来中山参观的人都看到，这里兴办的旅游事业，是我们国家对外开放和搞活经济的一个重要组成部分。这几年中山旅游事业促进了工农业商品生产的大发展，工农业总产值 1983 年增加到 14.5 亿元，比 1978 年的 7 亿元翻了一番多，为社会主义事业积累了大量资金。

霍英东在中山的"温泉试水"，缘何能在中国大地激起"千层浪"？

李晃叠认为，中山温泉宾馆率先冲破计划经济的束缚，在"吃大锅饭"体制还很盛行的时候，这里率先实行了承包制；在一盒火柴涨价一分钱都被视为严重违反政策的时期，这里卖起了"高价面包"；宾馆大量供应鸡腿、面包及其他食品，乳鸽及许多物品供应告急。当时很多人不满地说，宾馆的客人把三乡的肉、鱼、蛋吃光了，只留下一堆大小便。可是物价影响市场，

中山温泉宾馆一角

市场影响生产，消费的增长很快刺激了生产。石岐乳鸽在"大跃进"时代年产 3 万只，市场价格调整以后，1986 年已经年产 30 万只了，现在一个厂年产几百万只，满足了市场的需求。雍陌村几乎一半的村民进了温泉宾馆工作。

很快，中山温泉宾馆成为中国内地现代酒店管理的示范田。酒店建立起一整套全面系统的管理制度和服务规范，为中国内地现代酒店管理作了奠基性的探索，成为全国同行学习的样板。从 1990 年至 1998 年，连续九期全国旅游局长研讨班（第四期至第十二期）在中山温泉宾馆举办。

自 1980 年 12 月 28 日开业以来，中山温泉宾馆曾接待过邓小平、江泽民、胡锦涛、叶剑英、杨尚昆等近百位党和国家领导人。美国歌坛巨星迈克尔·杰克逊，奥运冠军邓亚萍、赵蕊蕊、马燕红、王丽萍，香港影视明星谭咏麟、林子祥、叶倩文、曾志伟、陈百强等也曾到此游玩。中山温泉宾馆享有"改革开放活化石""名人堂温泉"等美誉。

中山温泉宾馆的成功创办，给当时的中国开了一扇窗，透过这扇窗，国人看到了世界先进的技术和设备，了解到先进的管理理念和管理制度；透过这扇窗，港澳地区和外国的投资者，看到了中国改革开放的美好前景，大大增强了投资内地的信心。中山温泉宾馆的成功，不仅给了霍英东这些外商信心，也给了中山乃至全国人民改革开放的信心。

四

2018年年底，中山温泉（集团）原副总经理吴励民在深圳参观"大潮起珠江——广东改革开放40周年展览"。看到展品中的中山温泉宾馆工牌、打卡机、收银机和开业时进口的空调、电视机，这位在中山温泉宾馆工作了30多年的"中山温泉人"心潮澎湃，一幕幕往事涌上心头。

吴励民是广州到中山三乡公社插队的知青，1979年在中山温泉旅社担任接待组组长，1982年调入中山温泉宾馆工作。他从一名普通员工成长为中山温泉（集团）副总经理，2008年退休后又被返聘为顾问，直至2016年才真正离开中山温泉宾馆。可以说，与中山温泉宾馆荣辱与共近40年的吴励民，见证了宾馆持之以恒改革开放的历程。

40年的岁月光影，中山温泉宾馆敢为人先，收获了"杀出一条血路"的威水史——

中山温泉宾馆是中国内地第一家中外合作旅游企业；

中山温泉宾馆是粤港澳三地车牌第一发起者；

中山温泉宾馆是中国内地改革开放后第一家制定、执行现代酒店管理制度的酒店；

中山温泉高尔夫球会的球场阿诺庞玛是中国内地第一个具有国际水准

的高尔夫球场（1984 年）；

中山温泉高尔夫球队是中国内地第一支高尔夫球队（1985 年）……

1984 年，邓小平同志下榻中山温泉宾馆，登上罗三妹山时发出一语双关的"不走回头路"。这句改革开放的最强音掷地有声，落在锣鼓岗的石鼓上，传向神州大地。

40 年的岁月光影，中山温泉宾馆也体验了"摸着石头过河"、步履维艰的坎坷路——

20 世纪 80 年代中期，中山温泉宾馆决策层以温泉宾馆为核心成立中山温泉联合发展总公司［20 世纪 90 年代组建中山温泉（集团）公司］，提出了"一业为主，多业经营""东方不亮西方亮"的经营方针，选择商贸领域全面出击。

进入 20 世纪 90 年代，改革开放迅速向纵深推进，党的十四大提出建立社会主义市场经济体制，强调经济运行以企业为主体，以市场为导向，在国家宏观调控下，充分利用市场机制进行资源配置。置身波澜壮阔的市场大潮，面对令人眼花缭乱的各类商机，中山温泉宾馆又一次站在改革开放的风口上，开启了新一轮的拼搏。中山温泉宾馆尝试过改为股份制，试用国有民营新模式，尝试过多线发展副业，扩展经营领域，在新一轮探索道路上有成功也有失败，有收获也付出了代价。回过头来看那段艰难时光，吴励民认为，虽然中山温泉宾馆在一段时期也曾因市场多变和同行激烈竞争而遭遇挫折，感到困惑与茫然，但这恰恰反映了在社会主义市场经济下，中国酒店业从"一枝独秀"到"百花齐放"蓬勃发展的景象。

2009 年 1 月 9 日，中澳投资建设公司与中山温泉宾馆 28 年的合作期结束，回归国企序列的中山温泉宾馆启动全面改造工程。2013 年初完成了全面升级改造。在升级改造中，中山温泉宾馆善于打文化牌、生态牌，依托"改革开放活化石"的人文底蕴和得天独厚的生态环境，形成鲜明的中山温泉特色。2011 年，中山温泉历史文化展厅建成，全方位、立体化地展示了中山温泉的成长史、奋斗史，成为外界观察中国改革开放事业的"窗口"。据统计，从 2013 年以来，中山温泉宾馆的经营收入实现连续五年增长。2018 年 1 至 3 月，经营收入比 2017 年同期增加 119.73 万元。

当前，中山正积极抢抓粤港澳大湾区建设新机遇，规划建设"温泉小镇"，其范围就在中山温泉宾馆周边地区。未来，这里将被打造成以生态为基底、温泉为龙头、养生为核心、产业为主导、文化为灵魂，集温泉养生、休闲度假、文化旅游、传统美食、专业服务于一身，宜居、宜业、宜游、宜创的生态旅游胜地。

遥想当年，首位进入内地投资的港商霍英东在中山温泉宾馆 10 周年庆典上致辞："改革开放的道路是振兴中华的道路，是正确的、宽敞的，我们将继续沿着这一光明道路向前走。"

作者简介

苏小红，2000 年开始从事新闻职业，曾多次获得广东新闻奖、中国地市报新闻奖、中山新闻奖。获广东省五一劳动奖章、广东省优秀新闻工作者、中山市十杰市民、中山市十佳记者等荣誉。著有长篇报告文学《梦回东方——华侨华人百年心灵史》（合著）《渔歌水韵》（合著），主编《海上丝路——大国海图的千年记忆与现实梦寻》。

一曲威力人的歌，在岐江两岸回响；一个开创性的神话，美丽了岁月的风尘。中山威力，这个敢为天下先的国家一级企业，曾经如瑰丽的霞光，成为珠江三角洲一道亮丽的风景，照亮了中山，照亮了岭南，也照亮了神州大地！

威力精神

黄祖悦

　　一栋栋整齐的大楼，安静坐落在蓝天白云下；一条条宽阔的大道，在厂房与花园之间欣然铺开；一片片如茵的绿草地，与红花绿叶相互掩映。总装大楼的阳刚，办公楼的优雅，厂俱乐部的轻松，与工厂花园的亭台楼阁、小桥流水、通幽曲径，共同构成一幅美妙的图景，那是中山威力醉倒无数人的人间仙境！

　　中山威力洗衣机，始创于1979年，1983年正式更名为威力洗衣机。不到十年的时间，它成为中国家电王国的神话！走进威力的荣誉室，一张张闪闪发光的奖状，一个个金灿灿的奖杯，见证了它奋进的足迹：

中山威力洗衣机厂厂区全景

1988 年，被中华全国总工会授予"全国先进集体"称号，颁发五一劳动奖状。

1988 年，获国家质量奖审定委员会授银质奖章。

1988 年，通过国家技术监督局审定，获评国家一级计量合格企业。

1990 年，荣获国家技术监督局、中国质量管理协会授予的全国企业管理优秀奖——金马奖。

1996 年，被评为"中国洗衣机大王"。

那是一个载誉而行的时代，威力成为那个时代的天之骄子。

"站在时代的峰顶，再高的山也在脚下。"威力之所以能在极短的时间，创造出如此令人瞩目的成就，就在于它从一开始便确立高端定位，并不遗余力，信守承诺：生产，创一流的品质；销售，创一流的服务；管理，创一流的文化。

生产：创一流的品质

时间转回到 1978 年底，许继海和工友们把新研制的洗衣机搬到厂区饭堂门口，让大家试验。一名老工人脱下油腻腻的脏衣服放进洗衣机，洗完后拿出来，变得干干净净。工厂的员工欣喜地睁大了眼睛。

"呀，真干净！"大家不禁赞叹着。

"好，就命名为'洁白'洗衣机！"许继海开心地说。

敲敲打打中，第一代洗衣机诞生了。许继海又开始第二代洗衣机的探索，他从珠海的洋垃圾市场淘回了一台波轮式洗衣机，作为生产模板。

和喷流式比较，波轮式先进许多。许继海带着技术员梁梓森和几个年轻人组成的试制组反复研究。他们通过改变波轮的角度，克服了现有洗衣机的一些弊端，使衣服全靠水洗，减少和机器间的摩擦，洗得更加干净。

后来，一个工人在澳门边境的洋垃圾场捡回一台双缸洗衣机，在家里修修整整，竟然还挺好用。许继海受到启发，又开始了第三代产品的探索。

洗衣机离不开水，容易生锈，而且外壳一旦装上就很难清理。对板金性能最熟悉不过的许继海决定将外壳改用铝合金，这样就可以达到永不生锈的效果。结果，这一决定遭到了工人的反对，说成本太高。许继海坚定地说，永不生锈，是对产品负责，也是对用户负责。

1979 年，中山农机厂正式转产，专门生产洗衣机。为了打造自己的品牌，就要注册商标。许继海跑到工商部门，想注册"洁白"这个品牌。工商部门说，"洁白"牌不合适，不能注册。许继海想了想，我们的洗衣机，外观用铝合金，永不生锈，够威！我们的产品，内部结构好，不会损伤衣服，还能洗得干净，够力！我们的产品声誉一流，深受用户喜爱，同样够力！就叫"威力"吧！

于是，"洁白"洗衣机正式改名，注册为"威力"洗衣机。

随着洗衣机的更新换代，中山农机厂再也不能单靠手工敲打，而需要

威力洗衣机厂自主研制、开发生产的 2kg 双缸洗衣机，外壳材料是永不生锈铝合金

设计和引进先进的生产线，实行自动化生产。

许继海上下奔走，希望得到政府的支持。1983 年，中山农机厂拿到国家的 1900 万元贷款。1900 万！这个数字，把机械厂的老财务负责人和全体工人都吓了一跳。

他们更没想到的是，工厂竟然在一年内，就还清了 1900 万元的巨额贷款！

其实，要引进一流的技术，打造先进的生产线，1900 万元远远不够。工厂管理层制定了"博采众长，单机引进，因地制宜，组合成线"的实施方案，只引进国外的部分关键先进设备，与国内生产设备配套成线，在引进的基础上，吸收、消化、创新，优化组合。

他们设计出符合中国国情的超大容量洗衣机，并在一年多时间里建起了工厂新区。工厂正式改名"威力洗衣机厂"，许继海被民主选举为厂长。

许继海从一开始就注重把控洗衣机的品质，他也要求全厂干部职工对质量严格把关。

1985 年 2 月的一天，许继海刚从日本考察回来，突然下令全厂停产整顿一个月。原来，是用户部门反映，脱水桶在甩干时不平衡。

经过全面调查，发现加工脱水桶的工人违反了操作规程。许继海很生气。可是，检测部门为什么也忽略了这个问题，还让产品上市了？看来，检测部门工作也不到位。许继海认识到问题的严重性。

一个月的停产整顿，不仅解决了脱水桶的问题，安全开关、防水的橡胶支承问题也解决了。全厂干部职工，再一次折服于许继海厂长的果断和魄力。

1986年，威力集团公司成立，许继海被民主推举为公司总经理，他进一步严抓产品品质。

1990年，威力洗衣机产、销量都达到100万台，迎来前所未有的高峰。这时，许继海要求职工代表大会组织一次专门的产品质量讨论会。

会议负责人说："大家用心讨论一下吧。许总说，我们产品的开箱完好率和产品合格率都在90%左右。10%的不合格，绝不能容忍！"

为了让大家消除顾虑、畅所欲言，许继海特意不出现在现场。他让人把会议意见记录下来，根据大家反映的问题一一找原因、寻对策。最后，

威力洗衣机厂厂长许继海在广东省质量奖授奖大会上发言

基本所有问题都得到了解决，威力洗衣机的开箱完好率和产品合格率都达到 99%。

用一流的设备、最好的材质，生产出符合国情的一流产品，洗净率高、磨损率低、永不生锈。中山威力洗衣机，走出了坚实的第一步。

销售：创一流的服务

怎样才能保证洗衣机都销售出去呢？"质量第一，用户第一。"除了生产出品质一流的产品，威力还把用户服务放在第一位。

自从建立了用户部，威力的产品销到哪里，就把维修部开到哪里。所到之处，用户部都要成立用户委员会，与当地媒体、消费者协会建立联系，获取他们的支持，尽可能将售后服务做到最贴心的程度。

1984 年的一天，用户部接到广州一位用户的来电，说是刚买的威力洗衣机坏了。用户部陈主任马上通知维修人员赶到用户家里，一检查才发现，原来是用户太激动了，还没有完全打开包装就通电开机，打破了脱水管。这个问题本来不属于维修范围，为了让用户满意，用户部还是送给他一条新的脱水管。

没过多久，这位用户又打来电话，说威力洗衣机又有了故障。维修人员再次前往。原来，是他的小孙子闹着玩，拧坏了定时器。维修人员无奈地摇摇头，还是给他换了个新的。

后来，用户的女婿从香港回来，感到很惊奇：内地竟然有质量这么好的洗衣机！他专门请人在深圳购买了一台威力洗衣机，打包带回香港。

1985 年 12 月，威力用户部收到来自云南边防的一封信。信上说，他是部队的，购买的威力洗衣机才过了半年多一点，脱水桶就出现了故障，"你们这些资本家，该拉出去枪毙！"

接到来信，中山威力总部马上派维修人员专程前往云南。谁知，当维修人员千里迢迢赶到用户家，这名倔强的军人竟然不让进门，还说：不用你们维修，就是要枪毙你们厂长！

维修人员沮丧地回来，威力赶紧写信给用户，真诚地道歉，并详细解释：因为这是第一批货，脱水桶有问题。你什么时候需要，我们随时可以上门服务。部队回信说，该同志已调往河南某干休所。

1987 年，用户部陈主任去河南出差，专程去干休所拜访这位用户。这一次，终于见到了用户，只见他头发花白，原来是位老军人。老军人把陈主任请到家里，泡了一壶茶。他说，洗衣机已经由洛阳维修站的人修好了，就放在客厅最显眼的地方，用花布套子套着。陈主任征得同意，打开盖子一看，洗衣机里面很干净。临别，老军人把陈主任送到门外，说："谢谢你们！谢谢你们！回去向你们厂长问个好！"陈主任终于松了一口气，感到很欣慰。"为了让这位用户满意，从要把厂长拉出去枪毙，到向我们厂长问好，我们用了两年多时间！"

最初，威力的销售策略是"哪里有商家，就往哪里发货"，销售面很快覆盖大江南北，无论商家大小，遍地开花。到了 1987 年销售的高峰期，为了减少运送的损坏率，许继海决定在一些地区的交通要道，授权给一些大的商家，让他们成为总代理，并建立相应的维修服务点。

用户部为用户服务，也为企业服务。威力一度在全国供不应求，最火的是北京和天津。天津百货大楼的销售场地，甚至需要请警察帮忙维持秩序。在北京，只要商场到货，人们就等着排队抢购，开箱一台，卖一台。正是如此，许继海提出，在北京，维修人员可以坐出租车上门免费服务。

1987 年 7 月到 8 月，北京设立了几十个特约维修站。东到通县，西到石景山一片，就建立了十几个专门的咨询服务点，有 15 个维修工人。

一位用户和维修人员约好早上 8 点维修，维修人员背着工具包，准时到了用户家附近，却找不到胡同口。原来，因为北京修建地铁，很多道路都封闭了，用户家的胡同口也拉上了隔离带。维修工人沿着隔离带来回走了三个多小时，衣服都湿透了。用户也在隔离带另一边等了三个多小时。后来，两个人好不容易见到面，用户看到维修工人湿透的衣服，心里很过意不去。洗衣机修好后，他把维修工人一直送到胡同口，感动得说不出话来。

有一位用户的洗衣机走时不准。维修人员在北京广播电台听到这个信息，找到他的联系方式，第二天一早就帮他修好了。

还有一位用户，见维修人员来回奔波太累，大半天也没吃饭，就给他买了两个 3 毛钱的包子。维修人员推辞不掉，临走时，偷偷给用户塞了一块钱。其实，他每天的出差费总共才 7 毛钱。

心系用户，情系用户。威力用户部认为，用户就是客户，给他们免费维修，不是施舍，而是对客户的报答。

管理：创一流的文化

那一天，用户部的陈主任感到满心委屈。原来，他出差四天回来，发现桌上有四个烟头。管理员以此为由，扣发他一个月奖金，并罚款 20 元。委屈归委屈，这位负责人也只能坦然接受。因为，此次厂里禁烟，创"无烟工厂"，也是好事情。自从厂里禁烟，老总也带头不抽烟了。有一位副厂长，几十年的老烟鬼，每天都要抽两包以上。有时，一支烟还没抽完，又点上了第二支。他的手里，几乎是不能没有烟的。然而，自从全厂禁烟，这位副厂长也只好约束自己，在工厂里再不敢抽烟。

每天早上，迟到一分钟就要受罚；请假一天，扣两天的工资；旷工三天，开除出厂；一人违规，主管部门负责人负连带责任。半军事化的管理制度，虽然几近苛刻，但因为执行起来一视同仁，并没有给员工带来太大压力。

20 世纪 80 年代，全国的企业都在摸索当中。威力认为，工厂管理主要靠调动工人的积极性，只要能完成任务，时间可以相应地有些弹性，实施柔性管理。为了提高工作效率，威力要求部门管理员下基层，技术部门下车间，与企业领导一起，全面了解生产情况。同时，将工资报酬与任务挂钩，工作任务与时间挂钩。员工之间的悟性有差别，他们的操作方法不同，效率也不一样。为了相互学习，共同提高，威力要求部门管理员把生产线上效率最高的员工的优点和做法记录下来，分享给其他人一起学习，达到了自己管理自己的目的。

威力的管理非常严格，日常生活却充满快乐。

厂里经常组织足球、篮球、乒乓球、羽毛球等球类活动和比赛，还在厂内建设了游泳池，成立了艺术团队，如威力乐队、威力艺术团。

威力洗衣机厂的车间还会播放美妙的音乐。早上，是舒缓的抒情曲；

中山威力洗衣机厂总装车间

下午，广播里放起了迪斯科音乐，令大家精神振奋。甘主任说："总装车间青工多，容易有激情，亦容易情绪低落。我们运用工效学，对此做过研究，适时地播出适当的音乐，能提高工效百分之十左右，工人普遍欢迎，认为领导能关心大家，何乐而不为呢？"

总装车间用音乐调动员工的情感，100多人的装配车间，产量瞬间由原来的每天1000多台提高到3000多台。有人统计过，威力平均每17秒就可以生产一台洗衣机。当然，注塑车间会保持绝对的安静。

赈灾：一流的担当

1994年，中国南方遭受了百年不遇的特大暴雨洪涝灾害。广东、广西、湖南、福建、江西、浙江等省份相继告急！

洪涝灾害一波接着一波，一浪高过一浪，不仅淹没了几百万亩农田，也淹没了上千万家庭的房屋。

每天看着报纸上惊人的受灾数据，许继海深夜难眠。他想到的是，遍布南方各省份的威力客户，他们的命运怎样了？从苦日子中走出来的许继海，深知威力客户的不易。按照当时的平均收入水平，每个人的工资不过一百多元，最多两三百元，仅有的一点工资，应付每个月的开支已经不易。而一台威力洗衣机至少三百多元，对于一个家庭，也算是很值钱的财产了。许继海最担心被水泡过的洗衣机的漏水问题。经过细致的考虑，他找来销售部和用户部的负责人，一起商量对策。

心系用户，不只是一句简单的承诺，更需要实际行动。许继海提出"洪水无情，威力有情；用户有难，威力尽责"的赈灾口号。

此时的许继海总经理，犹如一位指挥千军万马的将军，大手一挥，果断地说："用户就是上帝！用户相信我们，我们就要用真诚的关爱来回报他们! 我们威力,既是为了赚钱,也要服务社会。只有这样,我们才能赢得永久的市场。"

1991 年,1992 年,1993 年,连续三年,威力都举办过类似的大型赈灾义修活动。然而,此次的难度明显加大。

威力成立了赈灾总指挥部,总经理许继海为总指挥。按照销售的档案记录,对照受灾范围,威力派出十多个维修小组分别前往灾区,帮助受灾家庭义务维修洗衣机。同时,发动 5 个技术服务总站、26 个分站、167 个威力特约维修站、1500 人参与此次行动。一批批维修人员赶往灾区,一个个问题反馈回总部,一批批零部件、一台台崭新的威力洗衣机发往各地,一个个感人的故事,架起了威力与用户之间的连心桥。

关于这次赈灾,北京的《消费时报》《经济日报》《中国消费者报》,广东的《南方日报》《羊城晚报》《广州日报》《珠海特区报》等新闻媒体都进行了大篇幅的报道。

用户部带着维修服务队到达受灾地,先在报社做广告,再召开誓师大会。各地的质量跟踪站、大商场、维修站和维修公司都动起来了,合肥百货大楼、北京新街口百货大楼、南京百货大楼的总经理、副总经理都亲自动员,参与赈灾。

所有的商场、维修站、维修车队都挂出"洪水无情,威力有情;用户有难,威力尽责"的口号标语。南京百货大楼更是挂出一幅 40 米高的巨型赈灾标语,引来众多群众围观。大家边看边谈论威力的义举,场面轰动。威力的用户都感到幸福满满。

想到用户的洗衣机可能被洪水泡坏了,对华东地区卖出的百万台洗衣机,许继海决定免费提供零部件,再拿一定经费,让维修站上门服务,预算费用 150 万元。维修站也深受感动,一些维修站说:威力这么远来都不收费,我们也不要报酬,都不要费用。威力赈灾中,这许多感人的故事,仿佛汩汩暖流，温暖着万千人民的心。

安徽新城，一家用户的洗衣机泡在烂泥里一个多星期，他们不敢去挖。威力维修人员帮忙挖出来，冲洗干净，再将泡坏的电器原件换成新的，加上铝合金的不生锈外壳，整台洗衣机焕然一新。

安徽金寨县梅山水库出现险情，这是个将军县，也是一个贫困县。当时全县工农业总产值才1个亿，而威力一个企业就有3个亿。那里的一位女副县长，为了防洪，十多天没回家，家里被淹了也不知道。威力维修人员听说这件事，被女副县长的无私奉献精神感动，专程驱车100多公里赶到金寨县，为这位可敬的女副县长修好了洗衣机。

威力也常常被自己的用户感动着。安徽肥东县有个粮食管理站，那里的洗衣机还是威力的第一代产品，因为年代太久，无法维修，威力就给他们换了一台全新的洗衣机。粮站人员感动不已，他们请求要回那台坏掉的洗衣机，放到当地的博物馆，说是威力大爱的见证。

江苏无锡的销售处全被水淹了，威力的维修人员赶来，只见路边很多围观的人自发组织起来，动员路人购买。维修人员修好一台，他们就买一台。就这样，被水泡过而修好的20多台洗衣机连包装箱都没有，当场就全部卖完了。

华东赈灾后，整个华东地区的威力洗衣机全面脱销。受灾省市各地都传颂着威力义修人员与客户之间一个个感人的故事，那是威力大爱的遍地开花，是"洪水无情威力有情"的有力见证！

一曲威力人的歌，在岐江两岸回响。中山威力，这个敢为天下先的国家一级企业，曾经如瑰丽的霞光，成为珠江三角洲一道亮丽的风景，照亮了中山，照亮了岭南，也照亮了神州大地！

作者简介

　　黄祖悦，广东省作家协会会员，中学高级语文教师，香山文学院秘书长。2003 年开始发表文学作品，先后在《作品》《今日文艺报》《中国建材报》《香山文学》《文化中山》《中国人物》等报刊发表散文、纪实文学、文学评论等近 100 万字。散文集《月光下的琴声》获中山市"五个一"工程奖；《五桂山啊，我想为你唱一首歌》等多篇散文，《建恩蒙卡娜：带动颗颗卫星闪光》等多篇纪实文学，《诗心故土魂》等多篇文学评论，分别获中山市征文一等奖、二等奖，《香山文学》年度优秀作品奖、香山文学奖等（共 50 多篇）。出版的评论集《心随莲动》获中山市优秀出版物二等奖、香山文学二等奖。

1976 年，比安徽小岗村的"联产承包"早两年，中山县板芙公社里溪村的 6 名支委，"为了让村民吃上一顿饱饭"，冒着坐牢风险悄然拉开一场同样的土地革命——"联产到劳"，一举解决了村民温饱问题。

风起里溪动乡野

冷启迪

　　1978 年 12 月，小岗村 18 位农民以"托孤"的方式，在一份生死契约上按下鲜红手印，在全国率先实施农业"大包干"，从而拉开了中国农村改革的序幕。事实上，比小岗村早两年，中山板芙公社里溪村的 6 名支委，"为了让村民吃上一顿饱饭"，冒着坐牢风险悄然拉开一场同样的土地革命——"联产到劳"，一举解决了村民温饱问题。1978 年 10 月，中山举行"实践是检验真理的唯一标准"讨论会，县委领导取得共识，一致认为，既然板芙公社的做法经过实践可行，就应推广。同年 12 月，十一届三中全会后，党的农村政策作出了重大调整，开启了波澜壮阔的改革开放征程。第二年，广东省第一次关于真理标准的讨论现场会在里溪村召开。会议要求全省解放思想，学习里溪成功的改革经验，从此，里溪村有了一个响当当的外号——"广东小岗村"。

40 年白驹过隙，从里溪改革推行"联产到劳"，到 34 年前中山农民梁添胜承包经营 300 多亩土地，开创全省较大规模土地流转先例；从 18 年前小榄全面推进农村股份制改革，解决农村矛盾，到 2007 年在全市范围内启动"村一级统一核算"改革，整合农村资源，再到农村土地确权，依法赋予农民更加充分而有保障的土地承包经营权……在改革开放大潮中，中山人勇立风气之先，在破与立的抉择中，劈开前进路上的荆棘，拨开迷雾。

不变化没法活

板芙南部与神湾交界处，鲤鱼山连绵而卧，两条小溪月角大坑、鲤鱼头大坑沿着山势而下。每到鲤鱼产卵的时候，鲤鱼就会沿着小溪向鲤鱼山洄游，村民就能在小溪中看到数不清的扑腾着的鲤鱼，村落因此得名"鲤溪村"。而后为方便书写，"鲤溪"变为"里溪"。如今，当你行走在山青水绿的里溪村，村民都会跟你热情解释里溪的由来，村民们还会提起另一段里溪的"威水史"——在 40 多年前，为了让村民吃上一顿饱饭，里溪人第一次打破框框，解放农民思想，推行"联产到劳"，紧接着"包产到户"，率先解决了农民温饱问题。几个农民干部的大胆创新，在改革开放初期，将广东的思想解放运动推上了一轮新高潮。而由这里开始，农民自己创造的土地变革方式，也让中国农村土地制度实现了从单纯集体所有向集体所有、家庭经营的两权分离模式转变。

1978 年 12 月，安徽省凤阳县小岗村 18 位农民秘密进行"大包干"，小岗村后来被誉为"中国农村改革的发源地"。其实早在 1976 年，中山

2018 年 5 月 23 日，板芙镇里溪村的清晨风光（中山影像 © 余兆宇／摄）

里溪的农民就默默地干了起来。回忆起当年的变革，用当时里溪大队党支部书记林德成的话说："不变化就没法活。"

"1975 年，我 22 岁成为里溪大队党支部书记，当时村里有 6 个生产队，1570 人，劳动力 670 人，村子依靠一条长达 2 公里的泥路与外界连接。里溪村有水稻耕作面积 2100 亩，少数是山坑田，多数是有河涌的沙田，从农业耕作来看，算是自然条件较好的村子。可就这么一个便于耕作的村子，是中山县的落后村，粮食年均亩产 600 斤，人均年收入不足 100 元。每年，里溪大队除上缴 100 斤公粮和 450 斤义粮外，所剩无几。许多社员吃不饱饭，天一黑，就到田里偷稻谷、甘蔗和番薯，吃饱了再带回家，村子治安员每天都能抓到好几个惯犯。"

"有钱谁想做这个？"当时的治保主任林子艺回忆。抓住之后，往往就是当场教育，然后就放他们回去，第二天晚上抓到的还是同一批人。

作为中山的大沙田区，里溪村人均有一亩八分多耕地，却连年不能完成国家的粮食生产任务，甚至有 30% 的农民连自身的口粮也解决不了。与村民饿肚子相伴的，是村民吃惯了大锅饭，人心涣散，出勤不出力，到田间把锄头一放就成了"三只脚"。"开工一条虫，比慢；收工一条龙，比快。插秧插得乱七八糟，浪费土地资源，产量没有保证。"当年的村干部回忆。

当时里溪有 6 个生产队，早上 8 点半，各生产队长打钟催工，人们才懒洋洋起床到田里开工，10 点半收工。下午也是工作 2 小时，一天工作 4 小时。来到田间，有的人聊天，有的人端起水烟咕噜咕噜地抽。这种"干多干少没两样，干与不干基本一个样"的分配机制严重挫伤了农民的积极性，导致社员出工不出力，也制约了农业生产力的发展。饥饿之下，村里 270 户人中有 30% 偷渡，其中包括村内 15% 的青壮年。林德成说，现在里溪全村至少有过半的家庭有港澳亲戚，都是以前偷渡过去的。

"每当农历三四月，青黄不接的时候，村民就拿着空口袋到我家说家里没米下锅了。我也叫他们积极干活，和他们讲道理，说多种粮食就有饭吃了，可是没有用，大环境就是那样，没有人会改变。就这样，一年过去了，我得在里溪村没有粮食的时候向板芙公社借，公社没粮就跑到更远的小榄借。最多一次，从小榄永宁借回 2 万斤粮食。去多了脸上不光彩。面对这种局面，里溪村该何去何从？里溪的困局其实大伙心里都明白，出路只有一条——打破思想框框，打破传统生产制度。"林德成说，虽然都明白，但就是没有人敢提出来。"当时还是以阶级斗争为纲，规定每家不能有超过 15 只鸡，到了 16 只就要接受批斗。"

冒着坐牢风险推行"联产到劳"

当时，里溪村党支部成员中，赖门久、赖效良、林国明、林国维、林子艺和林德成都是22岁到30岁的年轻人，有朝气，敢想敢干、敢挑战。而实行"联产承包责任制"就是一层窗户纸，问题是你敢不敢捅破。1976年下半年，在林德成的召集下，里溪大队的多名队委集中开会，"我召集支委向大伙提议，解放初土地分到户，家家都富足，我们也干脆单干吧。几名村委听了都十分震惊，尽管知道后果严重，但还是决定试一试，就是要让大家吃一口饱饭，再说我当时没有结婚，坐牢也不会拖累别人。几个人一拍即合，决定要改革。"

然而，如何改？有人提出包干到户，或者包产到户，都被否决，理由是政治风险太大，最后决定实行联产到劳。所谓联产到劳，即分除草、插秧、施肥等工种包给各户完成，还是以人民公社三级所有队为基础，生产队统一耙田、排灌，下种、插秧都是由生产队统一进行。"联产到劳"的方式有五大特点：农村生产资料的所有权没有从集体转移到个人；没有使生产队失去对生产资料的支配权；体现了每个社员在公共生产资料面前的平等性；生产队作为基本核算单位、分配单位性质没有改变，社员超产奖励；进一步体现了按劳分配的原则。

联产到劳，不仅降低政治风险，也能提高农民的自由度，调动了劳动力的积极性。"只要按照生产队的要求统一插秧，中间的农活都由农民自己安排。"里溪实行"联产到劳"之后，面貌为之一新。粮食产量大幅提升，最初改革的一、二、五等三个生产队第一年产量提高了50%，粮食平均亩产量达到800斤，一队甚至超过1000斤。粮食产量的大幅提高不仅使三个生产队完成了上调任务，还出现了满足自己口粮外的粮食剩余，部分社员开始将剩余的粮食用作饲料，养鸡养鸭养猪，再拿去市场卖。那时，

2018年5月23日，俯拍板芙镇里溪村民居（中山影像 © 余兆宇 / 摄）

中山的沙岗墟在石岐榕树头。林德成发现一个有趣的现象，沙岗墟几乎整条街都是里溪村的父老乡亲。这说明，改革后的里溪群众生活水平已经走在中山前列。改革以前，里溪人基本上住的是茅草屋，到了1980年，砖房、水泥房纷纷出现。

里溪的变化自然逃不过上级领导的眼睛。改革伊始，板芙公社负责农业的副书记孙兆生就把里溪的事汇报给当时直属的上级佛山地委，地委书记杨德元说："这件事，你们私下搞可以。但是，已经是半公开的秘密了。"据林德成回忆，《人民日报》和《南方日报》都有记者来里溪采访过。尽管乡亲的日子比以前好过，但只能勉强解决吃饭问题，房子要不要建？孩子上学怎么办？"为打破这个瓶颈，我们决定推行'分产到户'，规定每亩上缴多少粮食，剩下的为家庭所有。但这样的提法，遭到了部分干部的反对，有些队员也不敢要土地，担心被追责。我们几个日夜出去做工作，到田头、上门户跟村民商量，最后赞成和不赞成的各占一半。此时，政府对于里溪的做法没有过多干涉，这使得我们的胆子更大了。分田到户后，我就发现，无论何时田里都有人劳动。上级对里溪大队的改革持这样的态度：一不支持，二不反对，三不鼓励，四不提倡，五不报道，六不推广，简称'六不'。那时村民们忙完地里的活儿，就养鸡鸭来赚钱，农民不仅有足够的粮食上缴，还能剩下几百斤自己支配。加上平时蓄养牲畜，开荒自留地，腰包鼓了起来。"

1978年10月，中山县委宣传部联合中山党校组织各单位、各部门举行"实践是检验真理的唯一标准"讨论会。经过思想的解放，县委领导取得共识，一致认为：既然板芙公社的做法经过实践可行，就应推广。在里溪带动下，1979年春，板芙公社在板芙、禄围、寿围、金钟等大队中选19个生产队作为试点加以推广，其中15个生产队早造粮食获得大丰收。这些队的联产面积只占全社水稻总面积的14%，但增产的稻谷却占全社增产总数的25%。到了晚造，全社推行这种责任制的生产队已增至84个，超过生产队总数的六成。两年后，全公社内已经有九成生产队实施了联产责任制。

堤口一旦被冲破，思想的浪潮便不断涌来。1979年6月，广东省委第一书记习仲勋到中山县考察，反复强调要尊重农民的意见，虚心向农民学习。习书记的指示，更促进了板芙里溪经验的进一步推广。1979年8月下旬，广东省第一次关于真理标准讨论现场会在中山县召开，会议指出：全省要解放思想，学习里溪成功的改革经验，全面实行家庭联产承包责任制。

破解难题仍需勇气与智慧

土地是农民生存的根本，处理是否得当关系到农村稳定。地处改革潮头的中山，从来就不乏改革创新的实践。社会进步，时代发展，新的矛盾中总有新的探索。分田到户后，土地分散零碎，农民最多只能解决温饱，无法致富。推行联产承包责任制不久，中山土地的流转也逐渐开始松动，出现了连片承包经营的种养专业户。从 1982 年开展包产到户，到 1999 年土地二轮承包，2002 年中山市全面铺开农村股份合作制改革，按照每个家庭"生不增，死不减"的原则进行股权固化，量化到人，农民按股分红。这种模式提高了农民收入，仅土地集体发包一项，土地连片使租金大幅提高，再加上农路等农业基础设施不断完善，在实行入股经营的大部分村居，集体出租每亩租金比之前单家独户的租金多了一倍。三次土地承包政策的适时调整，适应了现代农业发展模式，激发了农业生产和农村发展活力，对中山"三农"产生了深远而积极的影响。2016 年，中山农村土地承包经营权确权登记工作全面铺开。2018 年，全市 20 万农户将全部领取"红本子"，这是中山市对农村土地二轮承包和农村股份合作制改革的进一步完善，依法赋予农民更加充分而有保障的土地承包经营权。

岁月如梭，40 年过去了，种地曾经是村民的命脉，但对于如今已过 65 岁的林德成来说是一种习惯和消遣。他家有一栋三层高的自建房，两层出租，一层自住，吃穿不愁。里溪村如今的党支部书记林国厂告诉记者，2017 年，里溪村村民平均年收入 3 万元左右，大部分靠外出打工或者出租房屋。"早在 20 世纪 90 年代左右，村子来了许多外商投资建厂，再加上政府征地，村民种地为生的传统就此打破，而租赁所得确实也让村民收入提高。2016 年，里溪村开展的农村

板芙里溪村老书记林德成

土地承包经营权确权登记颁证，整个村子种植水稻的不过三户，村民大多都有自建房出租，早已不靠种粮生活。"他还表示，未来的里溪将逐步实施乡村振兴计划，盘活工业企业闲置产能，增加工商业项目，搞活经济，同时整治人居环境，深挖"广东小岗村"和"革命老区"等红色资源，探索发展红色旅游产业，增加集体收入。

回望过去，嘴里一直说不害怕，但林德成说他也担心过被批斗，去坐牢。"好在随着十一届三中全会的召开，经济建设、劳动致富开始被提倡，里溪人也成为十里八村的榜样，我作为正面典型天天被拉去作报告。我们那一代人都是闯出来的，靠的是勇气，不闯怎知行不行，所以也没什么遗憾。现在的年轻人都外出打工了，打工再怎么都比种地收入高，实在不愿打工的也可以靠出租自建房赚生活费，种地已经是过去式。时代在变化，人也在改变，但大家的期待都是一样的：日子过得更好，收入再高一点，里溪越来越富裕美丽。"

40年前，里溪大队依靠改革解决了社员温饱问题；40年后，中山在新起点上破解深层次矛盾、谋求高质量发展，依然要靠改革。而对于里溪来说，如何有效转移农村富余劳动力，如何科学规划、立足长远，建设特色小镇，实施振兴乡村计划，仍然是摆在里溪人面前的问题，仍然需要40年前的精神和勇气。

作者简介

冷启迪，《中山日报》首席记者，长期从事文化、艺术类采访，出版长篇报告文学《梦回东方》（合著，获第二届华侨华人文学奖优秀作品奖）、采写大型史态类系列报道《中山人在京津唐》等。

慈善万人行发轫于"升平迎太岁，盛世敬老人"的万人行活动，更起源于中山人骨子里流淌的"博爱"基因。中山慈善万人行活动能够持续多年，并不断创新内容和形式，充分折射出博爱精神的生命伟力。

温暖中山的"城市名片"

孙　虹

每当春回大地，五桂山飘来缕缕芬芳，岐江河上泛起粼粼波光。走在中山的大街小巷，随处都能感受大爱的气息。无论是老石岐们津津乐道的粤语歌"手相牵，心相连，万双脚步齐向前""颗颗慈善的心，献给中山万人行"，还是新中山人耳熟能详的普通话版的"千人同行，万人同行，我们与爱同行"，每当这些熟悉的旋律响起，海内外的新老中山人便会不约而同地记起一个日子，从五湖四海归来，齐齐集结参与中山慈善万人行。那是他们与春天相约，与百万家乡人民共赴的爱心盛会，犹如歌词中所唱的"走向春天，走在黎明，走出冷漠，走进温馨"。而这一路相伴，与爱同行，中山人民已经风雨无改、从不间断地坚持了32个春天。

一群文化人的"突发奇想"

中山素有春节期间举办群众性文化活动的传统。1987 年底，一群富有爱心的文化人突发奇想地建议市政府举办以传承中华民族传统美德为内容的"88 敬老万人行"大型群众性活动。

曾经连续担任过五届万人行活动总指挥的中山市副市长吕伟雄，在他退休后撰写的回忆录《我生命中的夏天——中山改革腾飞亲历者口述回忆》中，以深情的笔触写下《细说"慈善万人行"》："1988 年春节前，文化系统里一群文化人提出一个别出心裁的项目——不是只安排文艺队伍演出，而是在民间发起群众性的'敬老'活动。他们认为'敬老'本是中国传统文化的主要内容，在春节期间推动'敬老'是最好的文化传承。"

20 世纪 90 年代，孙文路上的万人行集结队伍

1988 年春天，刚刚升格为地级市的中山市举办了首届"敬老万人行"活动。这次活动得到了广大市民的认可与支持，也引起了各界的关注。当年的《澳门日报》曾报道："中山敬老万人行盛况空前，岐江两岸人流旗海塞满大街小巷。"

此时，正是中山市红十字会酝酿成立的阶段。1988 年 9 月，中山市红十字会成立。市委市政府决定，自 1989 年起由市红十字会作为万人行活动的主办单位，并将"敬老万人行"更名为"慈善万人行"。从此，中山市民开始了一场绵延 32 年的爱心接力。从岐江桥边西郊人行天桥下起步，一代又一代的中山人薪火相传，从未停歇过春天里传递爱心的脚步。

爱流涌动的新民俗

中山慈善万人行是中山市民首创的一项大型慈善公益活动，是展示中山本土新民俗文化的大型群众性活动。从召开动员会到举办巡游活动，每届慈善万人行历时 2—3 个月，其间通过举办一系列义捐、义卖、义赛、义演、义修、义诊等多种形式的公益活动为红十字事业发展募集资金。集结巡游队伍当天，活动达到高潮。数万名群众聚集在一起，举行带有浓郁地方特色的文化艺术展演，由各界人士组成的游行队伍沿着指定路线行进，舞龙耍狮、秧歌武术等民间传统文化表演贯穿其中，沿途数万名观众聚集观摩，形成万人同行的宏大场面。

从首届巡游活动开始，慈善万人行就为中山的文化发展注入了新动力，一些曾经销声匿迹的传统民间艺术，在万人行活动中得到新生，黄圃飘色、古镇云龙、沙溪鹤舞和凤舞、起湾沙龙、濠头金龙、西区醉龙等民间艺术表演迅速发展，成为富有地方特色的民俗文化。每年的万人行活动上，精彩的"非遗"表演为活动添色不少。由于宣传和创新力度到位，各行各业热心参与慈善万人行，使之成为挖掘中山民间艺术、展现本土特色文化、展示经济社会协调发展成果的新平台。

30多年来，慈善万人行不断总结经验、大胆创新。在参与人数上，从最初的1.8万人巡游、10万人捐款，发展到每年逾5万人巡游、过百万人捐款；在捐款金额上，从1988年的7.2万元，上升至2019年的1亿元；在活动组织上，从"人日"当天的民间松散自发活动，发展成为拥有固定的日期、欢快的主题曲、鲜明的商标，历时三个月的一系列慈善活动；在内容效果上，实现了从自发到自觉、从物质到精神的大转变和大提升，"人道、博爱、奉献"的红十字精神成为市民的文化自觉，成为城市文明的重要组成部分。

据统计，截至2019年2月，市红十字会通过举办慈善万人行，32年来共筹集捐款超过15亿元，所募集资金参与了近百个公益项目建设，援助市内外赈灾超过50次。百万中山人用绵绵的爱心织就了一张人道救助的"大网"，为成千上万突陷困境的家庭提供了及时有效的综合援助。

如今，"慈善万人行"已是全国闻名的公益品牌，为中山先后赢得了"全国精神文明建设创新奖"、中国红十字会"十大公益品牌奖"、"南粤慈善奖"、2008年度"中华慈善奖——最具影响力慈善项目"等荣誉。

上下联动的组织结构

慈善万人行活动的成功举办，吸引了全国各地许多专家学者及公益慈善工作者的关注。许多城市曾经尝试复制、推广中山经验。但是，迄今为止，中山不仅是全国首创，也是唯一一个能够坚持32年从不间断的内地城市。更难得的是，它是一个广泛发动各界力量，全民参与的公益活动。慕名而来中山观摩、学习的人都希望揭开慈善万人行在中山落地开花、枝繁叶茂的"生长密码"。

慈善万人行活动经过多年的实践探索，建立起"党委重视、政府引导、红会牵头、部门配合、全民参与"的运作模式。

中山市历届领导非常重视、支持并带头参与慈善万人行活动。每届万人行活动总指挥部成员由市政府分管领导及红十字会、文化、公安、宣传、工商、体育等 20 多个部门领导担任。总指挥部秘书处设在市红十字会。活动开展期间，各部门在总指挥部的统筹协调下，各有分工，密切配合，各司其职。全市机关、企事业单位、社会团体等各行各业均踊跃参与和支持万人行。1997 年，中山市 24 个镇区相继成立红十字会后，慈善万人行从单一的市级活动推广至实施市镇联动机制。各镇区结合自身的特色开展富有创意的万人行特色活动，如沙溪的"12·8"慈善日，南区的"环城跑"、古镇的元旦万人行等。镇区的参与使活动更深入、更有生命力，丰富了万人行活动的内涵，延伸了万人行的影响力，所筹得善款归各镇区红十字会

兴中体育场内的巡游答谢汇演

管理并用于本镇区的人道救助，又增添了镇区参与的积极性。

每年万人行期间，走进中山，电视广告、户外电子荧屏等滚动播放宣传万人行的公益广告；点击各大网站均有关于中山市红十字会、慈善万人行活动的专栏或链接；通过手机、网络直播，中山慈善万人行盛况及时传递到海外乡亲中。全方位、多渠道的宣传手段，增进了大众对万人行活动的了解，营造了良好的社会舆论氛围。

数万市民与爱同行

"问渠那得清如许？为有源头活水来。"筹资工作是红十字会开展公益事业的重要源动力。红十字会没有"活水"，就无法履行职责，无法确立良好的社会形象。通过举办慈善万人行等活动为公益慈善事业募集资金，推进红十字运动蓬勃发展，是中山人民的首创，也是发展红十字事业，传承博爱精神的重要体现。中山慈善万人行活动通过发动社会各界积极为市红十字会开展人道救助工作募集资金，红十字会发挥政府人道工作的助手作用，依法开展人道救助、赈灾救济、大爱三献、红十字博爱送温暖、博爱家园建设、爱心陪伴成长等品牌活动，进而以慈善万人行为主题衍生出一系列的公益活动，将市民集腋成裘的爱心善款"取之于民、用之于民"，每年通过向社会发布审计报告，公开善款使用情况，赢得市民的信任，形成了良性的公益互动。

通过慈善万人行募集到的物资和善款，为罹受灾难的人送去了信心和力量，为老弱病残者送去了爱心和希望，为贫困孤寡者送去了温暖和坚强，为心理疾患者送去了抚慰和安康，在市民心中点亮了一盏盏人道、博爱、奉献的明灯。"慈善万人行"活动，使每一位参与者和奉献者在帮助他人的同时，也实现了个人自我境界的提升。

首批中山市"十佳红十字志愿者"中年龄最小的获得者华仔曾经是一名红十字会的救助对象，父亲早逝的他在一场车祸中"死里逃生"，红十字会发动社会热心人士为他筹款完成手术，并且一直资助他直到完成大学学业。感受到社会关爱的同时，华仔积极回报社会，常年利用课余时间参加志愿服务活动，成为红十字志愿者队伍中最活跃的一员。汶川地震发生后，退休工人徐老伯毅然把自己用毕生积蓄买下的房子卖出，所得 68 万元全数捐赠给灾区……一个个平凡的人物，每天都书写着博爱之城的感人故事。

在爱心如潮水般涌动的万人行参与者中，既有市领导、机关干部，也有企业家和外来务工者，既有中山市民，也有国际友人和海外乡亲、港澳同胞。巡游队伍中，阵容最庞大的是从五湖四海归来的中山乡亲。每年都有约 2000 名海外侨胞、港澳同胞不远千里万里回到家乡，身体力行参与万人行巡游。其中既有手执拐杖的白发老人，也有蹒跚学步的孩童。每一个春天，无论阳光风雨，他们都如约而至，与爱同行，成为这支爱心队伍最坚定的参与者。2016 年，恰逢孙中山先生 150 周年诞辰，全国人大常委会副委员长、中国红十字会会长陈竺在参加万人行巡游活动后说："慈善万人行把传统文化和人道公益慈善文化完美结合，让中山人与海外侨胞的血肉亲情得到了很好的维系，从各方面讲都是了不起的活动。"

发扬光大的"中山精神"

慈善万人行发轫于以"娱乐升平迎太岁，太平盛世敬老人"为号召的敬老万人行活动，但它更起源于中山人骨子里流淌的"博爱"基因。吕伟雄认为，中山慈善万人行"是时代的产物，是中山人传统精神在新时代的发展。中山慈善万人行能够持续多年，折射出博爱精神的生命力"。

近代以来，中山名人辈出，其中不乏"博爱"思想的传播者与实践者。郑观应在他的代表作《盛世危言》中以《善举》篇首度向国人阐述了西方社会的福利制度。近代民主革命先行者孙中山先生把"博爱""天下为公""世界大同"视为终生奋斗之理想。据刘望龄先生在《孙中山题词遗墨汇编》一书的统计，孙中山先生关于博爱的题词有 64 件。孙中山认为，"博爱"是"人类宝筏，政治极则"。他毕生殚精竭虑为人民谋福祉，在阐释三民主义时，他提到"为四万万人谋幸福就是博爱"。

伟人故里把博爱精神融入群体性格之中。改革开放后，中山以一种海纳百川的气度、开拓创新的勇气和求真务实的干劲，把曾经的模范县建设成为一个充满创新活力的宜居城市。在追逐梦想的道路上，中山人从未停止脚步。以仅占广东 1% 的土地面积，3% 的常住人口，创造了多年位居全省前列的经济总量，与地处珠三角的南海、顺德、东莞一起并称为广东"四小虎"。而先富起来的中山人，从未忘记身边需要关爱的人群，将幸福的成果共建共享。踏入新世纪，在一场关于新时期中山人精神的全民大讨论中，"博爱"是出现频率最高的词语。"博爱"与"创新、包容、和谐"一起被提炼成为新时期"中山精神"。

从农历正月初七"人日"到固定在每年正月十五"元宵节"举办巡游活动，从夜间举办到日间举办，路线从孙文路迁址兴中道，城市在岁月流淌中不断变迁，慈善万人行的巡游方式也不断改变，而不变的是这座城市沉淀的浓浓的人情味，还有孙中山故乡人民对他所倡导的"博爱"精神身体力行的传承。

让慈善活动走出更美丽步伐

在 2010 年上海世博会上，中山从全球 80 个城市提交的 106 个有效自

兴中道上，万人行队伍"双龙出海"盛况

荐案例的竞逐中脱颖而出，以中山慈善万人行作为主要展示元素，以"博爱·和谐——让城市生活更美好"为主题应邀参展 2010 城市最佳实践区案例展示。这是百年世博会历史上，第一次开辟城市案例展示区，中山成为上海世博会唯一一个以公益慈善为参展内容的城市。经过层层选拔，32 名中山红十字青年志愿者从 600 多位报名者中脱颖而出，作为世博会中山展馆的场地志愿者。他们以亲切友善的面貌，认真严谨的服务，专业细致的讲解，向世界各地游客展示和推介中山的慈善万人行活动，成为世博会中山展馆里一道亮丽的风景线。

1851 年，香山人徐荣村带着他的 12 包"荣记湖丝"远涉重洋，亮相伦敦首届世博会，开中国人走向世博会的先河。159 年后，第 41 届世博会第一次在中国举办。徐荣村的家乡人用爱心又一次惊艳世界。

慈善万人行作为每年中山市红十字会最重要的活动之一，已是"广东乃至全国红十字运动的一面旗帜"。《中国红十字会百年往事》一书专篇介绍了中山慈善万人行。中国红十字会总会领导多次亲临中山，参加万人行起步典礼及巡游活动。全国红十字系统多次组织交流团前来中山观摩学习。红十字国际委员会东亚地区代表处也多次派出官员参与万人行活动。

1995 年，中国红十字会总会在韩国汉城召开的亚太地区红十字会与红新月会志愿工作者大会上，专题介绍了中山慈善万人行活动的经验，得到 31 个国家和地区与会代表的好评和高度赞誉。2007 年，全国人大常委会原副委员长、中国红十字会原会长彭珮云同志率团参加了慈善万人行起步典礼及巡游活动，并题词"中山涌动博爱情，年年慈善万人行"。2013 年，全国人大常委会副委员长、中国红十字会会长华建敏称赞道："中山慈善万人行是推动红十字运动向前发展的具体行动，是传播人道主义的有效途径，是海内外中山人自觉传承中华民族传统美德、弘扬文明新风，全民参与、行善、为善、向善的欢乐嘉年华。在孙中山先生的故里，充分体现了'天下为公、人道博爱'的精神。"

如今，乘着粤港澳大湾区建设的东风，中山在新时代再扬风帆。这座全国唯一以伟人名字命名的城市，正聚集着改革开放带来的巨大能量，和珠三角城市群一起领跑中国。中山市委市政府提出了慈善万人行活动"三个打造"的奋斗目标：努力把慈善万人行打造成为具有国际影响力的慈善文化品牌，打造成为传承博爱精神、弘扬文明新风的新民俗节日，打造成为市民自觉践行社会主义核心价值观的重要载体。

大美中山，散发着浓厚的人文之美，延续着城市的文脉，以更开放与包容的姿态，拥抱世界。每一个春天，百万中山人依然"手相牵、心相连"，用行动续写人间大爱。

作者简介

孙虹，中山人，公共管理硕士，文学学士。中山市作家协会副秘书长，广东省侨界作家联合会会员，中山市批评家协会会员，中山市报告文学学会理事，中山日报 App 签约作家。作品多次获得省市征文比赛一等奖。曾任职中山市红十字会办公室主任，中山慈善万人行活动指挥。2010 年担任上海世博会（中山馆）志愿者领队，获评"中国红十字会服务上海世博会优秀志愿者"称号。现任职中山市委统战部（港澳事务局）。

举办了 20 届的古镇灯博会，成为亚太地区最大灯饰专业展会，成为古镇一张亮丽的名片。展览总面积达 150 万平方米，每年超过 2000 家成品灯饰灯具企业参展，每届展会吸引国内外客商约 6 万人。

光临天下

孙　虹

2015 年 5 月，国际田联钻石联赛美国尤金站比赛，一位黄皮肤、黑头发的中国小伙在百米跑道上以 9.99 秒的成绩第三个冲向终点。苏炳添成为第一位真正意义上进入 10 秒大关的亚洲选手，被媒体誉为"黄种人跑得最快的人"。从此，苏炳添这个名字便与他闪亮的战绩一起吸引了世界目光。而"飞人"的家乡，却拥有一个朴实得令人诧异的名字——古镇。

而事实上，在苏炳添声名鹊起之前，他的家乡中山市古镇镇，早已是许多灯饰从业者心中引领潮流的"王者"。在业界流传着这样一句话，假如一名灯饰从业者从未听说过"古镇"这个地方，那他一定对这个行业的发展知之甚少。它所创造的产业辉煌，犹如苏炳添在百米跑道上叱咤风云一般令人惊艳。

小镇创造的大业绩

沿着沙古公路自城区驶入古镇，毗邻城轨古镇站旁矗立着一栋高大的建筑物——古镇利和灯博中心。在大楼外的 LED 屏上，赫然闪着一行醒目的广告语——"卖全球灯，买全球灯"。这短短的八个字，透露了一股直冲云霄的气魄，而它也恰恰就是曾经不起眼的古镇在今日世界灯饰市场上所扮演的角色。

这座位于中山西北部的小镇，面积仅 47.8 平方公里，位于中山与江门、佛山三市的交会点。在世界地图上，它只不过是一个几乎可以忽略的小点。但这小小的一个"点"，却在 20 世纪末找准了灯饰制造这个"支点"，撬动了一个体量庞大的产业，成为全国最大的灯饰产供销中心、世界四大灯饰市场之一。如今，以古镇为中心，周边三市 11 个镇区已形成年销售超 1000 亿元的巨大灯饰产业集群。中国照明电器协会年度报告确认，古镇

今日古镇（来源：古镇宣传办）

生产的灯饰占全国灯饰市场 70% 的份额，占世界灯饰市场 60% 的份额。中国小镇的灯饰照亮了全球，成为当之无愧的"中国灯都"。

2006 年，我第一次踏足古镇，眼前的一幕令我迄今记忆犹新。在这座小镇的每一条大街小巷，扑面而来的都是与灯相关的产品。临街的商铺，一户连着一户，销售与展示的皆是灯饰，从欧式奢华到明清古韵，从古典浪漫到现代简约，各种风格与造型的灯饰产品琳琅满目、应有尽有。同行的人告诉我，当地的铺租是全中山最贵的。即便在市区最繁华地段的旺铺，也只是按地面面积计算租金。而在古镇，一间商铺除了地面，还有四周墙面和屋顶，这些地方都能展示灯具，所以租金要按六面计算。于是，一间几十平方的小商铺，可以分租给不同的商户，店里会同时有四五名店员，他们可能分属不同的老板。而更令人惊讶的是，在十里灯饰长街，除了灯饰，几乎找不到销售其他商品的商铺。在其他城市和地区随处可见的餐饮、服饰店铺统统退居内街的二三线，因为临街旺铺的高昂租金只有灯饰商户才能负担得起。

十多年过去了，这种繁华气象一直延续至今。中山最高的商业楼宇、最昂贵的租赁价格、最密集的人口、最多的外国访客聚集地，都在这个位于西北角的小镇上。谁又能想象，如今这车水马龙、灯火辉煌、热闹熙攘的灯都，曾只是一个田埂交错、水陌交织、鲜有人问津的农业小镇。

改革开放前，古镇是以农业为主的桑基鱼塘传统经济作物区。据《中山市古镇镇志》介绍，1979 年，古镇工业总产值为 653 万元，占工农业总产值的 36.35%。时光飞逝，到 2017 年，古镇的工业总产值已达 106.5 亿元，是 1979 年的 1630 倍。灯饰及相关配套企业占全镇制造业 80% 以上，全镇工商部门登记注册灯饰企业超过 2 万户。

常住人口仅 13.7 万的古镇，如今已是世界四大灯饰专业市场之一，每年吸引来自全世界 130 多个国家和地区超过 320 万人次的客商前来采购。

古镇镇的城镇建设（来源：古镇宣传办）

2018 年，全镇实现生产总值 122.8 亿元，税收收入 18.7 亿元；年末银行存款余额 280 亿元，居民储蓄余额 229.4 亿元，是中山人均存款最高的地区之一，真正实现了藏富于民。在这片曾经贫瘠的土地上，一次次创造出了令人瞩目的经济奇迹。

40 年筚路蓝缕，成就了古镇灯饰的璀璨与辉煌，铸就了古镇一项项沉甸甸的荣誉：中国灯饰之都、国家新型二业化产业示范基地、国家火炬计划特色产业基地、广东省产业集群升级示范区、首批全国特色小镇、国家首批产业集群区域品牌示范区、全国百强镇……古镇从一个名不见经传的农业小镇向世界瞩目的专业镇的崛起历程，正是伴随着 40 年改革开放古镇经济的腾飞与发展，而带领它实现美丽"蜕变"的正是一群敢闯敢试、勤劳致富的"提灯人"。

照亮世界的"提灯人"

路是从没有路的地方走出来的。古镇灯饰业的发展没有历史传统可追溯，也没有任何的优势可以借鉴。从无到有，从小到大，从无序到规范，创业之路上洒满了务实、低调的古镇人的汗水与智慧。

2018年12月27日，古镇华艺灯饰广场，宾朋满座，逾千名各界人士同庆中山市照明电器行业协会成立十周年。在当晚的庆典活动中，最激动人心的一幕是表彰陈燕生、刘升平、吴润富、区炳文、孙清焕、王耀海、董承聪、封建中、许建龙、区庚权、袁仕强等11位对口山灯饰行业发展做出特别贡献的人物。

这是一串闪亮灯都的名字，也是璀璨灯都最耀眼的"明星"。当他们齐刷刷在台上站成一排时，无数的镁光灯闪烁，经久不息的掌声响彻现场，台上台下许多人的眼中闪烁着激动的泪花。人们以不同的方式向这些"功臣"致敬。他们每个人身上都写满与这座小镇相关的故事，他们是为中山灯饰照明行业的发展引路、开拓、护航与奋进的代表，既有决策者，也有支持者，既有创业者，也有行业翘楚。他们是把默默无闻的小镇打造成誉满全球的灯都的功臣，是带领无数热爱光明、从事照明事业的人士矢志不渝、砥砺前行的代表。他们见证着40年来这座平凡小镇走过的不平凡之路。灯都古镇的辉煌背后，是他们和身后无数的古镇人一起共同书写的传奇。

古镇地处西江磨刀门水道东岸，西江在此绵延13公里。20世纪80年代起，古镇各村纷纷在江边滩涂地兴建工业小区，建起简易工厂对外出租。据统计，截至2003年，在西江古镇段，已形成800多亩的江边工业小区。"80后"古镇人阿龙回忆道，他们小时候，经常见到身边有些邻居骑着自行车到周边的广州、佛山等市出差，说是采购、推销灯具配件。这些人便是古镇早期的"供销佬"。80年代，刚处于起步阶段的古镇灯饰业以购进配件进行简单的组装、拼装和模仿为主，产品技术含量并不高，主要生产壁灯、台灯。一家人在自家的屋内，敲敲打打便能做起作坊式的小企业。但由于早期古镇政府属下的九大集团公司拥有非常庞大的营销队伍，一批古镇灯饰老板跟着老供销们一起走南闯北，拿着产品照片，说着一口典型的半咸淡广式普通话，挨家挨户向客户推销自家产品。这群"提灯人"的务实、勤勉与讲求信用，打动了大江南北的客商，渐渐地为起步中的古镇灯饰业建立了市场信誉，打开了销售之门。

华艺灯饰成立于 1986 年，当年三个合伙人好不容易凑齐了注册资金 5 万元。随着时光推移，经历了从手工作坊向机械化生产、自主研发等不断转型升级的过程，如今华艺已是业内响当当的品牌。这艘年销售额数亿元的灯饰"航母"，拥有 22 个专业性分公司，员工超过 5000 人，研发团队超过 200 人，成为古镇灯饰行业名副其实的"领头羊"。从华艺走出去的创业者超过 500 人，因此它的创办者区炳文成了许多同行心中敬仰的"教父"级人物。

像区炳文这样的老一辈灯饰企业家常常谦虚地自称是"洗脚上田"的农民。他们文化水平不高，但是在经营、发展企业的过程中，他们却拥有展望世界的眼光与气魄。2016 年，我曾目睹一批刚刚参加完香港灯展的古镇企业家，主动向照协及商会提出希望前往香港的设计类院校参观学习。在香港理工大学设计学院参观的时候，他们饶有兴致地了解各种新型技术与前沿设计理念。一位"海归"新生代企业家，更是用流利的英文向教授提问。在知悉澳门举办"一带一路"基础设施展览会的信息后，一位古镇企业家主动申请前往，向电力资源匮乏但阳光充沛的一个非洲国家推介他们生产的太阳能路灯产品。如今，提灯走天涯的古镇人的足迹已遍布世界。哪里有古镇灯饰，哪里就有古镇人的身影。他们成了法兰克福、米兰、香港灯展的常客，他们既是嗅觉灵敏的生意人，也是谦逊低调的求知者。在他们的带领下，企业以原创品牌开拓非洲、拉美、东南亚、中东欧等新兴市场，扩大了"古镇灯饰"品牌的国际影响力。

善于学习，更善于把握机遇的古镇人做灯，既不靠天吃饭，也不靠祖宗荫蔽，靠的就是敢闯敢试的一股拼劲与刻苦耐劳的精神。

璀璨灯都的"守夜人"

西方经济学鼻祖亚当·斯密在他的著作《国富论》中提出著名的"守夜人"理论，认为政府在推动市场经济发展过程中应该是"守夜人"角色。纵观古镇40年的发展历程，当地政府在不断完善营商环境，提升服务能力，鼓励、引导与扶持产业发展过程中，发挥了不可替代的作用，成为璀璨灯都一直绽放异彩最坚实的"守夜人"。

进入20世纪90年代后，古镇的灯饰产业开始进入快速发展期。全镇建成了32个村级工业区。1993年，古镇镇党委、政府，审时度势，提出了经营城镇的理念，把灯饰业确立为古镇的支柱产业。从此，十里灯饰长街，一路春风驰荡，各种灯饰店铺如雨后春笋般林立，引领古镇经济拥抱着一个又一个春天。古镇灯饰业转向开发自研为主，形成产供销一条龙的经营格局并迅速占据了国内市场50%的份额。古镇成为国内最大的灯具生产基地和集散地，业内有"灯饰潮流看京沪，京沪灯饰看古镇"的说法。

1999年3月，古镇党委、政府组织了一场该镇自改革开放以来规模最大、层次最高的经济会议，深刻总结了20年改革开放古镇所取得的经济成果，深入分析了国内国际市场的经济形势，提出了经济发展的新思路。会上做出了一个重要决策：确定在当年10月举办首届中国（古镇）国际灯饰博览会。这次博览会尽管十分简陋，但效果却非常惊人。会后，温州两百多位灯饰老板带着自己的工厂来到古镇落户。东莞那些看不起古镇灯饰的人，也笑嘻嘻地来到了古镇。仅过了两年时间，古镇灯饰就超过温州和东莞，成为中国灯饰行业的"大哥大"。

在 2002 年第二届灯博会上，中国轻工业联合会、中国照明电器协会联合授予古镇"中国灯饰之都"的荣誉称号。

从首届马路展会，到单纯中心展馆展览，再到"主会场"＋"大卖场联盟"的"展店联动"模式，并升级为一年春秋两展，举办了 20 届的古镇灯博会成为亚太地区最大的灯饰专业展会，成为古镇镇一张亮丽名片。展览总面积达 150 万平方米，每年超过 2000 家成品灯饰灯具企业参展，每届展会吸引国内外客商约 6 万人。

第 21 届古镇灯博会春季展（来源：古镇宣传办）

新时代"蛟龙"再出海

沧海桑田印证灯都传奇。40年时光变幻之间，古镇人用智慧与汗水，写就一段属于曹古海的美丽传说。有人认为，作为一个专业镇，古镇的单一产业发展已经趋近饱和。但是勤劳与智慧的古镇人并不止步于此。他们善于居安思危，也善于自我革新。

2008年至今，围绕技术研发和市场营销（渠道）创新的"微笑曲线"两端，以做大实体产业为基础，古镇灯饰产业加强产品质量、市场环境、产业配套服务体系等方面的建设力度，由此步入转型升级的自我革新阶段。

专利与原创成为"古镇灯饰"品牌走向世界产业高端市场的敲门砖。镇内率先设立全国首个单一行业知识产权快速维权机构——中山（灯饰）知识产权快速维权中心，极大地推动了原创设计长足发展。全镇专利申请量和授权量连续五年位列全市第一位，成为"万件专利强镇"。通过构建专利快速授权、快速维权两大快速通道，古镇成功打造了知识产权保护的"古镇模式"。"以知识产权驱动设计，以设计驱动品牌创新，以创新驱动产业发展"的理念成为新常态下灯都古镇的发展新引擎。在"2015米兰设计周中国灯饰照明原创设计展"上，一批古镇灯饰企业以区域品牌方式集体亮相，闪耀时尚之都，向世界展现出了"中国灯都"的无限魅力。

科技化与智能化为传统的灯饰业插上了转型的"翅膀"。古镇的智能照明体验店以每年25%的增幅快速增长。古镇生产力促进中心、古镇灯饰照明创新设计中心、灯饰3D快速成形与协同设计技术服务中心、"古镇灯饰"品牌推广中心等新型服务机构应运而生，衍生出30个公共创新服务实体，服务覆盖珠三角灯饰产业链上下游近万家企业，全面提升了企业产品核心技术与产业集群品牌研发优势。遍布全国各大型专业市场的古镇灯饰直销基地，以及在迪拜、南非建立的"中国灯饰之都（古镇）海外直销基地"，成为古镇灯饰占据全局市场的"加速器"。

更令人欣喜的是，今日的古镇已不仅仅是一个制造业强镇。这里社会协调发展，产城融合，绿荫成行，人民安居乐业。免费教育覆盖学前教育至高中的15年，个人只需自付3元挂号费即可免费享受社区医院普通门诊服务的双免费等"兜底"福利，推动民生福祉不断提升。"寸土寸金"的星光联盟旁西江边上420亩拆迁土地被用作建设灯都十里碧水生态长廊和灯都生态公园，成为别具岭南特色风格的森林生态景观。

仓廪实而知礼节。近年，古镇人有意识地传承、保育和挖掘当地的传统文化资源。盛世出祥龙，在20世纪沉寂了近半个世纪的非物质文化遗产——古镇六坊云龙重出"江湖"。

已连续成功举办四届的古镇"灯光文化节"与灯博会一样成为推介灯都古镇最生动的"名片"。白天参加灯博会，夜晚观赏灯光节，成为每年

2017年11月5日，古镇国际灯光文化节中，灯都生态湿地公园夜色璀璨（中山影像 © 胡家庆／摄）

两百多万游客与客商乐此不疲的选择。每当灯光节开幕式举办时，人们挤在火树银花的中兴大道两旁观赏舞云龙。

华灯绽放的夜幕下，几十名六坊村民身穿与龙被同一色彩的衣服，舞动着银光闪闪的云龙，"只见龙翻腾，不见舞者"。"龙身"过去用蜡烛点亮，如今成为熠熠生辉、灿若星辰的"电光龙"。盼望快高长大的孩子们欢快地在舞动的云龙中间"穿龙底"。有着三百多年历史的云龙寄托着世世代代古镇人祈求风调雨顺的美好祝愿。

昂首翻飞的云龙与古镇灯饰广场周围华丽的建筑、五彩斑斓的灯光交相辉映，古城仿佛置身于灿烂星河之中。璀璨的夜空映照着一张张对生活充满热爱，对未来充满憧憬的面孔……这里的辉煌属于每一个胼手胝足的劳动者，他们是点亮这夜空最美的星星，是他们成就了中国灯都的光荣与梦想！

《大涌大事记》载，1979 年，大涌人林华奕、李建程、林卓荣、林国云即筹集几千元资金，在大涌安堂村办起了大涌第一间家具厂。及至 1990 年，大涌地头冒出红木企业 10 余家，从业人员达 3793 人，年产量已逾 19 万件……

红木河流 "撑篙人"

秦志怀　黄婉媛

石岐河，潺湲漫步，自板芙而至大涌时，忽地拐了一个 90 度的弯，于穿顶之下拉开了一张巨型弯弓。就在弓背位置，大涌的岐涌路依江东行，继而与沙溪的新濠路首尾相衔，令大"涌"、沙"溪"二川，汇成一脉，浩荡东流。

于是，流成了中山的十里红木长廊。7 月里，笔者兴起，沿着这条红木之河，自东而西，溯流而上，以脚步踏浪，丈量其沧桑与宽广。

仅在大涌岐涌路与沙溪新濠路牵手相连的干流之上，便泊靠着大小红木门店约 454 家。加上岐涌路上游新平路的 74 间门店、入驻红博城的 300

中山大涌红木文化博览城

余家商户，以及回溯新平路上游兴涌路、葵朗路和绵延下游105国道西侧的隆都家私城的商家，这条自卓旗山流淌至105国道与中山南环的红木之河，已托起高扬轩、坊、馆、堂各类旗幡的红木商铺逾千家……而且，每一家铺头后面都或远或近兀立着一间工厂，除了大的门店，中小企业，几乎无一例外地呈现老板开厂、老板娘坐店的模式。

你无法想象，那些源自东南亚和非洲丛林的紫檀、黑酸枝、缅花等，来时莫不是庞然大物，蓬头垢面酣睡于挂车之上，转瞬间即脱胎换骨，清俊可人。于是乎，典雅、灵动而硬朗之红木线条，与如花老板娘之温婉微笑刚柔相济，形成一道独特的"红河谷"风景线。

然而，在这条或许是中国最长的红木河谷，到底汇纳了多少关乎红木的美丽传说与温馨梦想？

"撑篙人" 之萧照兴

世间万物，皆因缘而生。

红木，一种自然界极富有生命和灵性的树木，何以在倒下后，却将重生的机缘赐予了中山，且在中山这片土地上集纳千万涓流，而汇成浩荡东流之澎湃江河？

其汩汩源头何在？肇始于何年？又是谁，在这条河上率先打造红木舟楫，升起远行的樯帆？

据《中山市志》记载，1954 年，中山全县虽有 467 家木制品作坊，但皆无缘红木，从业人员仅 817 人，主要生产盆、桶、台凳、橱柜等简单家具。1978 年，当历史翻开新的篇章，老百姓的日子渐渐水灵滋润时，红木家具方悄然醒来。

自《大涌大事记》知悉，1979 年，大涌人林华奕、李建程、林卓荣、林国云即筹集了几千元资金，在大涌安堂村办起了大涌第一间家具厂。及至 1990 年，大涌地头冒出红木企业 10 余家，从业人员达 3793 人，年产量已逾 19 万件。

说起红木，绕不过这个人，在这一条绵延而浩荡的红木之河里，他或是最早的冲浪者之一。他叫萧照兴，是土生土长的大涌鸿发红木的老板，他有个特别的头衔——中山市红木行业协会永远名誉会长。现如今他还有个特别的习惯，时常驾车载着老伴玲姐去市场买菜，每天被玲姐亲昵呼唤几百遍"阿兴"。

岐涌路，肇始于黄金水道，亦为红木之河上游。岐涌路 355 号，一幢红色外墙上有两条叠加波浪纹的红木展示大楼——这里便是萧照兴和老婆阿玲一拳一脚创办的鸿发家具有限公司。

7 月 9 日下午，笔者寻到了位于岐涌路尽头的鸿发大楼，见到了颇具传奇色彩的红木牛人萧照兴。这位与共和国同龄的汉子，言语诙谐而幽默。提及生日，他颇为自豪。他说，他是 1949 年 11 月生人，一个东方巨人一个月前在天安门城楼招手，说天下太平了，你可以出来了，于是他就应运而生。

1968 年，这是一个令很多人刻骨铭心的年份。就在这一年，"知青"，一个新鲜的名字，让回乡知青萧照兴和广州插队知青玲姐缘聚卓旗山下，成就了一桩红木榫卯结构般坚实而美丽的姻缘。

玲姐讲了个故事。那是她第一次带阿兴去广州，他从未出过远门，也未到过广州。他俩骑着自行车，中途要过六次渡，颠簸 12 个小时。最有趣的是，过渡的时候，每每看见一艘轮船驶过，阿兴总要"哇！"地叫一声。一路"哇"个不停，让玲姐笑痛了肚子。

提及在中山藤厂的学徒生涯，萧照兴百感交集。他说，最早学的是木模工，一斧一凿，琢磨木头纹理，探究榫卯结构。就在这日复一日的把玩中，他掌握了全套木工手艺。20 世纪 80 年代初，一股和煦的春风扑面而来，开店之潮漫溢中山。心里痒痒的阿兴，在玲姐的鼓励下，也跳出藤厂，开了间木工作坊。阿兴擅长谋划，且不乏创意和胆识。他琢磨道：文革破"四旧"，损毁了很多老古董，包括红木家具。如今斗转星移，酷爱传统文化的国人，心底对古董的那一份雅趣恐"春风吹又生"了。他了解到，原生产队做农具、犁耙的坤甸木，产于东南亚的缅甸，是粤中船厂生产资料部进口的。于是，他咬定坤甸木，瞄准古董，手工制作了一张古董床。

在鸿发家具的红木展厅里，赫然摆放着一张模样突兀的老旧坤甸木罗汉床——这便是 40 年前阿兴出道时的冲浪之舟。这床，有点像榻榻米，三面有护栏，可以横着睡觉，在那个年代已经够时尚了。阿兴说，当时他这款床很走俏，夏天睡很凉快，每张可卖 300 元。他就一鼓作气，做了很多床，就此赚下他的第一桶金。后来，发现有人走乡串户收购古旧家具翻新出卖，他灵机一动，觉得这是个商机，干脆买木头直接做古旧家具。凭借对木头纹理的敏感与领悟，他一步步走近红木，成了大涌最早蹚入红木之河的老板之一。

1982年，就在现在的鸿发大楼对面，一片荒蛮之地，阿兴盖起了松皮棚——这是那个年代标准的红木作坊，招收了30名工人。由于发展势头好，产品供不应求，工厂第三年就壮大为70多人了。阿兴，着魔般跟红木较上了劲。

一如榫卯结构的严丝合缝，红木家具的生产、销售两个环节也必须无缝对接。1988年，这是萧照兴更弦易辙的一年。因为与合作伙伴分手，阿兴灵机一动，要拉妻子阿玲出山。当他犹豫再三，向阿玲和盘托出想法时，阿玲一口回绝。那时，阿玲已经执教20年，早已是国家公办教师，有一份稳定的工资，且受人敬重。但阿兴不依不饶，夜深人静时他撂给阿玲一席话："这些年，你教书育人比我还忙，为家长、为孩子做了这么多。现在，你要帮帮我了。"

这回，阿玲犹豫了："你要我怎么做？"

"你先请假，停薪留职一年。"

"要是学校不同意呢？"

"你先申请再说。现在，只有你能帮我。"阿兴这句话分量很重，阿玲一下子想起了当初，他们骑车12小时，过六次渡回广州的情景。当时她紧搂着阿兴的腰，心里只有一个念头，这辈子跟定了他，不管他的车骑往何方，前面是风是雨，是悬崖还是绝壁。

第二天，阿玲郑重向学校呈上了停薪留职申请。之后，圈内人发现，鸿发多了一位美丽、优雅而大方的女老板，而鸿发的经营亦平添魅力，多了几分和谐与温婉。连鸿发的红木出品，也似乎多了几分涟泽和细腻。

萧照兴回忆说，阿玲分管销售和财务，他自己管物料和生产。自此，鸿发步入了上升通道，一年一个台阶。1996年，鸿发新大楼在现址落成。当时，岐涌路刚打路基，路基两边还有细叶榕。站在鸿发大门口，就能看见路基对面不远处的石岐河。乔迁第二年春天，鸿发与甪文红木一合计，抬脚迈进了广交会，成为当届中山参展的仅有的两家红木企业。玲姐说，当时鸿发送展的是一个欧陆风格的非洲紫檀套房。来自全国各地的经销商，闻香而至，青睐有加。展会后旋即驱车到大涌现场考察，然后各地订单纷至沓来……

2006年10月，萧照兴作为最早结缘红木的资深"红一代"，在即将迎来自己花甲之年时，被推举为大涌红木家具协会的会长。2012年6月，他携一帮红木行业资深人士成立了中山市红木家具行业协会，成为创会会长。在会长任上，他铆足劲，团结带领同行办展会，拓市场，率先构建行业标准。2008年，由大涌红木家具协会牵头起草修订的《深色名贵硬木家具标准》获国家发改委正式批准实施，使大涌红木一跃成为行业的标杆。这不啻是红木弄潮儿的福音——毕竟，中华绵延千年、流淌万里的红木之河上，第一次廓清了航道，点亮了航标灯。

我参观过鸿发偌大展厅和成百上千件的精致红木家具，然而迄今，盘桓于我记忆的，却是那张20世纪80年代的坤甸木罗汉床。

偶尔，我眼前还会浮现出那张罗汉床，恍惚间罗汉床又变身为一艘小船，阿兴正兀立船头，悠悠然撑一支长篙远去。

"撑篙人"之陈新丰

浙江东阳人的基因，写在他的脸上。他个头不高，但艺匠出身的他很壮实，尤其眼睛很亮，透着睿智和精明。

其实，当下东阳，也成了中国著名红木集散地。红木产业规模与工艺水平，亦直追中山。然而，陈新丰的长丰品牌并无摇摆，依然伫立大涌叠石。尤其令人佩服的是，他的产品仍旧保持着六七成销往海外的势头，且已成红木企业中多年力拔头筹的纳税大户。时下，身为中山东阳红木商会会长的他，已是中山红木之河里扬臂就能掀起浪花的资深弄潮儿。

只是，谁也无法想象，这位红木大佬当年如何在中山筚路蓝缕。

1987 年，陈新丰携妻子和徒弟三人，带 120 元盘缠，自江西武宁来到中山。只因为，当时位于西区后山的中山红木工艺厂，给他开出了一份诱人的工资——1200 元，是他原来任武宁家具厂厂长 300 元工资的四倍。

在中山红博城二楼的长丰红木家具展厅，陈新丰带着淡淡的江浙口音告诉我，那一次囊中羞涩，清晨在广州站下车，步行到汽车总站买好到中山的班车票后，三个人口袋里只剩下两块钱，好在香蕉便宜，就买了几斤香蕉填肚子。他说着，自嘲地笑了起来。他坐在创造"长丰"品牌的红木椅上，悠然淡定地回望人生之路的蜿蜒坎坷。在他的旁侧，尽是紫色铮亮、

2016 年 3 月 20 日，游客游览大涌红博城（中山影像 © 简建文／摄）

木纹细腻而雕工精湛的红木家私。

不是金刚钻，不揽瓷器活。据悉，东阳木雕，堪称"中华一绝"，历史悠久，品类丰富，雕饰精美，技艺精湛。最大特点是以天然木材为原料，不施以漆色，保留原木的纹理和色泽，淡雅而富有自然气息。陈新丰自小拜师学艺，后成为东阳木雕传人。他一来中山红木工艺厂，就如鱼得水，禁不住大展拳脚。

陈新丰说着，宛若回到32年前，找到了那个雄心勃勃的东阳青年。他说，他当时什么也不想，就觉得浑身上下有劲，只想多干活，又快又好，多挣奖金。工艺厂实行计件制，雕刻有两道工序，一是雕，二是打磨。如果雕工刀法不圆融，后续打磨很耗功夫。于是，他潜心琢磨刀法，终于能做到刀走流线，随心所欲，刀过之处，细腻光洁如初。

其后，这个东阳青年，悄悄找到晚班门卫老伯，给他递烟，只提了一个要求，每天早上4点钟给他开一下大门。

老伯有点懵，瞪大眼睛看着他，你想干啥？

他说，我想早点开工。

老伯噗嗤一笑，真的开工？开工可以，我给你开门！

自此，陈新丰每天早上4点钟进车间雕刻。静谧的车间，几乎能听见自己的心跳。每每下刀，木屑波浪般卷起时，便有一股木香扑面而来，让他立即神清气爽。在他手里，刻刀如笔，笔笔走心。一刀下去，时而如山，时而如月。到6点钟，他返回宿舍，稍事休息用餐。到8点钟他又和大伙一道踩着上班的铃声，不声不响回到工位。

如斯，刻刀在陈新丰的手里跳跃着，雕凿日月光华，也雕凿着生命的绚烂。当月底，工艺厂奔出了一匹黑马，陈新丰完成的雕件遥遥领先，而且品质一流，件件无须打磨。来厂验货的两个台湾老板看了不胜欢喜，连连称奇。厂里的员工个个瞪大了眼睛看东阳仔，觉得这家伙如此能耐，莫非是超人？他一鼓作气，连续两个月攀高折桂。这回，正为转制承包而纠结的厂长眼睛一亮，仿佛发现了新大陆。他觉得东阳仔就是一匹千里马。而他现在要做的，就是做一回伯乐。没多久，厂长找陈新丰谈话，单刀直入问他，阿丰，我要提拔你做管工，负责雕刻车间。你做得了吗？

没问题，我做得了，而且一定做好。陈新丰不假思索地回答。

还有，你要承包，跟我签合同，赚多赚少都是你的。你敢吗？

我敢，东阳人从来不缺胆量。

承包不是儿戏，你想怎么干？

我有我的干法，我会把一个东阳仔，变成全车间的东阳仔。

好个东阳仔，果然有招数！厂长大笑。这时，陈新丰南下中山，不过一年左右。

其后，一切皆无悬念。陈新丰在承包管工任上，纵横捭阖，躬耕不辍，一路奏凯。自 1988 到 1998 年，连续十年，他为企业创造了效益，带出了一批能工巧匠，自己也收获了人生的第一桶金。

陈新丰说到这里，笑了。他说，那些年，每年都有二三十万元的收入。

俗话说，一花独放不是春。陈新丰虽带活了一个雕刻车间，但作为集体企业的工艺厂困于体制僵化，人浮于事，依然效益下滑，步履维艰。

日历翻到 2002 年。那两位曾经折服于陈新丰精湛雕工的台湾老板又来到了中山。窥见与其合作的工厂已呈老态龙钟的窘态，他们连连摇头叹息。之后，他们找到了陈新丰，鼓励他冲出樊篱，自己办一家红木厂；并表示，他们的产品都交给他做。这不啻给他吃了一颗定心丸。

陈新丰说，那是 2002 年底，年届不惑的他也感觉到了中山红木之河的澎湃。他意识到，时不我待，必须迈出人生中最重要的一步。于是他紧锣密鼓筹措开厂，之后投入资金 90 万元，择址大涌叠石，并自名字中借用一字，为厂取名长丰，意在丰韵久长。

第一批产品下线，恰好 2003 年的钟声敲响。陈新丰打电话给台湾老板，请他们过来验货。然而此时，正好"非典"肆虐，疫情蔓延，两岸航班暂停。而此时，陈新丰的资金周转也出现缺口。闻此，台湾老板二话没说，就给他打了 20 万元过来。及至看到新丰红木产品照片，又是一个 20 万。顿时解了陈新丰的燃眉之急。

至今，回忆起这件事，陈新丰感慨不已。他说，这是一种信任。

是的，信任很简单，有时就是一道目光，乃至于一个微笑。然而，信任却又是要用一生来积累的财富。

陈新丰，赶上了新千年红木之河最浩荡的潮涌。最辉煌时，他的长丰拥有 80 亩厂房、500 多名工人。现在受大环境影响，他收缩了战线，但仍有 50 多亩厂房、180 多名工人。

陈新丰，作为大涌多年的纳税大户和中山东阳红木商会会长，当是冲浪于中山红木之河的一位具有符号意义的人物。看到他，你就会领悟这条河五光十色的真谛——那就是河水的清澈、温润与可溶性。他告诉笔者，中山是风水宝地，不歧视，不排外。在中山发展的东阳籍红木商户有 50 多家。已然圆梦中山的他，看好中山的明天，也看好红木产业。

谈及当下市道，他说，有天晴，就会有下雨；有下雨，就会有天晴。我们这个行业，现在低迷下雨，但会有天晴的时候。

说话时，他带着微笑，中气十足，眼里放着光，透着雕匠的犀利和力道。

"撑篙人"之"三朵金花"

中山红木之河，是一条创业之河、财富之河，亦是一条梦幻之河、希望之河。

徜徉于此河两岸，笔者欣慰地发现，这里有"红一代"的港湾码头赫然仁立，樯帆上鼓满雄风；也不乏"红二代"的驿站船坞栖息一隅，透着时尚与青春气息。

在新濠路中段，笔者发现一家名叫梨璞的红木馆，觉得名头有点别致，便上门叨扰。一打探，又一个 90 后"红二代"，还是江西籍女孩，名叫岑敏萍。

敏萍年纪不大，但经历颇丰。她的叔叔和堂妹早就在中山做红木，创立了"天记红"。所以她一毕业，就南下中山，进了大涌红木龙头企业之一的太兴做销售。做了一年，业绩很好。更重要的是，走近并喜欢上了红木，并且结交了几位志趣相投、钟情于红木的姐妹：有大涌本地女孩、销售经理李嘉漩，还有四川籍女孩杨婷。这为她们日后三朵金花并蒂开放，埋下了伏笔。

销售，是一个极具挑战的职业，也是历练与培养老板的最佳岗位。敏萍第一个跳出太兴，她先给叔叔的天记红当了 9 个月店长。之后回家相亲，在一家国际家具公司出任压单经理，辗转于南昌、广州与深圳。虽能挣钱，但调动频繁。一番折腾之后，女孩忽地醒悟，觉得这不是她想要的生活，复又回到中山大涌。

恰在此时，她在太兴的姐妹嘉漩、杨婷也先后跳出太兴，嘉漩还开了一家有点另类的"朽"作坊，专做茶台。那天，敏萍和杨婷相约，说去看嘉漩，一来祝贺，二来蹭饭。其实，当前太兴红木的三朵金花聚在一起时，早已忘却茶饭滋味。唯有红木之馥郁芬芳，漫溢空间。蓦然间，红木似乎成了王子和情人，三位女孩皆为贵妃，万千心念萦绕红木，才下眉头，却上心头。

不知谁冒出了一句，嘉漩，我们都成了没人疼的孩子，你就收留我们吧。又不知谁应了一句，是啊，嘉漩，你不能一个人奔小康，也要带上我们呀！

嘉漩扑哧一声笑了，说，收留不敢，一起干可以！

于是，三个女孩跳跃击掌，抱在了一起。她们决定开一家股份制红木作坊。按照个人经济承受能力，嘉漩大头，占 60% 股份；杨婷、敏萍各占 20% 股份。

然后，她们挖空心思，给她们共同的品牌推敲了一个不俗的名字——粤己，取悦人悦己之悦己的谐音，字面上蕴含了一种襟怀和担当。

在粤己与一家红木生产商合作的百富汇展厅，杨婷告诉笔者，粤己就是爱我所爱，开心自己。她说，木头是温和的、会呼吸的家具，她爱上了红木。而在粤己二楼的一间办公室，嘉漩淡定地说，想法很简单，就是想做自己喜欢的产品，因为今生已与红木结缘。现在叫我离开，一定割舍不了。

这是三个知性女孩，她们清晰知道自己需要什么，也明白自身的长短。

2017 年早春，刚刚过完春节，在岐涌路南文红木旁侧，三个女孩悦己的"粤己"一夜间绽放，若一枝梅花，虽枝干略显瘦削单薄，却亭亭玉立，展示了一种襟怀，倒也与一旁高大的"南文"相映成趣。

正是春寒料峭，不少人目光里还飘着凉意，认为红木盛夏已过，秋冬绵绵，春天尚远。然而，三位粤己的女孩，却如三剑客，选择了逆流而上。

就像红木打造的一张台或一张椅，三个"红二代"女孩，她们之间也是一种榫卯结构的组合，严丝合缝。这里不仅仅有性格和专长的互补，亦有肝胆相照的一份信任。

在采访杨婷时，说到岑汉子（敏萍的微信名），她会禁不住赞叹，岑汉子是一个大气的人。而每每言及嘉漩，她脱口而出"老大"。她说，嘉漩很强大，很能扛，敢担当。关键时刻，等她拿主意时，她并不拿腔拿调，而是轻轻一句："这样可以了，就这样吧。"语调温婉，却有一种直达人心的穿透力。

而嘉漩在位于南环旁侧的另一方空间——新粤己大本营，说起杨婷，也透着一种信赖。她说，杨婷个性阳光，更外向，口才比自己好，擅长与客户沟通。

嘉漩告诉笔者，粤己大本营整体租了一栋楼，约 3000 平方米。这里有设计、行政及后勤部门，还有布艺软装、百威纸箱两个生产部门。她说，现在由杨婷负责的百富汇红木馆，是粤己探索品牌输出的一个经营模式，即与生产厂家合作，粤己输出品牌，设计款式，进行品质监控，并承包产品的销售管理。

嘉漩轻声细语中，蕴含着一种定力和执着。这个来自大涌起凤环村，在太兴红木销售岗位上躬耕 17 载的女孩，对红木、对经营，乃至于对市道有太多的沉淀与感悟。

谈及中山的红木圈子，嘉漩百感交集。她说，这个圈子需要有外来的新血液注入。老红木人执着，善于做产品，但思维有些固化，对市场的变化反应不够灵敏，也更关注企业规模和江湖地位。而新红木人，可能更追求品牌的符号性与辨识度，更贴近市场。风吹草动，我们更敏感，而且船小好调头。

嘉漩说着，不经意冒出了一个"新红木人"的概念。

是的，在这条红木之河里，只有新老之别，全无里外之分。

完成对粤己的采访，三个女孩留给了我一帧摇橹东行、踏浪而歌的美丽剪影。

作者简介

秦志怀，《中山商报》原总编辑。现为中山市作家协会副主席，广东省演讲与口才学会理事。已出版散文集《我的皇天后土》《大地留下你的梦》，新闻策划专著《中山边沿乡村行》《大爱如歌》《中山家春秋》等，先后获得省级以上新闻、文学奖项 30 多个。散文《化作春泥更护花》入选《2010 中国散文经典》；散文《娄山关，那些游荡的英魂》《伶仃洋畔，枕戈待旦的男子汉们》《妹妹山丹红花开》《魂牵阿里山神木》获"当代最佳散文创作奖"，并分别入选 2012 年中国散文大系之抒情卷、军旅卷、女性卷和旅游卷。

黄婉媛，曾任《中山日报》记者、《中山商报》编辑部副主任，现为中山市大涌镇经信局干部。

第 37 届世界乒乓球锦标赛，19 岁的江嘉良横扫世界名将，成为中国队在团体赛中一盘未负、获得男子团体冠军的主力队员。之后，江嘉良六夺世界冠军，成为继庄则栋、郭跃华之后，第三位蝉联男单世界冠军的中国选手。

第一个"全民偶像"

连志刚

翻开历史长卷，自 1984 年我国重返奥运舞台以来，陆续有中山籍运动员的身影闪现在奥运、亚运等国际重大体育赛事中。2000 年以后，更是"络绎不绝"。90 后、00 后们说起本土体育明星，可能就认苏炳添、梁文冲等年轻一代。但在老一辈人的回忆中，1988 年的汉城奥运会最是难忘。"当时有两位中山籍运动员'出征'奥运，一样相貌俊朗、身形灵动，堪称中山体育事业的绝代双骄。"他们就是乒乓国手江嘉良、游泳健将冯强标。

今天，我们要讲的人物就是江嘉良。几乎整个 20 世纪 80 年代，中国乒乓球就是他和陈龙灿的时代，其中江嘉良凭借英俊的相貌、高超的球艺、辉煌的战绩，令亿万球迷为之倾倒，堪称中国体坛第一偶像。

最高规格的载誉归来

在有据可查的影像资料和普罗大众目击所见的经验里，江嘉良两次荣归故里的"接待规格"几乎是最高的。中山市档案馆收藏的影像资料显示，1985 年和 1987 年，江嘉良两次载誉归来时，相关部门都组织了车队巡游，在中山纪念堂举行了隆重的欢迎大会，引来群众围观。很多人回忆，他一走出当时的中山长途汽车站，就被小汽车接上，驶到中山纪念堂欢迎大会上做报告，一路巡游受到市民夹道围观。1985 年的照片显示，一身西装的江嘉良被司仪拥簇着站在一辆身披彩带的皮卡车驾驶舱后面，道路上悬挂欢迎他的条幅，两旁的群众纷纷向他注目。车队开到中山纪念堂，会场挂着"热烈欢迎第 38 届世界乒赛男子单打冠军江嘉良载誉归来大会"的横幅。江嘉良和市领导坐在台上，上下两层的观众席密密麻麻坐满了人。1987 年又是如此，当接他的车队到达中山纪念堂时，只见公园大门上悬挂的条幅是"热烈庆祝江嘉良蝉联世界乒乓球单打冠军"。有人点燃了鞭炮，四只醒狮开始舞动，因围观者众，身穿白色警服的公安干警还得维持秩序。

江嘉良为何受到家乡人如此欢迎？询问长辈才知道，20 世纪 80 年代，关注乒乓球比赛的人都记得江嘉良是开创中国乒乓球一个时代的人。

关于江嘉良的专业水平，在 2007 年央视五套播出的纪录片《国球长红》第三集《魔术长新》里，乒乓运动器材专业制造商——上海红双喜集团董事长黄勇武讲述了一个故事，称江嘉良能精确感受到乒乓球哪怕 0.001 克的变化。这样的精确度比测黄金的精确度还要高。起初黄勇武不相信，就做了一个试验：他造出 10 个乒乓球，每个球重量仅差 0.001 克，找到国家乒乓球队要求分辨。江嘉良把每个球打了几下，就从轻到重给这 10 只乒乓球排出了顺序。"结果一个也不差，从此我就服了。"黄勇武说。

之前，中国乒乓球队也出过很多名人，如容国团、庄则栋、郗恩庭，

1985 年，中山市为欢迎第 38 届世界乒赛男子单打冠军江嘉良举行巡游活动

1987 年 3 月，蝉联世界冠军的江嘉良回到中山，受到各界的热烈欢迎

但他们"当打"的年纪正值十年浩劫。只有到了 20 世纪 80 年代宽松的社会环境下，加上中国乒乓球开始独霸全球，江嘉良又是其中最出类拔萃者，拥有高超的技术、出色的成绩，还有英俊的外貌，自然而然成了中国乒坛第一偶像。

"一眼结缘"乒乓球

在 20 世纪 70 年代，中山人热衷于打乒乓球，或许跟容国团带来的偶像效应有关系。毕竟，这位中山县老乡是新中国体育历史上第一个世界冠军，如同普罗米修斯般带来了光明和希望。何况当时中国只有乒乓球一枝独秀，从国家领导人到普通人都在谈论它，乒乓球逐渐确立了"国球"地位。

江嘉良的父亲就职于中山第一建筑公司，也酷爱打乒乓球。当时他们家住月山附近，距离石岐工人文化宫不远。在 20 世纪 50 年代到 80 年代初，位于孙文西路 44 号的工人文化宫是工人们文体娱乐的乐园，设有舞厅、工人剧场、乒乓球室、图书室、工人篮球场、文娱室等，还组建了自己的篮球集训队和乒乓球队。江爸爸因此有很多机会与别人切磋球技。小嘉良家里不富裕，没有上过幼儿园，家里也没有什么玩具，四五岁时就把床板拆下来搬到门前，中间叠上砖块，拿着父亲的球拍打乒乓球玩。很有可能，他的国球天赋就是那时候潜移默化地生成了。

1970 年，六岁半的江嘉良在拱辰小学试读了半个学期，后转学到高家基小学。中山在小学阶段普及体育项目历来做得好，田径、乒乓球、篮球、游泳、体操五大项目最具优势。高家基小学就是以乒乓球为办学特色的。

1971 年，中山体校到高家基小学挑选乒乓球"苗子"。在众多儿童中，教练郑洸一眼就注意到了一名身材均称、虎头虎脑的小男孩，尤其是那双眼睛特别有神、灵动。郑洸感觉不错，拿着球拍走了过去，叫这名男孩看着他的球拍，随着他左右晃动，小男孩反应灵敏，做得相当好。"从江嘉良的反应中，我就知道他是一块练乒乓球的好料。"郑洸教练立刻拍板，把七岁的小嘉良招进了体校。

很多年以后，当年被选拔的选手们都提到，郑教练选拔乒乓球小学员的标准是"人靓""眼睛有光"。可以说，江嘉良是一眼结缘乒乓球。

无独有偶，15 年后，在一个电影界、体育界名人聚集的文艺晚会上，又是他"特别有神，让人过目不忘"的眼睛引起了电影演员吴玉芳的注意。吴玉芳刚主演了电影《人生》，正在电影学院学习，当她向旁边的朋友打听那位穿运动服的"电眼"帅哥是谁时，被耳聪目明的江嘉良听见了。就这样，江嘉良又一眼结缘佳偶，两个人顺其自然地结识、恋爱、结婚，育有两个女儿。

退役多年以后，每逢有国际重大赛事，香港无线电视台、东方卫视、湖南卫视等电视台纷纷聘请江嘉良当特别嘉宾，或接受采访，或讲解乒乓球实况。在电视上的他风度翩翩、侃侃而谈，颜值和专业水平一样"能打"。

这些都是后话了。

说回 1971 年，当年的中山体校全名是中山县业余体校，顾名思义即业余时间进行体育训练的学校——学员们平时要在各自的学校上文化课，定时集合来体校参加项目训练。因为教练太少，学生年龄参差不齐，郑洸也不是所有的学员都亲自教，而是采取

主席台上的江嘉良

传帮带的方式训练。20 世纪 70 年代末 80 年代初，中山业余体校先后与中山市体育运动学校、中山市建勋中学合并，把业余训练与全日制文化学习结合在一所学校。现任副校长李子健就是江嘉良在高家基小学的校友，他较晚一届被选拔到体校。李子健回忆："那时候郑教练只带几名能够打比赛的队员，底下的师哥、师姐带年轻的队员，年轻的队员再带我们这些小孩子。"

郑教练再一次注意到江嘉良，是在一个台风天。那天四处一片漆黑，他觉得应该不会有人来参加训练了。可到点一看，小嘉良竟在妈妈的陪同下，点着马灯冒雨赶到了体校。

功夫不负有心人，江嘉良很快就超越了很多比他年纪大的同学。郑洸觉得很惊奇，连忙去探究竟。"原来，江嘉良在建筑公司的父亲非常喜欢乒乓球，经常到一些厂里与工人进行友谊比赛，小嘉良不时也跟着父亲与大人对打。慢慢地，实战经验丰富了，加上又肯用脑打球，一些大人很快就不是他的对手了。"郑洸教练回忆。李子健也说，当他进入体校时，江嘉良已经不再跟同龄人对练了，不仅"以小打大"，还不时要出去打比赛。

那时候的小嘉良很好强，每次比赛一定要战胜对手才高兴，一输球就泪流满面。作为教练的郑洸常安慰他："男儿流血不流泪，应冷静分析输在哪里，是技术问题、力量问题，还是心理问题？只有对症下药才可战胜对手。"经过两年刻苦训练，他被选拔进了省体校。

"头号种子选手"

人虽然进了省体校，但学籍却转入了石岐二中——现在的仙逸中学。当时中山县体委与教育部门联合在那里搞了一个"体育级"，把全县适龄体育特长生集中安置到那里学习。如果江嘉良不能进入省乒乓球队，还是退回石岐二中。

在省体校的江嘉良面临选择：将来进省队，还是回中山？只不过，不是由江嘉良自己选择，而是由省队教练选择。

即使后来真调到省队了，其实也还是有危机。毕竟 13 岁的孩子不懂事，思想上一度有点飘飘然，比较调皮，讲话还容易得罪教练。有一次，教练流露出让他回中山的意思。江嘉良只能让老实本分的父母去"拜访"省队教练。爸爸妈妈话也不多，就冷了两只鸡在那里等着。江嘉良看了看教练，再看了看父母，大家都没什么话讲。坐了半天，教练说："再留两个月看看吧。"

从那以后，江嘉良乖多了，不仅勤学苦练，还帮着打扫卫生、帮老队员打水。终于，在省乒乓球队站稳了脚跟。

1979 年夏，年仅 15 岁的江嘉良第一次代表广东省参加了全运会预选团体赛。一出场，就连输了 6 分。他意识到，自己在"信心的较量"面前打了败仗。在日记中，江嘉良勉励自己："要战胜所有对手，必须首先战胜自己，要在逆境中保持信心、冷静和沉着。"

没想到，一个月后在全运会的乒乓球单打比赛中，江嘉良就像换了个人，顽强、黏牙，凭着一股"打不过也要咬两口"的劲儿，出人意料地连胜周平、黄统生、陈新华等几员名将。

他的表现如此抢眼，被国家队教练李富荣、指导许绍发看上了，不久上调国家队。

事实上，江嘉良心理素质很强，又有拼劲、咬劲，特别善于从危机中力挽狂澜后发制人。国家队的教练们也很看重他这些特质，有意地加倍磨炼他的咬劲。江嘉良起初并不理解，有一次忍不住吐槽："咬的时候太痛苦啊！"许绍发勉励他："想赢球，就得痛苦，你以为人家都是轻易胜下来的？郭跃华的每一场球都很痛苦，一个运动员要经得起这种痛苦。"

在更加辛苦的练习下，江嘉良的成绩很快就出来了：右手直拍快攻型打法，发球刁，起板快，落点好，步伐灵活，具有良好的心理素质。大器似乎已成，但要先检验一下。

1981年底，江嘉良参加了斯堪的纳维亚公开赛。因为是每年年底举行的传统赛事，中国队把它当作一次重要的练兵。运动员在这一比赛中的表现，也将被当作确定世界锦标赛团体阵容的重要参数。江嘉良在这次比赛中精神面貌极好，获得了斯堪的纳维亚杯冠军。第二年，他又陆续拿到亚洲杯亚军、法国邀请赛冠军。

这使他开始以中国队主将的身份频频出现在世界大赛中。1983年，第37届世界乒乓球锦标赛（简称"世乒赛"），19岁的江嘉良横扫一批名将，成为中国队在团体赛中一盘未负、获得男子团体冠军的主力队员。

之后，江嘉良六夺世界冠军。他参加了四届世界锦标赛，获得了两次团体冠军和两次单打冠军，成为继庄则栋、郭跃华之后，第三位蝉联男单世界冠军的中国选手。当他在第38届世乒赛男团夺冠中再次起了攻坚作用时，一位国际友人称他为"名副其实的头号种子选手"。

老瓦自认"最难对付"的人

刘国梁、孔令辉、王励勤、马琳、王皓、马龙、张继科、许昕等几代运动员将中国男乒再次送上世界绝对强队的高度，但罗马不是一天就能建成的，以江嘉良为代表的前辈们积累的经典战例、深刻经验教训，也是成就今天的重要底蕴。

乒乓球之所以是"国球"，是因为其博大精深——很多很多明星，很多很多经典战例，很多很多精神财富，很多很多奇闻轶事。国乒历史上至少有三次经典"战役"是中山人成就的：第25届男团比赛，容国团夺冠，为中国乒乓球队取得了历史性的突破；第 26 届世乒赛，女乒主教练容国团排兵布阵，推出郑敏之、林慧卿两位奇兵，出人意料地以 3 比 0 横扫日本队，首度登上世界之巅——这位郑敏之也是中山人；打得最激烈的，要数第 39 届世乒赛男单决赛中江嘉良艰难"生擒"瓦尔德内尔。

1987 年第 39 届世乒赛男单决赛中，瑞典队以 0 比 5 败给了中国队，但瓦尔德内尔在单打比赛中大发神威，接连以 3 比 0 淘汰了陈龙灿和腾义，进入决赛。借连斩两员中国大将之余威，瓦尔德内尔与上届男单冠军江嘉良上演了一场精彩的巅峰对决。

瓦尔德内尔被很多专家评为"乒乓天才""史上最优秀的乒乓球选手"。他将中国的近台快攻与欧洲远台两面拉弧圈打法融合，擅长将各种技术不断重新组合。事实上，瓦尔德内尔后来的确改变了世界乒坛的格局。在 32 年前的那场对决中，瓦尔德内尔先以 21 比 14 赢了一局，第二局又一路领先。困境中，江嘉良得以进入国家队的"咬劲"上来了。他大胆运用突击战术，以 21 比 18、21 比 11 连扳两局。第四局，瓦尔德内尔加强节奏变化，频发短球，迫使江嘉良不能轻易起板，并伺机突击江嘉良的正手，比分一直打到 20 ∶ 16，把江嘉良逼到了悬崖边。沧海横流，方显英雄本色，江嘉良总能在临危处从容应对。他利用发球大胆侧身抢攻，将比分追平到 20 ∶ 20，最终以 24 ∶ 22 的成绩蝉联冠军。

赛罢，江嘉良红色的运动服已被汗水湿透，他挥舞双拳仰天长啸，与教练和队友相拥之后，赤身倒在赛场，任由热泪流淌！

这场对决，堪称 20 世纪乒乓球赛场教科书级的比赛。双方思路清晰，精力充沛，无论战术运用，还是临场发挥，都达到了极致。整场比赛扣人心弦，一波三折，充满了悬念与感官刺激。

粗略统计，从 1982 年到 1987 年，江嘉良与瓦尔德内尔交手 12 次，胜 10 次，负 2 次，其中至少有 5 次在重要赛事中力克对方，以至于在他退役两年后，老瓦接受记者采访时还声称：江嘉良是他最难对付的中国选手。至于另一位瑞典名将佩尔森，一篇介绍他"丰功伟绩"的文章就坦言："在1985年的世乒赛上，佩尔森面对江嘉良就像面对一堵墙。"不夸张地说，在乒乓球的世界，几乎整个80年代就是江嘉良的时代。

只可惜，1989年江嘉良退役了。

江嘉良退役后先去东南亚执教，后又辗转广东、上海经商，并开办了自己的乒乓球学校。明星妻子吴玉芳一直相伴相随，陪着他走过风风雨雨。江嘉良经常回中山看望妈妈，只是比较低调而已。

近10年来，只有在有重大国际赛事的时候，我们才能在香港无线或东方卫视、湖南卫视等电视台的节目中，看到担任嘉宾的江嘉良。

他的眼光依然灵动，俊朗的脸上洋溢着笑容和阳光。

作者简介

连志刚，河北邯郸成安县人，2001年毕业于河北师范大学，当过老师、职业经理，先后供职燕赵都市报、中山日报等新闻单位。

20 世纪五六十年代，中山咸水歌曾从坦洲唱到北京人民大会堂。坦洲咸水歌演唱者梁容胜、何福友、梁三妹、梁容妹、吴志辉等是其中的佼佼者。近 10 年来，东升咸水歌演唱者周炎敏一口气包揽了 20 多个咸水歌赛事"金奖"，成为连续三年荣获珠中江民歌大赛"一等奖"和连续十年夺得中山市民歌比赛"金奖"的青年咸水歌手。

把咸水歌唱到北京

连志刚

"浪拍海滩，银光四溅，江心明月，映照渔船。"

水乡自有渔韵。

几千年前《诗经》中的"风"，绝大多数都是民歌。我们国家是一个民歌大国，岭南地区也不例外。在咸淡水交汇、浪拥浪抱的珠江口，水上渔民以舟艇为家，上盖以篷，像一只鸡蛋对半剖开，故被称作"疍民"。疍民以船为家，终日漂泊，自古以来他们就流传着自己的民歌——咸水歌。

中华人民共和国成立之后，中山咸水歌经历过辉煌，也陷入过低谷，但在桑基禾田、一河两岸的老榕树下，始终有人奋力传承着它。近十年来，这些人渐渐拧在一起，推动咸水歌再次走向辉煌。

走进人民大会堂

20世纪五六十年代初，中山咸水歌从坦洲镇唱到北京人民大会堂。

当时中山以坦洲咸水歌手最多——梁容胜、何福友、梁三妹、梁容妹、吴志辉等是其中佼佼者。把咸水歌唱到北京、唱响全国的，就是当中的何福友、梁容胜。

何福友20世纪20年代中期出生在坦洲一个穷苦农民家庭。中山沦陷后，日军残酷的"三光"政策使他们家变成了一片火海，父母在贫病交加中去世，他变成了一个孤儿。何福友参加过解放中山的战争，在"土改"中积极加入民歌宣传队。相当长的时间里，在坦洲乃至整个珠江三角洲，何福友咸水歌唱功远近闻名，经典的长句咸水歌《金斗湾》就是他的代表作。

梁容胜比何福友稍大，自小跟父亲学唱咸水歌，由于音域广阔，具有较强的"爆肚"才华，他所演唱的咸水歌声韵悠扬，具有很强的感染力。

50年代初，梁容胜、何福友在文化馆的音乐培训班里结识。在拍摄于1959年的一张老照片上，风华正茂的二人引吭对歌，乐手黄德尧在一旁拉手风琴伴奏。定期的培训，既增进了他们的友谊，也让他们在创作上相互激励，得以写出更多脍炙人口的新作。

1954年冬天，全国民间艺术会演在北京举办，何福友作为正式代表赴京演唱了自编的咸水歌。梁容胜也一起赴北京献唱。

1956年，何福友再次进京参加全国青年文学创作者会议。会议历时15天，其间周恩来总理等中央领导在中南海怀仁堂接见了代表。归来后，何福友创作了一首题为《福友进北京》的龙舟歌。

1960 年，梁容胜被推选出席文学艺术工作者第三次代表大会，将中山咸水歌唱到北京中南海，受到毛泽东主席等党和国家领导人的亲切接见，并集体拍照留念。

1960 年，何福友、梁容胜一同参加了全国文教群英会。会议期间国家主席刘少奇、总理周恩来在人民大会堂设宴招待与会代表。在北海公园，郭沫若请何福友唱中山民歌，何福友即兴唱了一首《共产党来恩情长》。

从 1958 年起，何福友、梁容胜双双被调入中山县文化局下属的中山民歌合唱团，何福友任团长。次年，中山县民歌合唱团扩编为中山县文工团。随着文工团的巡演，咸水歌也从水岸田间登上了专业舞台。梁容胜更是被借调去省里的曲艺团，并被广州音乐专科学校（星海音乐学院前身）聘为民歌客座教师。不久，何福友也受到聘用。

后来，坦洲镇的咸水歌演唱活动在全市、全省乃至全国树立了许多个"第一"：1961 年底，梁容胜、何福友、梁三妹、吴志辉参加咸水歌录音，并出版了广东省第一张民歌歌碟；1993 年，坦洲镇咸水歌手参加录制、出版中山乃至全省第一张以咸水歌为主打的《中山民歌》CD 碟。

半个世纪后的回响

"文革"期间，咸水歌被归入"破四旧"的对象。改革开放后，随着流行音乐"一统江山"，咸水歌渐渐走到绝唱的边缘。但作为非物质文化遗产，仍然有很多中山人在极力挽救、传承、创新中山咸水歌。何福友的儿子何容杰作为宣传文化干部大量参与了相关工作，梁容胜的儿子梁社金退休后开始创作咸水歌。与梁容胜、何福友同时代的梁汉把咸水歌传给了女儿梁三妹、梁容妹。后来，梁三妹多次与梁容胜、何福友、吴志辉等录制咸水歌唱碟，梁三妹还将咸水歌传给了林梨娇及孙女麦敏红。1988 年，中国国际广播电台举办首届全国归侨侨眷及港澳台同胞亲属业余歌手竞赛，林梨娇以《钓鱼仔》《送郎一条花手巾》夺得三等奖；2003 年中央人民广播电台特约梁三妹录制民歌向世界华人广播。

从 1958 年起，何福友、梁容胜双双被调进中山文二团，经常深入生产第一线，边劳动边演出。他们到小榄（包括今东升镇）的生产队演出过，也有一些歌手派驻胜龙宣传队（位于今东升镇）指导咸水歌演唱。

这一段历史在半个世纪后，产生了跨越时空的回响。

2001 年，一群 20 世纪 70 年代派驻胜龙宣传队的老艺术家相聚故地，感慨良多。昔日的宣传队队长陈锦昌提出：传承咸水歌，可以从胜龙小学的娃娃抓起。陈锦昌是中山咸水歌领域最资深的专家，他与何福友、梁容胜、黄德尧都在文化系统工作，70 年代曾经参与推进地方特色、歌种风格与时代气息"三结合"的咸水歌改革，也在何福友、梁容胜双双去世前两三年，一手促成了《中山民歌》的发行。

陈锦昌的建议得到了东升镇两位老干部冯林润、黄金培的积极践行。这两个跟水乡农业打了一辈子交道的退休老伙计担起了东升民歌协会的工作。黄金培任副会长，负责校内的民歌培训指导；冯林润任培训部长，负责民歌文字整理。他们搜集有关沙田民俗、咸水歌的书籍和乐谱，并创作出《沙田絮语》《中山民歌集》等作品。陈锦昌、黄德尧也义务担起教胜龙小学生唱咸水歌和编写校本教材的工作。2009 年胜龙小学成功申报为"国家级非物质文化遗产名录——中山咸水歌传承基地"，给了老人们莫大的勉励，他们根据咸水歌的原生态音乐元素改编创作出《水乡的路》《放歌大沙田》等一首首新编咸水歌。

但咸水歌依然面临传承人才的"青黄不接"。从 20 世纪 80 年代以来直至 21 世纪前 10 年，中山没有再出现像何福友、梁容胜那样具有广泛影响力的青年领军歌手。

咸水歌走进校园

直到 20 多岁的东升姑娘周炎敏出现。

2008 年，周炎敏大学毕业，考上了东升镇宣传文体服务中心，负责群众文化工作——白天写案头材料，晚上还常兼顾排练节目、组织文艺演出、送戏下乡和举行比赛等工作。冯林润和黄金培得知她是师范学院音乐系科班毕业，连忙到她家里，准备收她为徒。但当时唱咸水歌的都是老一辈的原生态歌手，真没多少年轻人愿意唱咸水歌，周炎敏几次以只喜欢唱流行歌为由，拒绝接触咸水歌。

老歌手们失望而归。

"邻家姑娘" 唱响央视

本以为这事就不了了之，然而，有一种音乐是源于心灵的呼唤。

2009 年底，东升镇首届文化艺术节如火如荼地进行。在几十项活动中有一项是东升镇咸水歌大赛。比赛在益隆村举行，正在搬凳子的周炎敏听到一首动听的旋律："半边云水半边田（啰嗨），对岸河堤对岸村……"这首描写水乡淳朴的歌词"触电"般打动了她，使她回想起童年时代，妈妈在河边教自己唱歌的美好时光。

从那天起，周炎敏着魔般地嘀咕这旋律。

同事关颜珠发现了这个"情况"。2010 年 5 月，没经过她同意，关颜珠悄悄给周炎敏报了名参加市民歌大赛。谁也没想到，一次镇级的非遗传承活动点燃了一颗"咸水歌新星"，也为传承工作埋下了一颗"希望的种子"。

"赶鸭子上架"的周炎敏只好主动向冯林润和当时还不认识的陈锦昌请教唱法和发声。随着对咸水歌点点滴滴的理解，周炎敏惊讶地发现，疍民们的穷困生活与她的成长经历十分相似，这使她心灵为之触动，似乎找到了一种力量，而这种力量却悄悄地唤醒了水乡儿女流淌在血液里的歌声。

她义无反顾地登台演唱咸水歌，并琢磨着如何传承咸水歌。

老歌手们也果然没看走眼，学唱咸水歌的第一年，周炎敏就荣获中山市民歌民谣大赛金奖。

之后，周炎敏在近十年一口气包揽了 20 多个咸水歌的金奖，成为连续三年荣获珠中江民歌大赛一等奖和连续十年夺得中山市民歌类比赛金奖的青年咸水歌手；2012 年更代表中山参加广东省渔歌精英赛暨全国渔歌邀请赛，勇夺全国"金奖"。继而在 2013 年珠三角咸水歌歌会中获"新歌王奖"，在 2016 年珠三角民歌（中山）邀请赛获金奖，2018 年广东咸水歌（渔歌）歌会大赛获独唱金奖，成为港澳两地交流的常客。她开始掌握咸水歌的基

周炎敏第一次参加中山民歌大赛

本门路，在镇内摸索式地承担开展咸水歌暑假培训班、咸水歌进校园活动等传承活动。近年来，周炎敏亲身教唱培养出不少咸水歌小歌手。近年已是省级优秀民间文艺家、市民间文艺家协会副主席的她说："我只想把咸水歌延续下去，这是上一辈的心愿，也是我的心愿。"

2016年夏天，是她最忙碌的季节，也是咸水歌改变命运的重要转折点。

在为"岐江韵韩水情——中山·潮州文艺交流活动"排练时，周炎敏接到中央电视台《中国民歌大会》栏目组两次采风的接待任务，她带着导演组的人去东升、横栏两镇的水田里、鱼塘边、老民歌手家里，了解咸水歌相关的历史。直到节目组通知周炎敏和胜龙小学学生一起去录节目，她才知道自己要把咸水歌带到北京、唱到中央电视台了。6月，周炎敏与胜龙小学20个孩子远赴北京参加了央视《中国民歌大会》第四期"大海故乡情"的录制，周炎敏演唱了《春潮》《送郎一条花手巾》等多首传统中山咸水歌和广东童谣《落雨大》。

"当时通知要我们赶紧找齐表演的孩子，马上出发。"由于比较急，孩子都放假了，最终周炎敏和胜龙小学 20 多个师生风风火火赶到北京，投入到长达 10 天的辛苦排练中。周炎敏回忆："当时央视的录制大厅室内温度很低，我们第一次去北京，没经验，衣服没带够。困了就趴着，背靠着背互相取暖。由于体力消耗过度，很多少数民族歌手都和我们一样，一起睡在观众席人群堆里，场面很壮观啊。"周炎敏和孩子们所住的地方与录制现场距离较远，来回路程要两个小时。录制节目要随时候场，她们不能回去时，就在舞台边趴着休息。"在 10 天的录制里，几乎没有正常休息过，有时录到凌晨 3 点，确实和电视看的不一样。吃饭不定时，学生不时有发烧，老师们都累病了，我们熬出了黑眼圈，现场录制时间太晚，有些队伍就不回去了，在舞台边休息几个小时，到早上 8 点钟又接着录。最后录制那天我的声音哑了，但当时心里想着，这不仅又是自己的梦想，更多的是这么久以来，水乡人和父老乡亲们对咸水歌的期盼和梦想。这是我们坚持下去的勇气和力量。当时的情景和感受，让我终生难忘。"

2016 年 10 月 8 日晚 8 时，中山咸水歌登上了央视大舞台——《中国民歌大会》第四期"大海故乡情"。

多年来，有感于冯林润老先生那份执着的传承之心，周炎敏每一次在咸水歌比赛和演出都复印一份文案，下班后先送到冯老家中再回家。但这一次，当周炎敏怀着激动的心情给冯林润打电话，才得知生前一直希望家乡咸水歌再现辉煌的冯老先生去世了。

想起这位白发苍苍的老先生曾多次上门收她为徒，想起冯老给予的鼓励，如今咸水歌唱到央视的消息却已永远无法让他知道了，周炎敏的泪水夺眶而出。

千年民歌变身现代艺术

华丽的蜕变不仅仅体现在这位原本对咸水歌一无所知的水乡姑娘身上，还体现在咸水歌本身。

就在周炎敏"登陆"央视当晚，省市有关部门和各级音协、东升镇政府专门来到了东升镇胜龙小学，开展了"唱响中山咸水歌传承大沙田文化"座谈会暨咸水歌传承发展专项资金设立活动，市镇两级领导和广东省音乐家协会的专家们现场观看了节目。"这是继 20 世纪五六十年代何福友上京演唱，80 年代林梨娇在中国国际广播电台录音之后，中山咸水歌再次走上国家最高舞台。"

市领导一直关心中山咸水歌的挖掘和发展。2013 年，市委宣传部长丘树宏在五桂山办事处的网站上看到一个民间故事。说的是以前疍家人与岸上人包括客家人都不能通婚，后来一个客家青年砍柴时被毒蛇咬伤，疍家

2018 年 1 月 28 日，广东省首届咸水歌文化节颁奖晚会在坦洲镇举行（缪晓剑／摄）

一名老人救活了他。他在疍家养伤，帮忙干活，与疍家姑娘产生爱情并创造了用客家话演唱的咸水歌——白口莲山歌。大家为疍家老人的善心和两个年轻人的爱情所感动，打破规矩让这一对情侣结了婚。

丘树宏觉得随着文化事业的发展，推广咸水歌的时机基本成熟。于是，他利用 2017 年国庆、中秋"双节"八天假期，创作了一台大型民俗清唱剧《咸水歌》。

2018 年 12 月 16 日晚，作为庆祝改革开放 40 周年和中山升格地级市 30 周年的献礼作品，大型交响清唱剧《咸水歌》在中山市文化艺术中心首演。

周炎敏应邀饰演女主角"水妹"。在清唱剧中，新娘子水妹和新郎阿桂有情人终成眷属，并合唱了《阿哥情深妹情长》《对花》等传统咸水歌。最后，他们与全体演员合唱《一生爱唱咸水歌》：

> 我系船艇出大海，
> 我系鱼仔游江河；
> 水中生来水中大，
> 一生爱唱咸水歌。

而周炎敏也很快找到了现实生活中的"阿桂"，走进婚姻的殿堂。对方也像剧中的阿桂般忠厚、坚毅，支持她的咸水歌事业。

转眼间，闫文静在中山工作 13 年了。十多年来，她从大洋公司来到市公交集团，从员工做起，做到行政部长、党委副书记、纪委书记，无论岗位如何变化，职位如何升迁，她作为党的十八大、十九大代表，为民办事的心一如既往。

一朵艳丽的"格桑花"

妍 冰

内蒙古乌兰察布，天空明亮，蓝天白云，草原辽阔。

从那里走出来的闫文静，人如其名。那一年，她刚满 20 岁，横穿大半个中国，从北国来到祖国南端的广东省中山市。

如今 13 年过去了。

我来采访她。在中山市公交运输集团二楼，党委副书记办公室，闫文静接待了我。她脸庞圆润，一双笑眯眯的眼睛闪着和善睿智的光，温柔大方，简约而亲和，有着与同龄人不符的成熟和稳重。看着她满脸洋溢的幸福，再看看她即将做母亲的身材，我不禁笑了，说："恭喜你，准妈妈！"她

闫文静

低头看看自己高高隆起的腹部，也笑了，说："谢谢！"我赶紧扶她坐下。于是，在文静书记的办公室，一杯清茶相伴，我开始听她诉说 13 年的成长经历……

是金子到哪里都发光

"2006 年 7 月 1 日，我来到一家专业对口的广东民营企业——中山大洋电机股份有限公司，开启了在这块热土上的奋斗历程。"

文静至今很感激大洋，感激大洋董事长鲁楚平。她说大洋善于用人，敢于用新人，他们用心为年轻人成长创造机会和平台，大胆让年轻人施展自己的才华。说到这里，文静掩饰不住自己的感激之情。她说，一个年轻人的成长虽然离不开自己的努力，但也离不开社会、单位和同事们。正因为有这些客观条件，年轻人才能施展自己的活力和创新力，实现梦想。

文静是这样说的，也是这样做的。

在大洋电机股份有限公司工作期间，她组建志愿服务队，清理完厂区、村子的垃圾，又清理了整个工业区，再到整个社区，通过这种集体活动帮助外来员工迅速融入当地的生活。她领着这支志愿队伍爬山健身、清洁环境，协助市交警部门组织马路天使志愿者……一桩桩，一件件，闫文静十年如一日，做得井井有条，她的辛苦和付出可想而知。

有一年，大洋公司发生了一起交通事故，文静全权处理。

那是她印象最深的一次。

那夜，她 11 点才回家，累得坐在沙发上睡着了，突然被一阵电话铃声吓醒，看看手表半夜 12 点。是西区交警队队长打来的，他说：文静，你赶紧过来，在你们大洋新厂路口，两个员工骑摩托车撞到花基上了，有一个已经死亡了，另一个重伤。

深更半夜，一个女孩子，说不怕是假的。但是她说，那个时候怕也没用，她给小区保安打电话，让保安上楼接她。但是一出小区她不敢走了。死人、重伤，听了很吓人，于是给派出所值班民警打电话求援。派出所派了一位民警和她一同去事故现场。到了现场，死者已经被拉走了，另一个身体被撞得变了形，还有一丝呼吸。不久救护车也到了。那一晚，文静跟着救护车去医院办理伤者的住院手续和死者入太平间的手续。全部办完之后，回家一看已经清晨五点半了，她赶紧给董事长鲁楚平发信息，汇报了夜里发生的事情及处理情况。

那以后的一个多月，文静都是开灯睡觉，她说闭上眼睛就是血肉模糊的场面。

之后，文静负责这起交通事故的善后工作。从接待安抚伤者家属，安排他们一行吃住，到住院涉及的一切费用，甚至包括帮他们买换洗衣服，都是文静负责。那名伤者接受了多次手术，还有两次是开颅手术，最终保住了性命。

另一个死者的善后工作就比较麻烦了，因为是酒后骑摩托车肇事，交警已经出具了证明，属于死者自己的责任。当时对方家里来了三个哥哥，还有母亲，他们唯一的目的就是想要公司赔钱。文静想得很周到，首先对他们解释公司该承担什么责任，其次向对方承诺，公司已经给员工购买了社保，按照《劳动法》及相关政策，即便是他自己发生意外，公司也会给一定补偿，让他们放心。文静还告诉他们，处理事故期间产生的费用，由公司帮他们出。文静代表公司，态度明确、诚恳，不推诿责任，热情有礼，尽量让死者家属心安，让他们感到舒服。

之后，他们想多争取一些补偿。文静没有答应也没有拒绝，她向老板汇报了死者的家庭条件，描述了他们失去亲人的痛苦，尽量从死者家属角度出发，希望得到老板的理解。文静说：其实，按照相关程序，赔几万块钱已经够了，但是死者家属也有各种困难，明知道他们提的要求不合理，还是希望老板接受，多赔几万块钱，算是一种安慰吧！公司悉数答应了。

文静曾经帮助过一名尿毒症患者。那名患者近50岁，是家里的顶梁柱，一家四口人，两个孩子都在读书。2012年，广东卫视来到那名患者家里采访。他家的房子还是文静出钱租的，一个月400元。记者一行到他家时，他正在煮饭，说自己好多了，能做事了。后来记者让他坐下来，谈一谈这几年的生活，没想到一个大男人说着说着，竟然嚎啕大哭起来。他转身对着文静深深鞠了一躬说："是你救了我的命啊！你救了我们全家！"

那一刻，现场的人都感动了。最感动的人是文静，她没想到一个年近50岁的大男人会这样哭起来，瞬间触碰到文静内心深处最柔软的地方，令她瞬间觉得自己的付出，值得！

想一想这几年做的事情，文静说："所有付出都是值得的，因为你真正地帮到他了。他回馈给你的东西，没有太多的语言，他也不会太多的表达，就是感谢你。其实，我得到很多很多，包括尊重、信赖，也包括眼泪，这才是最宝贵的，是用什么也换不来的。"

是啊，能够这样想，本身就是一种境界。一个人只有达到这样的境界，才能如此自信，才能实现自己的梦想。

因为有梦想，有付出，十多年来，文静在大洋从员工做起，到行政部长、团支部书记，做出了出色的成绩。

后来她从大洋公司来到中山市公交集团，荣升为党委副书记、纪委书记，无论岗位变化还是职位升迁，她为民办事的心一如既往。

"这么多事要做，这么多人要接待，你觉得辛苦吗？"我问。

文静显得很平静，她说："说不辛苦是假话。但是，当一切都成为过往，不经意回头看看，才知道，自己才是最大的受益者。"

文静是一个喜欢给自己制定小目标的人。她常常与大家分享一张排球运动员打球的照片：运动员打球的那一刻，打到排球就是目标，你要盯住目标，要伸手，垫起脚尖在你的能力范围内跳起来，击打到那球，可能你的目标就实现了。每一个目标的实现都会给你增添新的自信。

"我一直给自己定小目标。梦想我也有，但是太华丽、太远大的梦想从来不给自己定。比如爬楼梯的时候，我们一步一个台阶是最轻松的，让你一步两个台阶，时间长了就难以承受。所以，多年来我习惯于一步一个脚印地走，一步一个台阶地爬。不经意间，你回过头来，会惊喜地发现，你已经站在一个很高的楼层了，再往下看，苍茫云海间，一览众山小。对，就是这种感觉。记得曾看过一本书叫《无条件自信》，我觉得自己没有无条件地去自信，我是每完成一件事情就会给自己增加一点自信，然后在这个过程当中感到很踏实。因为尔（基础）不是空的，你不是从一楼坐电梯上到十楼，而是实实在在地一步一步走出来的。"

如果文静是千里马，那么当年她很幸运地遇到了自己的伯乐。

十三年来，她一直用心做好每一件事，得到了百姓和各级领导的肯定。说到千里马，一般人会觉得首先必须有伯乐，然后等伯乐来发现你。而文静的想法是先做千里马，她一直肯于付出，做自己该做的事，就像一颗金子，到哪里都会发光。

从十八大媒体见面会到十九大网红代表

2012 年 11 月 8 日，中国共产党第十八次全国代表大会在北京召开。

闫文静因为出色的表现，成为广东唯一一位以外来务工人员身份当选的党代表，在广东省她也是最年轻的党代表。这是一份殊荣，文静当之无愧，实至名归。

会议期间，广东省举办媒体开放日，省委安排文静以外来务工人员身份发言。文静很感谢领导对自己的重视，认真做了准备。

开放日当天，200多名中外记者在场，省委领导也在。文静沉着冷静，她的发言从两个方面展开：一是外来务工人员在中山的一些收获；二是新老中山人的融合，包括中山的积分入户、入学等。没有华丽的辞藻，语言朴实得如文静本人，这一点深深打动了现场的记者及与会人员。当时广东省委书记汪洋也在现场，他连说了四个"好"。

第二天晚上，文静接到会务组通知，安排她到梅地亚新闻中心接受采访。没想到唯一以外来务工人员身份当选党代表，能引起如此的轰动和反响，引起中外媒体的广泛关注。后来因为申请采访文静的外媒记者太多了，会务组决定让文静在梅地亚新闻中心召开一个媒体见面会。

当晚八点，在梅地亚新闻中心二楼会议厅，文静一个人，面对上百家中外媒体。长达一个小时，她不卑不亢，发言铿锵有力，现身说法，以自己的切身经历讲述现在的中国：当代的农民工或者一般外来务工人员，都能享受到公平的待遇；新时代的产业工人，在各行各业，他们的劳动都受到尊重；在中山市，所有外来务工人员，只要愿意为这个城市、这个社会做出贡献，就能得到回报。她还谈自己的人生经历，谈自己的成长……

文静唯一的想法就是把自己的心声，通过媒体传播给世界。

文静与中外媒体的这次见面会，得到一致好评。

她告诉我，她回答完记者问之后，广东台一个女记者跑过来给了她一个大大的拥抱，在她耳边说：文静，你讲得太精彩啦！

受到此番肯定和鼓励，文静心里满满的感动。

第一次面对那么多的"长枪短炮"、密密麻麻的人群，她说自己紧张得无法形容。是啊，第一次面对那么多的记者，第一次在如此大的场面接受诸多事先毫不知晓的提问，谁又不紧张？

但是当文静坐下后，就觉得后面有一种力量推动着自己，很快就镇定下来。她想她代表的不只是自己，还是广东代表团，是无数的外来务工人员。这样一想，她就没有一点点的害怕和紧张了，她想：一定要把自己看到的、理解的、认识的，让世界知道。

采访结束时，有一个法国的记者拿着笔记本走过来，文静以为他还要提问题，没想到他说：可不可以给我签一个名？

文静感到意外，但还是欣然应道：可以呀！

他说：在我的理解里，中国的农民工都是干最脏、最累、最差、最苦的活，拿着最低的收入，生活在社会的最底层。但是今天采访你，完全颠覆和改变了我对中国农民工的认识。

他又说：我非常欣赏你，所以希望你能给我签个名。同时，我也希望以后有时间能去你说的那个美丽、和谐、博爱、包容的中山看一看，看看那个地方到底有多美，到底有多好！

这一番话，令文静更加感动，她即刻给法国记者签了名，并留下自己的联系方式，同时热情相邀：欢迎您到广东，到广东的中山，如果有可能，我一定做您称职的导游。

这次特殊的经历让文静感慨万端。

她对我说："这场媒体见面会我收获满满，也令我更加成熟。其实在我们的工作和生活中，都会遇到各种各样的困难，我们不知不觉会把困难想象得难以跨越。当我们鼓起勇气去面对的时候，就会发现，其实困难没有我们想象的那么难。只要我们稍加努力，勇敢面对，勇于承担，就会轻松地跨越过去，然后，我们的成长和进步就会非常大。"

2017 年 10 月 18 日，党的十九大在北京召开。

文静再次以外来务工人员身份光荣当选十九大党代表，而且在中山是唯一的。就在这次大会刚刚开始时，文静竟成了网红代表，她接受记者的采访和互动，24 小时之内点击量达到 3500 万。

我问文静和记者谈了什么，在网上有如此反响。

文静告诉我，就在十九大召开当天中午，中青网的一个记者找到她。这名记者在十八大的时候就采访过她，他们互相留下了联系方式，这几年他们也一直保持联系。当他得知文静再次当选党代表，就迫不及待联系了文静。

散会之后回到酒店已经 11 点多了，文静没来得及吃饭就去接受他的采访，整个过程文静和记者聊得非常愉快。

听习总书记报告的时候，文静在自己带的便签上圈圈点点，对习总书记的报告里面一些精彩的语句及他们关注的民生、教育、医疗等问题都做了记录。

文静带着笔记，和记者一起再次分享开会的盛况，交谈聆听习总书记的报告的感受，两个人聊得非常投入和忘我。恰好，这一幕被周围其他媒体的记者看到了，忍不住用手机录了一个小视频，之后传给了中青网这个记者。记者觉得这个视频很有意思，打破了原来一对一的采访模式，采访者和被采访者一直在互动和分享彼此的想法。于是，他把这个视频上传到中青网的微博上。

第二天中午，文静收到中青网记者发的微信截图，还附有一条信息：不到 24 个小时，这段视频的点击量已经超过了 3500 万！引起了很多青年人的共鸣。

当时，文静刚刚开完讨论会，同一组的春华书记及其他领导也在现场。文静汇报了这件事，大家都很高兴，笑着说：文静，你都成了网红代表了。

文静的流动工作室

文静说：作为十八大、十九大党代表，我有一间流动工作室，每个月都有很多人过来反映问题。我汇总之后再去各个部门反馈，帮大家协调，给出让他们满意的解答，就能得到他们的尊重。他们甚至产生了一种长期的依赖性，有什么事都愿意和我说。那些失学儿童返校之后，每学期结束都会用妈妈的手机发信息感谢我。

你是怎么想到创办流动工作室的？我问。

文静告诉我，其实在十八大之前，广东省委组织部就在讨论党代表该怎样建立工作室的问题，要求党代表及时服务群众，实践"知党情，听民意，促和谐"的九字方针。上级希望党代表能把代表的履职工作做得更加扎实，更加亲民，更加便民。

十八大之后，文静的流动工作室就成立了。她用大洋电机公司的一台

2017 年 12 月，闫文静走进东区花苑社区进行宣讲

车作为流动工作室，文静开着这台车，几乎走遍了中山市二十多个镇区。她深入村镇、走访调研，宣传讲解十八大精神，宣传新生代的产业工人如何发展自己、服务企业、服务社会，实现了很好的社会效益。

十八大之后半年，文静调到中山市公交集团公司，工作地点就在城南汽车客运站。她将原来的流动工作车交还给大洋，把新的党代表工作室选定在客运站一楼比较显眼的位置，挂了牌，方便群众联系，还把自己的手机号、办公电话张贴出来，希望服务更多的人。客运站里每天人来人往，工作室设在这里，文静每天可以听到很多声音，了解民意。为了方便直接和群众交流，她每周二、周五都会去工作室办公。这几年，每年文静协助解决、处理的事情就有100多件。

这里有素不相识的乘客，有从网上联系的网友，有企业职工，也有路过的行人，更多的是知道文静的党代表工作室，专门过来向她反映问题的困难户。

石岐区有一家困难户，家里有一个小姑娘，非常可怜。她的父亲有精神疾病，长年在南朗医院就医；她的母亲也有精神方面的疾病，虽然没有严重到要住院，但是家里一贫如洗、乱七八糟。文静和这家困难户对接后，了解到小女孩是这对夫妻捡到后收养的，一直上不了户口。经过再三努力，文静终于帮她协调解决了户口问题，让小女孩有机会考到中山市技师学院，名正言顺地去读书了。

文静还利用党代表身份筹集资金近5万元，找到一家爱心装修队给小女孩家里做了装修，让她有独立的学习空间，她的妈妈也有一个独立的空间。现在小女孩的家境已经有了彻底改变。

随着科技发展，文静觉得利用网络服务于民更加方便快捷。

十九大之后，文静回到中山，马上就启动了和中山日报的合作，她利用中山日报App，开通了一个网络党代表工作室。文静还开通了几个专栏，展示宣讲文章、最新政策等信息。还有一个公益平台，她希望通过这个平台帮助更多人。同时，文静还组织成立了一个爱心团队。

这个网络工作室运营了一年，收效甚好。

2019 年 9 月，文静做了母亲，网上工作室也暂时停了下来。不过，文静在休产假时也没闲着，她在想下一步的打算。她想做一个项目：城市当天走廊。

文静高兴地告诉我，这个项目的计划已经出来了，正在和组织部对接。我相信这会是文静作为党代表履职的一个新亮点！

如今，文静有一个温馨的家，有一位爱她懂她、理解她、体恤她、支持她的爱人。他也是内蒙人，两人志同道合，于 2018 年国庆节结婚。现在文静又做了母亲。看着满脸洋溢着幸福的她，我的眼前仿佛出现一朵内蒙古草原上的格桑花，盛开在岭南大地，开得那么璀璨，那么丰美。

作者简介

妍冰，原名徐秀玲。中学高级语文教师，广东省作协会员，中山市作协、诗歌学会理事，中山网络作协副主席，中山日报签约作家，香山文学院重点题材签约作家。目前已出版诗集《心湖泛舟》《蒹葭曼舞》，散文集《幽兰馨语》，小说集《轮回》，长篇小说《原始溪流》，长篇纪实文学《人生无悔》等六部作品。在《诗林》等国内报刊上发表过诗歌、小说和散文。组诗《蒹葭曼舞》、报告文学《走近左步，让时光为此停留》等作品获得国家、省、市一等奖。两部作品获香山文学奖。

外耕农网络党建带领农民致富的创新模式，受到了外耕农发自内心的欢迎，并很快引起了中央和省市领导的关注。新华社、中新社、经济日报、南方日报等国内主流媒体对外耕农网络党组织的经验进行了深入报道。

旗　帜

郑万里

　　站在中山市南头镇全国首家外耕农网络党建示范基地，蓦地想起美国文学家麦克海尔在《我们的未来》中说的一句话："我们的时代可能是人类经历中最为关键的时期之一。处在从一个世界到另一个世界的过渡时期，我们确确实实濒临整个人类状况的伟大转折。"

　　这种转折的力量大抵来源于日益强大的互联网，网络加快了知识更新的速度，拉近了时空之间的距离，使诸多不可能变成了可能。与此同时，大数据流量又吸引了各路精英迅速向网络转移。这些逐梦大军带着原初的兴奋与梦想，试图在网络中滤掉与新时代不相适应的传统因子，为我们的事业注入新的巨大能量。

南头镇外耕农网络党建，就是这样一个故事……

外耕农网络党建成为市镇两级"书记项目"

南头镇，位于中山市与佛山市顺德区交界处，恰好处在10公里家电产业带的中心位置。全镇土地面积28平方公里，是中山市镇域面积最小的镇。

改革开放之前，这里曾经是烟波轻笼、绿风流丹的南粤水乡，种桑养鱼是这里主要的生产方式。

改革开放为这个镇插上了现代工业的翅膀。历经40年的发展，南头镇已经从一个纯粹的农业镇蜕变成一个纯粹的现代工业镇。现在，南头镇

截至2017年11月，南头镇经济增速在全市排行第一，为打造质量强镇不断努力（中山影像 © 余兆宇／摄）

拥有企业 4200 多家，按镇域面积计算，平均每 10 亩土地就有一家企业。2018 年，全镇实现工业总产值 700 亿元。按亩产值计算，这里应该是广东省镇域经济最发达的地区之一。

然而，伴随着工业化进程的不断推进，传统农业已经在这里退出了历史舞台。

南头镇党委书记吴坤科深有感触地说："南头土地已经用完了，今后的发展要么向高空要效益，要么与周边镇区组团发展，否则，南头将止步不前。"

他最忧心的还是大批失地农民的生计问题。他说："我们镇几乎家家靠出租房生活，这终究不是个出路，人闲散惯了会出毛病的。"

于是，关心失地农民的出路，鼓励他们创业就业成为镇党委镇政府的重要工作。

采访中，南头镇分管农业的副镇长梁国豪向记者介绍说："十几年来，镇委镇政府陆续出台了多种激励措施，如《南头镇农民外出种养扶助借款暂行办法》，对资金困难的外耕农户实行小额免息借款扶助，每户发放 3 万元。如《南头镇农民外出种养补贴措施》，每户最高补贴 50 亩，每亩补贴 100 元。除此之外，还推出了很多奖励措施，如规模生产奖、科技兴农奖、创业致富奖等等。"

自那以后，外出承包土地的农民越来越多，最多时高达 430 户，在省内外 11 个县市 21 个镇区承包土地 8 万多亩，相当于两个南头镇的面积，带动农民就业 2000 多人，实现年产值 6 亿多元。

到 2012 年，外耕农中党员就达到了 70 多人，这些党员由于常年在外，不仅组织生活不能正常化，而且模范带头作用难以发挥，这个问题引起了市镇两级党委书记的关注，他们提出充分利用网络优势，组建网络党组织的设想，并将其列入"书记项目"。

为使外耕农网络党建项目发挥更好的效果，市镇两级共同投入 300 多万元，建立了一个占地 1120 平方米，集组织生活、农技培训、信息采集、咨询服务、成果发布于一体的示范基地。

通过这个基地，外耕农坐在自己的田头就可听到党的声音，参加农学院教授的培训，看到农副产品供求信息，极大方便了他们的生产和生活。湖南嘉禾外耕农点党支部书记黄正强说："我们这些外耕农大都是 60 岁左右的农民，文化水平不高，眼界不宽。加上常年在外，分散作业，信息渠道不畅，特别是对种养新技术了解不多。说实话，过去我们就是凭着经验搞种养的。自从外耕农网络党建示范基地建立之后，感觉不一样了。首先我作为党员，不再是孤立的个人，网络把我们连在了一起，先锋模范作用可以发挥了。特别是市委书记通过网络党建示范基地跟我通话，问我的种植情况，有什么困难等等，真真地感到党心民心在一起跳动了。其次是掌握了很多过去搞不懂也无处学的种养技术，从根本上解决了农民靠天吃饭、靠经验吃饭的问题。再次是市场信息灵通了，产品价格上来了，提高了农产品竞争力。"

外耕农网络党建带领农民致富的创新模式，受到了外耕农发自内心的欢迎，并很快引起了中央和省市领导的关注。新华社、中新社、经济日报、南方日报等国内主流媒体对外耕农网络党组织的经验进行了深入报道。

外耕农称他为网络党总支的"总书记"

2012 年 8 月，网络党总支正式成立，下设市内三角镇、民众镇、南朗镇，省内南沙、珠海，省外湖南郴州等六个外耕点党支部。从此，分散在各地的外耕农党员 100% 纳入网络党组织。何金全任党总支书记。

此人复员军人出身，说话办事干净利落，确有军人风范。网络党总支

2012年8月16日，南头镇农村网络党总支正式揭牌成立

创建之初，一切从零开始，他亲力亲为，四处奔走。如选定外耕农比较集中的党支部所在地；为外耕农建立板房党建活动室；为活动室安装电脑、屏幕、摄像头等各种网络通信设备；与电信部门协商，为地处偏僻的外耕点提供网络服务；请专人到现场做联网演示、传授网络设备使用方法；等等。

这些工作不但繁琐而且累人，外耕点分散在省内外11个县市，跑起来很不方便，何金全愣是放下自己的鱼塘，不厌其烦地到各网点建网络调信号。这些事，外耕农都看在眼里，感激在心。不多久，"总书记"的雅号就传开了。

"为什么叫他'总书记'？"我问外耕农何江伦。

"他是党总支书记，又总是为我们忙前忙后，不厌其烦，随叫随到，很自然就称'总'了。"何江伦笑着说。

何江伦确实亲身所感。2018年9月那场叫做"山竹"的17级台风，硬生生将他养殖的200亩水产刮得堤毁鱼逃。眼看着到手的收成，被一场台风刮跑了，何江伦很是无助，情绪一落千丈。正在闹心之时，何金全带着外耕农协会的人来了。

"当时，我很感动！我们外耕农独立在外，有时候很孤独。这个时候，党组织来关心我，心里的恐惧感一下就消失了，浑身就有了劲。"何江伦腼腆地说。

"你经常去看望外耕农吗？"我问何金全。

"我们的想法就是让线上的党总支落地生根，让外耕农感受到党组织就在身边。从而，凝聚力量，带领外耕农致富，促进农业转型升级。"何金全说："用镇党委吴坤科书记的话说，就是农村网络党建要实现三个创新。即观念创新，突出科学性；载体创新，突出实效性；服务创新，突出融合性。我们的工作就是围绕着三个创新而开展的。"

这三个创新确实抓住了外耕农网络党建的关键。

网络，虽然以超文本形式扩展人们的视野，丰富人们的生活，拉近人们的距离，但它的虚拟性也经常让人感觉若即若离。要克服网络的不足，就必须让网络的触角实实在在地扎根寻常百姓家。

从那时起，何金全不仅兢兢业业地经营网络党课和农技培训，而且做起了养殖业升级、外耕农致富的推手。

2013年，南头镇党委提出"双向培养"目标。即把种养大户培养成党员，把优秀党员培养成种养大户，并以他们为中坚力量，带动外耕农致富。

根据镇党委的意图，何金全牵头制订了新党员发展规划。按照规划，每年要培养一到三名种养大户入党。几年来，党总支都高标准完成了任务。与此同时，他们还成立了党总支领导下的渔业合作社。外耕农在合作社内统一采购生产资料，接受各种技术指导、信息支持，形成统一的种养规程，生产高标准、出品高质量，统一对外推广和销售。合作社成立后，仅生产资料成本就比往常下降了15%。合作社还经常组织"诸葛亮会"，引导外耕农科学种养。过去，由于外耕农单打独斗，不掌握供求信息，"跟风"现象严重，如2018年生鱼的市场价为30元一斤，养殖生鱼的农户赚了大钱。于是，大家都跟风养生鱼，结果生鱼价格跌到了5元一斤，养生鱼的农户赔得吐血。诸葛亮会解决的就是这个问题。自从成立了合作社，外耕农再也没有"跟风"现象了，经济效益大幅度提高。

看着外耕农的腰包一年年鼓了起来，何金全的干劲更足了。

养殖大户入党，成了农民致富带头人

采访梁就添，是在他的鱼塘边进行的。

那天，雨下个不停。雨点打在水岸的蕉叶上，发出"啪啪"的响声，我们喝着茶，聊着外耕农网络党建的事情。

"你是哪年入党的？"我问。

"2014年，"梁就添说，"我是网络党总支成立后发展的第一批党员，后来又担任了民众镇外耕点党支部书记和外耕农协会会长。"

"你的担子很重啊！"

"谈不上。重要的事情，镇领导帮我们想到了，具体工作大家一起干。"

"就哥在我们外耕农中，威信可高了。"他的合伙人在一旁插话说："这些年，他帮了不少人，大家都感谢他。"

梁就添在一旁"呵呵"地笑，眼神却盯着鱼塘里的雨泡。

他是随着共和国的礼炮声出生的"国庆仔"，在四兄妹中行二，小学没毕业就去生产队挣工分了。他年纪虽小，但不服输，在砖厂一干就是五年，后来，他为生产队喂鱼。改革开放后，很自然就成了养鱼专业户。

他养过种鱼，也养过鱼苗，养过名贵鱼，也养过四大家鱼，成功过，也失败过。他为生产队养鱼兢兢业业，为自己养鱼本本分分。他有技术，却从不自私，只要有人相求，他总会和盘托出，并保证教会。他虽然是农民，但懂得"谋利当谋天下利，留名要留万世名"的道理。

那些年，随着南头镇工业化的迅猛推进，他的鱼塘也一迁再迁，直到他成为名副其实的外耕农。他从未因为搬迁费用的多少而与镇里发生矛盾。

一直走来，他不知道帮过多少人致富，而他却从不提起。

"说起这些，事例太多了。"他的合伙人介绍说。

前些年，梁就添在黄圃镇租了 100 亩鱼塘，建了一座鱼苗场，生意做得风生水起，养鱼的人都喜欢从他那里买鱼苗——主要是想获得梁就添的技术指导。南头镇有个农民生活很拮据，买不起鱼苗，但他又想养鱼，就跑到梁就添的鱼苗场，想赊 3000 元的鱼苗，等鱼养大了卖了钱再还上，梁就添二话没说就答应了。可是，天有不测风云，还没等到鱼长大，债主就去世了。债主去世前一再嘱咐妻子："鱼卖了钱，一定把鱼苗钱还给就哥。"妻子遵从丈夫的嘱托，卖鱼拿到钱之后，第一件事就找到"就哥"还钱。梁就添得知债主的不幸，只收了 200 元，算是了却债主的一番心愿！

合伙人讲着，我们被梁就添的事迹感动着。

有一个福建漳州的客户李先生，从网上看到梁就添繁殖桂花鱼苗很成功，便带着儿子千里迢迢来到黄圃，欲订 5 万元鱼苗，条件是提供养殖技术，梁就添答应了他的请求。此后，李先生每年都从梁就添这里订购鱼苗。时间久了，他们成了朋友，梁就添说："以后，不用从我这里进鱼苗了，你们建一间鱼苗场，我把育苗技术教给你们。"

那年，梁就添在漳州住了一个多月，把全部育苗技术传授给了李先生。现在，李先生已经是漳州的养鱼大户了，提起这些，他总会感激地说："就哥，大好人啊！"

说起大好人，同村的梁六斤也有这种感觉。前些年，梁六斤在村里无所事事，便找到梁就添，非要跟着就哥养鱼："我想发财，但手里没本钱。"

梁就添问："肯出力吗？"

梁六斤说："肯！"

于是，梁就添带着梁六斤等五名青年，在离家不远的民众镇承包了一千多亩鱼塘。梁就添说："我出 500 万元，你们各出 5 万元。赚了，咱们平分；赔了，算我的。"

五名青年人感动不已。从此，他们起早贪晚，终于踏上了致富路。

如今，已经成为南头镇网络党总支第二任书记的梁就添，为了全心全意做好组织安排的工作，毅然退出了与五名青年人的合作。他说："受人之托，忠人之事。带领更多的人致富才是我晚年的心愿。"

示范基地的一条信息，让他多赚 11 万元

第一次采访梁就添那天，中途来了一位养殖户。

梁就添介绍说："这位是养殖大户王腾昌，也是南沙外耕点党支部书记。今天来跟我商量卖鱼的事。"

"养什么鱼？"我问。

"桂花鱼。今年卖不上价，现在我有 10 亩鱼塘的桂花鱼，昨天有个鱼商一斤只给 24 元。所以，今天过来跟就哥商量一下。"王腾昌说。

"我看，再等几天。从示范基地的信息看，鱼价变化很快。"梁就添说。

王腾昌点点头。

顺便，我采访了他。王腾昌出生于 1963 年，兄妹九人，他是老大。改革开放之前，一家十几口人，住在三间松皮棚里，日子过得很艰难。王腾昌 13 岁就辍学，跟着大人们在生产队养鱼。改革开放后，王腾昌承包鱼塘，

慢慢富裕起来，周围的乡亲们纷纷要求跟着他学养鱼技术。

我问："跟着你学养鱼，后来成为养鱼专业户的有多少？"

王腾昌想了想说："十几位吧！"

南头镇外耕农网络党组织成立之后，王腾昌被列入党员发展对象，党组织指定专人重点培养。两年后，王腾昌光荣入党，实现了他多年的心愿。

那时，他在南沙承包了 1070 亩鱼塘，正带着六个徒弟"大干快上"呢！入党之后，他似乎平添了一股强烈的社会责任感，在管理好鱼塘的同时，总觉得应该有计划地把养殖技术传授给青年人，让他们尽快成为老板。那段时间，这位平时少言寡语的中年汉子，话突然多了起来，讲的都是些养鱼经。徒弟们受益良多，很快就独立单飞了。

在南沙的外耕农多了，党员也多了。网络党组织在南沙成立了党支部，王腾昌任支部书记，成了真正的外耕农致富带头人。

由于快速散枝开叶，再加上党支部的事情多，他再也无力承担大面积养殖了。于是他把更多的鱼塘转给了青年人，自己只留了 200 亩。

"今后，我准备养点高附加值的鱼，把更多的时间腾出来，做点对大家有益的事情。"王腾昌说。

"什么是高附加值的鱼？"我问。

"桂花鱼就是。现在，我有 10 亩鱼塘养的就是这种鱼，正准备出售呢！"王腾昌接着说："桂花鱼是吃鱼的鱼。为了降低成本，我还养了鲢鱼苗。哦，就是喂桂花鱼的小鱼。我们的养鱼技术之所以经常改进，就是因为我们养鱼的人不断探索。"

采访结束时，已近中午，他的面庞被明亮的阳光折射出一个自信而坚毅的轮廓。这，或许就是现代农民的形象吧！

一个星期之后，我去南头镇做本篇的最后一次采访，在镇政府大院见到了王腾昌。我问："你那 10 亩鱼塘的桂花鱼卖了吗？"

"卖了，网络党建示范基地提供了一条信息，每斤多卖了 5.5 元。这塘鱼多赚了 11 万元。"说完，王腾昌开心地笑了。

在南头镇采访外耕农网络党建工作，我每时每刻都被他们的行为感动着。在我的意识里，网络是一种虚拟存在，它来无影去无踪，始终给人以神秘之感。但南头镇的外耕农网络党建，却让我感受到了活生生的存在，其中的每一个党员，似乎就是一杆杆致富的旗帜，周围集聚着许许多多追梦的农民。

这幅党员带群众的致富图，很美、很精致，这或许就是中国梦不可或缺的主色调吧！

作者简介

郑万里，中山日报社原总编辑，高级编辑。中国作家协会会员，中山市作家协会名誉主席。出版长篇报告文学《中国灯都》《梦回东方》《渔歌水韵》（合著）等，文学评论专著《诺贝尔文学之魅》《纷繁世界的背影》等，散文集《万里抒笔》，新闻理论专著《新闻超限战》《新闻认知论》等。发表中短篇报告文学《珠三角启示录》《高考出示黄牌》《少年悲歌》《一个死囚的生命历程》《千万港元大劫案》《第五种犯罪》《生者与死者的对话》《妈妈，来生我再报答你》等。曾获得《中国作家》杂志年度优秀长篇作品奖、《中国作家》杂志年度作家奖、广东省"有为杯"优秀报告文学奖、中国教育新闻一等奖、广东省新闻最高荣誉奖金梭奖、广东省新闻特别（一等）奖、全国党报新闻一等奖等数十个国家和省级奖项。

孙文西路步行街的修缮和改造，完美表达了中山市的发展历史，承载了中山清末民初石岐的商业文化、建筑文化、饮食文化和华侨文化等，是以后旧城改造的全新尝试。

百年老街蝶变记

卢兴江

　　一座没有老街的城市是没有记忆的。

　　孙文西路步行街——这条经历百年风雨的老街，承载着中山人的美好过往。然而，随着主城区高楼林立，各大商圈崛起，加之电子商务的飞速发展，孙文西路步行街已今非昔比了。

　　但，它的文化价值却凸显出来。

　　回忆起 24 年前的往事，市政府背后兴龙街一间工作室里，54 岁的陈建标仍激动不已。摊开一大堆泛黄的照片，他的思绪将我们带到了修缮文化旅游步行街的岁月。

孙文西路那条街，凝聚着中山籍华侨华人的浓浓乡情，应该恢复它往日的繁华与风采

1995 年 3 月初，大地回春，鲜花绽放。

一天上午，中山市城市规划设计院 30 岁的设计师陈建标突然被叫到院长办公室，一同被叫到办公室的还有另外五人。院长非常严肃地交给陈建标一项设计任务——领衔设计孙文西路文化旅游步行街。陈建标知道这项工作在院长心中的分量。从这天起，陈建标开始与孙文西路有了亲密接触。

作为土生土长的中山人，此前，陈建标曾几次造访孙文西路，为孙文西路深厚的文化底蕴所折服。

孙文西路位于中山市城区石岐铁城西门外，古称迎恩街，从隋唐时期开始逐渐拓展，20 世纪初逐渐繁华起来。1925 年，孙中山先生逝世后，为纪念这位革命先行者，改称孙文路，后分为孙文西路和孙文东路。

孙文西路文化旅游步行街夜景

一条数百米的街道，实际上凝聚着中山市 90 多万华侨华人的乡情。这些侨胞勇闯天涯，稍有积蓄就将赚来的钱带回家乡，发展家乡。同时，许多海外乡亲与孙文西路结下了不解情缘。在这里，他们仿照南洋风格建起了商铺、住宅、食肆、酒店等，使孙文西路成为石岐最耀眼的地方。

但是，随着时间的推移，这里已不复往日繁华，美丽的容颜变得目不忍睹。陈建标看在眼里，疼在心中，不过，彼时作为一名小小的建筑设计师，却也爱莫能助。

市委市政府早已注意到了这个问题。中山市是有名的侨乡，这些代表着华侨华人浓浓乡情的建筑，不能衰落下去，应该让它们重放异彩。1995年初，市委市政府开始立项，准备规划设计和修缮改造"孙文西路文化旅游步行街"。可研报告通过后，包括香港一家城市规划设计公司在内的三家城市规划设计单位开始展开激烈角逐。

最早的华侨大都落脚于东南亚地区，他们回到故乡后，也将东南亚的特色建筑——骑楼的风格带回中山。为汲取灵感，设计团队走遍了骑楼最集中的市县

陈建标从小喜欢画画，高中时拜师学艺，专修素描。高中毕业后，做过美术老师，因为喜欢建筑设计，又去华南理工攻读建筑学。毕业后，进入中山市城市规划设计院，成为一名建筑设计师。

接到设计任务后，陈建标和他的团队开了一次小会，院长受邀参加。议题是怎样落实市委市政府关于孙文西路文化旅游步行街的定位。

大方向确定后，调研工作随即展开。陈建标天天泡在孙文西路的小街小巷。他发现许多骑楼都失去了曾经的容颜，有的甚至面目全非，但是，也有不少老建筑保存完好，包括"十八间""天妃庙""思豪大酒店""先施公司""福寿堂药店"等历史建筑。

走进这些历史建筑，陈建标的脚下就像灌了铅一样，不听完故事就挪不开步。在老街上他遇到一位90岁的老人，老人花了半天时间为他讲迎恩街的老建筑老故事。

听完老人的讲述，他的灵感随之而生，孙文西路文化旅游步行街，不单单是外观的修复，还是文化的展现和历史的凝聚。

陈建标还到市博物馆找了大量的旧照片，除了用于参考设计外，这些照片将被复制做成瓷片陈列在步行街上。为了做好方案，他们几乎走遍了中山所有民国建筑保存较好的街道，如石岐城区的太平路、长堤路、拱辰路等，沙溪的溪角，南朗的大环村等。

只盯着孙文西路的历史和文化显然不够，陈建标请示院长后，决定带队外出考察。他们去的地方并不远，这种南洋风格的建筑在中山周边城市并不鲜见。他们去了广州、江门、开平、台山、顺德，最后还去了广西的北海和福建的厦门，收集了大量跟南洋建筑相关的资料。陈建标拍完了60多个胶卷，结果发现中山的骑楼窗花、骑楼符号最具代表性。这可能与中山有大量的乡亲在海外，且临近港澳，工匠们的眼光比较独特有关。

通过考察，陈建标还发现孙文西路的平面布局也是独一无二的，街道呈加长"S"形走向，从哪个角度看，建筑立面都错落有序、相互对应，全国许多建筑摄影师对此青睐有加。

不知不觉，各种调研资料装满了几大箱，老照片挂满了设计办的墙，设计于此正式开始。当时的设计不像现在，只需借助电脑即可完成复杂的图像，需要手工一笔一笔地绘制。不过，这并没有难到有绘画基础的陈建标。较短的时间里，陈建标完成了孙文西路文化旅游步行街沿街立面图。各家店铺所对应的骑楼虽然大风格一致，但各具特色，窗花、符号都不相同，这也是后来孙文西路文化旅游步行街一步一景的原因。

当年 12 月,《孙文西路文化旅游步行街规划》新鲜出炉。院长仔细听取汇报,看过设计图纸和方案后,心里有了底。他没有看错这一组设计团队。不过,其他两个竞标团队不可小觑。因此,院长没有过早高兴,而是很冷静地叮嘱陈建标,设计对手也是很强的,继续完善设计方案。

中标只是忙碌的开始,要落实好设计方案,尚需投入大量精力,还有舍小我为大我的奉献精神

时间来到 1996 年 4 月,中山市孙文西路文化旅游步行街建设指挥部成立,成员来自市政府、侨办、旅游局、商业局、工商行政管理局、电力局、外经贸委、文化局、环保局、建委、规划局、国土局、城建办、房管处、城区交警大队、烟墩区办事处等。可以说市政府对项目的重视达到了无以复加的程度。越是这样,陈建标越紧张,自己和团队忙碌几个月的成果会不会最终得到认可?

等待是漫长的。

1997 年 7 月 8 日,评标会在市建委会议室举行,三家设计单位应邀参加。最终,中山市城市规划设计院的方案在三家竞标单位中胜出。中标方案含设计和施工,也就是说,中山市城市规划设计院是总包。按照要求,工程分两期,第一期需要在当年 8 月 20 日开始,12 月 31 日结束;第二期从 1998 年 5 月开始,到 12 月结束。

中标后,市政府提出了总的指导思想,要求中标单位提高认识:新的孙文西路文化旅游步行街以保护恢复为主,改造开发为辅;展示城市魅力;以城市文脉为主线,积极发展文化旅游功能,在历史、建筑、饮食、习俗、人文等多层面体现城市历史文化内涵。做好这些的另一个目的是,研究探索旧城改造的新路子。

尽管如此，建委的专家们并没有放过对细节的要求，提出了"匪夷所思"的设想。包括在步行街中段，一处叫"大庙下"的空间，建一个包含餐饮功能的文化广场；在东面入口处，结合烟墩山公园入口处，建设一座停车场和一座中巴站等。在街中段，还得设一些小型的露天茶座等；步行街中间路面须采用八角形麻石，尽量还原旧街麻条石情调和效果。骑楼下面的人行道路面采用麻石板块铺设，需配上青石板块相间，起到防滑耐磨、整齐美观的效果。更为细致的是，步行街中间路面与骑楼人行道之间的铺路石要取消，让两者平坡过渡，方便顾客过街进店。如此细致的要求，换成细节为王的今天，也是极其少见。

中标后，陈建标以为自己万事大吉了，准备辞职。有大企业的老总邀请他一起做事。而这件事他也想了很久，该提出来了。没想到，院长找上门来。

"我知道你想辞职。可是，孙文西路文化旅游步行街对设计院，对整个项目能否圆满完成，都是个关键。你最清楚情况，没你不行。希望你从大局出发，留下来。"院长的话语重心长。

责任在心，盛情难却，陈建标只好舍弃自己的选择。

施工开始，工作千头万绪，包括按照新的要求细化和完善设计方案、办理施工前的所有手续、确定施工单位等。这段时间里，设计院经常是灯火通明。然而，对陈建标团队而言，忙碌的工作才刚刚开始。

施工难度大，工期紧，技术要求高，很多雕刻图案要靠手工绘制，他们硬是加班加点挺过来了

1997 年 8 月 20 日上午，吉时已到，孙文西路文化旅游步行街破土动工。与其他大型工程不同的是，动工时，市政府并没有大张旗鼓搞开工仪式，而是如同一个家庭修复自家的花园那样，自然而简单。当日，孙文西路东起悦来路口中山百货大楼处，西至中山商业大厦，全长约 529 米，占地 200 亩的商业街被围蔽起来，除施工人员外，其他人等不得进入。

施工队是城市规划设计院自己做主，从广西、揭阳等地请来的，在古建筑施工业界非常专业，评价极高。陈建标知道，修复骑楼的窗花、符号，都需要用灰刀一刀一刀雕刻，不是现在的倒模，所以施工难度极大，一般的施工队干不了。

四个月工期，时间极其紧张。陈建标团队指挥工程队，首先把既有建筑加固。没有骑楼的地方，用混凝土重新加建。到立面施工时，难度变得异常艰难，这是陈建标从没有遇到过的。按照设计，每座骑楼立面都要做窗花和符号，但各有不同。现场的技术总监说无法按手绘蓝图上的设计样式等比例施工，花式现场搞不定，陈建标就找到专业做花样的建材装饰公司，公司老板直言："每个花式只做几个，数量、规格这么多，需要建的模块很多，工作量太大，时间不允许。即便加钱，你这活都没法干！"

工期一天天过去，陈建标心急如焚。

"这样吧，我晚上按等比例一张一张手工画出来，白天送到工地，你们再一幅一幅复印上墙面，雕刻上去！"陈建标试着跟施工队总监商量，没想到总监竟然答应了，而且大家商定每组花样主要将对称的一半绘好，另一半采用镜像复印就可以，这样可节省绘图时间。事情就这样定下了。

陈建标是相信专业的。事不宜迟，他立马到现场测量窗花的尺寸：长4 米，高 1 米。晚上，他回到办公室后，开始加班绘画。他将在此前搜集到的窗花、符号、女儿墙分门别类，力求品种上的错位，不至于重复。第一天晚上，他忙到凌晨两点，画好了五幅，而且标出了凸出和凹进的尺寸。第二天八点，他准时将手绘图送到了施工现场。

施工队技术总监和团队已经在现场等候，而且提早准备了大量的复写

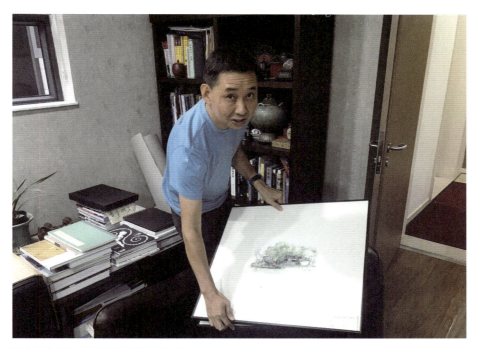

孙文西路文化旅游步行街设计师陈建标

纸。接过手工绘图后，工人们爬上紧挨骑楼的施工排栅，一会儿工夫，就将一半窗花印制在墙面上，接着将绘图翻过来，复印在另一端。由此一正一反，一副对称的窗花出现在墙面上，接着手工娴熟的工人开始雕刻。一天时间，五幅不同款式的窗花竟完整出现在骑楼指定位置。

就这样，工人每天都等着手绘大样图纸才可施工。于是，白天陈建标和工人们一起爬上悬空的排栅位置施工，丈量部署窗花和符号的位置，晚上又到办公室绘画，每天都加班到凌晨两点收工。连续坚持一个半月后，最艰难的部分被顺利拿下。

24年后，回想起那段岁月，陈建标说，他与队友们一样越做越来劲，一点都不觉得辛苦。每当他带着孩子们经过孙文西路文化旅游步行街时，他都可以骄傲地说："骑楼上的每幅图案都是老爸我手工绘制的！"

孙西步行街大规模的修缮和改造，给我们的城市和市民留下了绝无仅有的、极为宝贵的历史文化财富

1998 年 1 月 18 日，百年老街孙文西路张灯结彩，锣鼓喧天。随着盖在标志塔楼上的红绸布徐徐拉开，孙文西路文化旅游步行街一期工程正式启用。

启用前一天，陈建标专门买了西服领带。第二天早七点，陈建标就起床，直奔现场。他特意查看了前晚才摆放好的垃圾桶。当时的垃圾桶可不是一般的垃圾桶，是专门从香港订购回来的。

启用仪式上，市领导对孙文西路文化旅游步行街的修缮和改造给予很高的评价，认为完美表达了中山市的发展历史，承载了中山清末民初石岐的商业文化、建筑文化、饮食文化和华侨文化等，是旧城改造的全新尝试。

当年 9 月 19 日，二期工程竣工，标志着 529 米的孙文西路完成华丽转身，成为改革开放后国内最早建成的文化旅游步行街之一。当年这一设计获得建设部建筑设计三等奖，引来全国各地效仿。其中包括上海的南京路、广州的上下九、北京的王府井与乌鲁木齐的中山路。

也是从这年开始，不管是周末还是平时，不管是白天还是华灯初上，逛步行街的人总会摩肩接踵，商铺里更是一派繁荣景象。

时间流过了 20 多年，孙文西路文化旅游步行街今非昔比，但正是这次大规模的修缮和改造，才给我们的城市和市民留下了绝无仅有的、极为宝贵的历史文化财富。最新的消息是，石岐区办事处已经委托广州一家文创集团，通过崭新的规划和设计，拟将这条驰名中外的步行街打造成"步行城"。重生何时到来，人们拭目以待。

"3·28"经贸洽谈会，成为中山一个约定俗成的节日。前来中山投资的客商、创业的人才均认为中山有着和美包容的人才环境、优惠宽松的人才政策和体贴入微的人才服务。中山成为敢于做梦、勇于追梦、努力圆梦的沃土。

经贸盛会竞芳华

程明盛

2018年，"敢为天下先——中山市庆祝改革开放40周年展览"现场，华侨刘家凯20世纪80年代末拍摄的返乡视频，记录了他从中山国际酒店出发，坐车一路回到沙溪大庞头村的沿途风光。画面中看不到工业厂房等建筑，宽敞的水泥路、运客的"三脚鸡（三轮摩托车）"、正在兴建中的楼房、骑自行车的行人——掠过。

视频真实呈现了改革开放初期中山城乡原貌。刘家凯为视频配上了背景歌曲——《大地恩情》粤语主题曲，诠释了华侨华人对故乡的深情眷念，一句"若有轻舟强渡，有朝必定再返"，激荡起无数华侨华人和海外赤子的归乡情。

当年，就是这些带着浓浓乡愁归来的游子，以投资反哺家乡，反哺父老乡亲，在改革开放前沿上演春天的故事。市政府适时出台鼓励外商投资政策，1990 年成立中山市外商投资服务中心，次年成立中山市外商投资企业协会。

1989 年，市政府在香港、澳门举办对外经济贸易洽谈会，这是中山主动"走出去"招商的开始。

1990 年 3 月 18 日，中山在香港举办第一届招商经贸洽谈会，正式拉开中山与国际接轨，制度化、规模化招商引资的序幕。此后 7 年，中山每年 3 月 18 日在港举办招商经贸洽谈会。

1998 年，为让更多企业参与这项盛事，扩大集中展示规模，市政府决定将招商经贸洽谈会由香港移至市内举行。1999 年正式将洽谈会日期改成每年的 3 月 28 日，简称"3·28"招商会。

一

中山市原副市长吕伟雄清楚地记得，港澳乡亲回家乡经营来料加工，甚至比以"三来一补"见长的东莞还早。他们背着大袋塑料花等材料回乡，由家人和亲戚分发到各家各户。就地培训后，村里人就在自家屋子里，将塑料花拼起来，交给乡亲带回港澳向客商交货。当年，沙溪等返乡办加工厂较多的地方流传这样的说法："办好一个厂，富了一个村。"

之后大量进行补偿贸易，利用外资从国外厂商那里进口机器、设备、技术及某些原材料，约定在一定期限内，用产品或劳务等偿还。

1978 年，浪网镇党委副书记郭柏年，从县里听到鼓励办工厂的消息后，找到香港乡亲陈广球，鼓励他回乡办企业。之后，陈广球与港商刘利友合作，在上网村办起了新华手套厂。工厂所有原材料、孔器、技术都由香港进口，产品也全部出口到香港。

1979 年 7 月，该厂第一批 4 万打皮手套出厂远销国外。手套厂的兴旺带动了众多企业前来浪网。资料显示，到 1985 年浪网镇已办起 10 家手套、皮鞋、织布、服装等工厂，安排 3000 人就业，占全镇劳动力的 1/3，工业生产值达 3000 万元，利润 40 万元。

查找历史档案发现，自 1977 年至 1988 年，中山"三资"企业有 214 家，其中合资企业 105 家、合作企业 109 家；外商投资总额 19669 万美元。全市办起了"三来一补"企业 1167 家，有对外来料加工装配业务的客户 2176 个，签订来料加工装配合同总金额达 9.2 亿美元。

二

中山在港举办首届"3·18"招商会次年，从东区小鳌溪村走出来的"电视机大王"林中翘先生，回到自己儿时成长的村庄。他的香港港华电子集团投资 2.1 亿港元，与东区合作成立嘉华电子有限公司，占地 318 亩，建筑面积 96000 多平方米，主要生产彩电、电脑、镭射音响、通信器材等一系列高科技产品。

林中翘先生幼年在小鳌溪村读小学，毕业后考入县一中，求学阶段才华出众、智力非凡。新中国成立初到澳门，一个月后到香港。1963 年，他在一家日资电子公司当生产科文员，1965 年升任生产经理。1968 年转至美国电达电子公司当生产部经理，与黄道源先生一见如故。1969 年，他与黄道源先生开办联华电子公司，生产小型收音机输美。后因大股东私自出售股权而损失不菲，随后他重建电子王国。1979 年他尝试在深圳投资，成立了港华公司，负责收联华货品运往深圳加工，后来在马来西亚等地再设新厂。

邓小平发表南方谈话当年，香港裕元工业（集团）有限公司在三乡镇投资建设宝元工业村，有一个暖心的招商故事。

1991 年前，三乡镇党政领导已频繁接触裕元集团董事长蔡国强，向他推介三乡的投资环境。

1991 年初，蔡国强的母亲不慎摔伤，三乡镇领导登门探望，多次打长途电话慰问。一向不过问儿子生意事的蔡母深受感动，建议儿子在三乡设厂，以方便她移居三乡颐养天年。

1992 年 6 月，蔡国强在东莞开的鞋厂近百名职工相继染上急病，三乡镇领导接到求援电话，马上组织由三乡镇医院院长和几位主治医师组成的医疗队，征得东莞当地医院同意后，迅速赶赴现场协助当地医院救治病人。

真诚的关心和帮助，让蔡国强最终确定在三乡设厂。1992 年 12 月 26 日，香港裕元工业（集团）有限公司中山市宝元工业村举行动工典礼。公司逐步发展成为亚洲最大代工鞋企，租用土地面积超过 1500 亩，修建厂房超过 60 万平方米，高峰时期员工人数达到五六万，带动了三乡镇工商业繁荣。

三

年纳税额突破 30 亿元的完美（中国）有限公司，连续多年成为中山市第一纳税大户。董事长古润金 1994 年到中山创业时，骑着单车跑业务的故事，一直为人们津津乐道。

古润金先生是出生在马来西亚吉隆坡一个清贫家庭的第三代华裔。1994 年 3 月，祖籍中山的古润金先生回到家乡，与合作伙伴共同创办了完美公司，成为国内第一批中外合资的直销企业之一。创业之初，古润金事必躬亲。令老员工们记忆犹新的是，作为董事长的古润金和他们一起挤公交、坐中巴，甚至骑着自行车、摩托车送货。

跟中山市委统战部副部长、市侨务局局长谭文辉说起古润金初到中山创业，谭文辉说，当年那辆单车还是他借给古润金的。

在完美公司的成长历程中，古润金先生一直没有停止慈善公益事业。1994 年，完美公司的厂房还没有盖起来，正是资金紧张的时候，古润金听说当地一所小学因为没钱建校舍，六个年级的孩子轮流挤在三间破烂不堪的危房里上课，当即捐献 10 万元善款，用于修建希望小学。这是完美公司成立后的第一项善举。

20 多年间，古润金先生捐款总额近 5 亿元。除了华文教育外，还包括希望工程、抗洪救灾、医疗救助、体育卫生、文化文艺等多个领域。2018 年 9 月 10 日，古润金获得民政部第十届"中华慈善奖"。

1998 年"3·18"移至市内举行之年，最具代表性的招商成果是，世界第三大个人电脑制造厂商台湾宏碁电脑，首次投资大陆时，几经考察最终选择落户中山火炬区，演出了一段 IT 业佳话，成为中山市电子信息产业发展的一座重要里程碑。2001 年中山首届电展会创办之年，全球最大资讯和通信产品专业设计及代工厂商之一的纬创资通从宏碁电脑独立出来，宏碁电脑中山厂更名为纬创资通中山厂，逐步建成纬创资通中山科技园。

宏碁电脑带动了电子信息产业向中山火炬区集中。2001 年首届电展会举办之际，中国电子信息产业集团与火炬区合作组建中国电子（中山）基地。这个国家级产业基地昭示着中山成为新兴电子信息产业制造基地。

2001 年，世界 500 强之一的佳能株式会社投资中山。建设年产 1000 万台激光打印机的生产线。当年，佳能黑白激光打印机产量占全球 55％，90％集中在中山生产，中山因此成为全球最大的黑白激光打印机生产基地。

四

当年招商引资，不少严谨的外商包括一些产业巨头采取了先尝试性投资，感受当地投资环境优势后再大举投资的策略，形成招商引资中特有的"试婚"现象。一些产业龙头企业落户，带动相关产业聚集，形成产业链，为地方投资环境投下了信任票。

2003年7月16日，张家边企业集团与外商合作项目签约仪式上，签订了单次签约投资额创纪录的项目，是由欧洲百灵达集团与张家边集团合作投资1.3亿美元的"百灵达城"项目，主要设计、制造、销售专业音响产品，规划建成占地500亩、建筑面积39.65万平方米的大型工业城。该项目选址中山前，已在中山试探性投资近两年，在火炬区建设了中山欧科电子有限公司。

参加"3·28"招商洽谈的外商（吴志敏／摄）

那一年，同时签约的宇宙高精密金属制品（中山）有限公司项目，也是经历两年"试婚"后最终决定与中山"联姻"的。该项目由张家边集团与日本宇宙株式会社合作投资 4500 万美元，占地 150 亩，建筑面积 3 万平方米，主要生产各种高精密铜制品。2001 年 3 月，宇宙株式会社开始在中山从事来料加工业务，合作的公司注册资金只有区区 50 万元人民币。公司到中山投资后很快实现盈利。有感于中山投资环境的优势，宇宙株式会社决定扩大公司规模，将企业做大。

2003 年，百灵达集团负责人谢旭华先生受访时表示，考虑到交通运输、企业配套和综合成本等因素，集团决定把生产制造企业集中在一个城市，并尽量将协作厂吸引过来，建设集团在全球最大的产品制造基地。该项目选址中山之前，公司对中山及珠三角其他城市的投资环境进行了全面深入的综合考察。通过大量的数据对比和细节评估，公司最后选定张家边集团作为建设"百灵达城"的合作伙伴。该项目选址中山前，已在中山试探性投资近两年。在中山投资兼考察近两年的谢旭华先生，是新加坡华裔，他感言，中山这座城市像欧洲一样美，像新加坡一样干净，环境非常吸引人，因此从到中山的那一天起就喜欢上了这座城市，投资中山近两年又切身感受了中山市的投资环境，更有信心将投资扩大。

2003 年，日本宇宙株式会社代表取缔役社长中岛翔之知先生受访时说，自己从事高精密金属制品行业已有 33 年，从他的父辈创建这家企业至今已有 60 多年，自己非常希望在中山实现做世界行业第一的理想。几年里去过东莞、顺德等地考察，还是觉得中山的投资环境最好，最终决定在中山投资建厂。中岛先生表示，自己走过世界很多地方，在感情上就是喜欢中山。中岛先生告诉记者，早在三年前首次到中山考察，一下子喜欢上了中山这座环境宜人、秩序井然、宁静温馨的南国城市，不需要理由，就像是一见钟情式的爱情，他把这归结为一种缘分。中岛先生感言，选择厂址就要选择环境好的地方，既要适于工作，又要适于员工生活。因为工厂不能只让员工工作，而要让员工工作之余，拥有良好的居住环境和生活环境，享受丰富多彩的日常生活，只有这样员工才能做得更好。

五

吕伟雄 1994 年调任广东省旅游局局长。7 年后的 2001 年 3 月，调任广东省侨务办公室主任。在侨办主任任上，每年"3·28"为中山招商成为必修课。跟担任中山市副市长时不同的是，招商的对象不再局限于传统乡亲社团，更多的是做华人新生代、新华人华侨、华人华侨社团新力量"三新"群体工作，突破地缘、血缘等局限。同时，更多带领产业前沿专家团队，如通过医药科学学会等组织，寻找项目带头人和有领先项目的人。往往一个人带动一个团队，组团到中国国家健康基地考察，一批高技术含量的项目因此选择落户中山。

2012 年，中山"3·28"首次创新性地嵌入"招才引智合作交流会"，推动"招商引资"和"招才引智"工作互促共赢，重点突出了"率先加快转型升级，建设幸福和美中山"的时代主题。具体体现在搭建高端平台、吸引高端项目、招揽高端人才的"三高"战略上。

2014 年，"3·28"推出首届"中山人才节"，以"人才的节日，智慧的盛会"为宗旨，以"人才支撑发展"为主题，汇聚海内外人才携项目洽谈对接，以前所未有的力度准进中山招才引智工程再次跨越升级。

中山康方生物医药有限公司由国家"千人计划"专家领军的海归创业团队于 2012 年 3 月创建成立。海归博士夏瑜在中山国家健康基地创办该公司的故事，生动诠释了中山求贤若渴的态度。

生物医学博士夏瑜、王忠民、李百勇、张鹏，曾分别担任辉瑞、拜耳、

中山升格地级市 20 周年庆祝大会暨 2008 年中山招商经贸洽谈会在博览中心开幕（吴飞雄／摄）

雅培等国际制药企业研发总监、首席科学家，在美国打拼多年，已有稳定舒适生活。2011 年初，他们毅然放弃这一切，决心回国创业，希望致力于生物医药研发国产化，让新药、特效药价格降下来。他们考察北京、上海、江苏等地后，最终缘定中山，落户中山国家健康基地。

创业资金是他们创业的第一个拦路虎。健康基地领导牵线，找来专为小微企业解决资金难题的中山迅翔股权投资管理企业，四位海归博士不用掏一分钱，以技术入股方式占有企业 80% 股权，迅翔投资 1700 万元，占20% 股权。

钱有了，开发区管委会借给他们一间办公室。夏瑜等人摆起四张桌子，开始招聘人才。

2012 年中山首次"招才引智合作交流会"后，康方生物被列入中山市引进的"十大重点项目"。2013 年，健康基地全力协助，公司 8000 平方米的研发试验大楼在令人惊叹的三个月内完成装修。

短短几年时间，中山康方生物医药已考虑最早 2019 年在香港上市。

夏瑜在 2014 年"首届中山人才节"的海外高层次人才中山创新创业座谈会上，向近百位海外博士分享创业经。她感叹中山对创业者体贴入微，有着和美包容的人才环境、优惠的人才政策和优质的人才服务，希望大家能融入中山，感受中山对人才的渴望和尊重，成为敢于做梦、勇于追梦、努力圆梦的新中山人。

作者简介

程明盛，现任中山日报报业集团总编辑助理、新闻总监、采访中心总监，中山市人大代表，中山市十佳记者，广东省作家协会会员。纪实文学作品《大国空村》，获得第一届"有为杯"报告文学优秀作品奖。擅长采写深度报道和经济新闻。曾获得多项新闻奖。

创建首批全国文明城市是一个循序渐进的过程。要创建一个个城市品牌，如卫生城市、园林城市、环保城市，像炒菜一样，一碟一碟炒，最后汇成一桌文明大餐。

一座城市的文明之旅

程明盛

1995年，我南下广东已有一年时间，在深圳、广州、珠海和"广东四小虎"南海、东莞、中山和顺德之间寻觅栖息地。厌倦了周遭水泥丛林和人声喧嚣，行经中山，沿途掠过一片片蕉林，心里为之一动。

到中山见了文友，夜宿百年老街孙文西路上的邮电招待所，周围是百年南洋风格骑楼建筑，像行走在历史河流里。

夜晚，文友带我观看中山第五届交谊舞大赛，舒缓的乐曲声中，体味一座城市的娴静优雅。心里暗暗认定，就是这里了。

当年，我进了大张旗鼓招揽人才的中山报社，办公地址就在孙文中路的天主教堂，与初次栖身中山的邮电招待所咫尺之遥，像是完成了一场人

全国文明城市牌匾

生约定。

就在那一年，中山市被广东省委定为创建全国文明城市先行点，我一点都不感到意外。

首批全国文明城市尘埃落定是 10 年之后的事。2005 年，中山与张家港市、厦门市、青岛市、大连市、宁波市、深圳市、包头市、烟台市共 9 座城市折桂。至今中山一直保持这份城市荣誉。

一

2005 年，中山市接受中央文明办创建全国文明城市测评。测评分四部分。一是听取市委主要领导汇报工作。二是实地考察，包括交通路口、服务窗口、医院、车站、码头、建筑工地、餐饮店、酒店、近郊村居等。三是资料审核，根据中央文明办创建全国文明城市的测评要求，中山足足准备了16箱近100盒文件资料让测评组审核。四是入户调查，中山把中心城区所有社区名单列出，由测评组抽签到三分之一的社区进行入户调查。

整个测评过程结束时，中央测评组工作人员原则上不能当场给予任何评价。但负责中山测评项目的全国第9测评组组长还是由衷感叹："中山的创文工作给测评组留下了深刻印象。"

测评组到达被测评城市前不打招呼，自行安排食宿，不告知行踪。抵达后，悄悄潜入城市各个角落，测评内容涵盖关系到市民日常生活的方方面面，就是一次实实在在的微服私访。

直到2005年8月中旬，中央测评组人员电话联系中山市有关领导，告知正住在中山富洲酒店，对中山市的测评已完成80%项目，剩下少数项目需当地配合。

到这时，中山方面才确切地知道，中央测评组来中山了。

随后的测评，是一场更加严峻的考验。

一是要带测评组到近郊村居实地考察；二是要入户调查，测评组随机抽取名单，然后由社区工作人员带到抽中的家庭。社区工作人员和民警带领测评组到达住户后，敲门，说明来意。

起初，地方担心居民对中央文明委测评不予配合，出现拒绝测评组人员进门的尴尬局面。中山方面也担心，如果超过一半测评对象说政府不行、创文扰民、作秀，就通不过。令测评组意外的是，市民对测评工作非常热心，配合很好。在测评组收集的五六百份问卷中，只有两份存在负面评价，显示市民对政府创建工作非常支持，生活满意度很高，对城市高度认同。测评组人员由此得出结论，中山市民素质非常高。

时任市文明办主任陈旭说，经历了首批全国文明城市测评后，最大的感觉是，整个测评科学、公平、公正。

二

为了交好首批全国文明城市这份答卷，中山人花了十年时间，真的是十年磨一剑。

当年，中山在发展中认识到，经济快速发展到一定程度后，要两手抓，物质文明和精神文明建设都要过硬。尤其精神文明建设，是经济社会发展到一定程度的客观要求，是不断提升市民素质的需要。当时提出的还是群众性精神文明建设，全国文明城市测评体系没有出来，市委提出在文明建设方面进行试探，摸索出一条道路。

创建首批全国文明城市是一个循序渐进的过程。要创建一个个城市品牌，如卫生城市、园林城市、环保城市，像炒菜一样，一碟一碟炒，最后汇成一桌文明大餐。

之后，中山成功取得一个个城市荣誉。1996 年获得"国家卫生城市"与"国家园林城市"称号，1997 年获得联合国"人居奖"，1998 年获得"国家环保模范城市"称号。直至 1999 年，被评选为全国创建文明城市工作先进市，这一称号算得上"全国文明城市"的预演。

1999 年，中宣部专门组织十多家国家级媒体到中山市采访，中央电视台为中山市总结出"高举旗帜促发展，着眼实处抓创建"的经验，认为中山的核心经验就是一个字：实。

2001 年初春，一个满眼翠绿、春暖花开的季节，中山市政府大楼里的工作人员正在谋划着城市未来的文明走向。虽说是讨论会，与会人员的意见却高度一致，要坚决走和谐文明社会发展道路，以精神文明促进经济社会发展。中山市将进一步加大文明城市建设力度，全面提高社会精神文明指数，并制定了一个五年计划。这个五年计划结束时，刚好赶上首批全国文明城市评选，而在这之前，谁都不知道评选会在什么时候进行。

2005 年春，又是一个木棉花开的季节，鲜红绽放的花朵似乎也透露着一丝丝喜色。刚刚完成了第一个五年文明城市发展计划的中山市，收到了来自中央文明委的文件，文件内容称将在下半年开展首批全国文明城市测评。

程序是先接受省里测评，再通过省里向中央文明委申报。省内竞争激烈，要在强手如林的广东脱颖而出谈何容易！"测评结果，省里觉得中山创建基础好，工作扎实。"陈旭主任说。

三

其实，中山创文可以追溯到更早之前。

20 世纪 80 年代担任中山市副市长的吕伟雄，说起交谊舞与城市情感认同，牵出一段趣事。

20 世纪 80 年代末，那是一个相对保守的年代，市长带头学跳交谊舞的行动，引来市民议论纷纷。

起因是，市领导意识到，白天大家很繁忙，到了夜晚，要给市民营造温馨的休闲娱乐气氛。

当年，市领导参加中央党校市长研究班，学员周末学跳交谊舞。市长参加学习后，跟着学跳交谊舞，动作不太自然，被同班学员调侃像推磨一样。

回到中山后，市长找人来教自己跳交谊舞，消息不胫而走。

随后，市里由分管副市长牵头，成立交谊舞协会，推出全市交谊舞比赛，一年举办一次，各单位组队参赛，一时之间，文化局交谊舞教员成了香饽饽。

连续多年交谊舞大赛下来，城市交谊舞水平快速提升，发展到广东省国际标准舞比赛移师中山举行。

迄今，国标交谊舞在中山青少年中异常活跃。

中山决策层意识到，文明要从小事做起，并持之以恒。

一直跟进全国文明城市创建进程的陈旭深有感触地说，文明是一个培育的过程。

服务行业如发廊、饮食店是文明窗口，又是创文难点。服务业要求三证挂墙，从业人员必须有卫生防疫证。

最初检查时，相关行业很多员工没有健康证，需要督促餐饮和理发行业服务人员到疾控中心领取健康证。

陈旭说，自己和时任市委常委、宣传部长王远明经常到街道社区查健康证，完善行业规范。后来看到服务业三证都上墙了，员工健康证都有了，心里的大石才落下。

为推动公共场所秩序建设，中山首创公共文明指数并发布，推出四大方面指数，对文明建设提出了明确指引。四大方面指数每个季度测评一次，向社会公布。

市委宣传部、文明办 2009 年协调成立志愿者联合会，结束市团委、市红会等志愿者组织各自为政的局面，将志愿者统筹起来，统一志愿服务。创建首批文明城市时，中山只有 10 多万志愿者，截至 2019 年 7 月 27 日，中山注册志愿者达到 53.5 万，自 2015 年 6 月启用"志愿中山"平台以来服务时数达 2679 万小时。志愿者人数和服务时数，一定程度上体现了市民素质高低。

中山还创办社区艺术节和一年一度的读书月活动。

2002 年，受深圳读书月启发，中山举办第一届读书月活动，民间自发推出 72 小时书店等活动。

读书月活动开办时限于城区，后来镇区也办起来，一年推出两三百项活动，中山读书氛围就此形成。

陈旭说，读书月里，自己提了一个观点：城市阅读力就是城市竞争力。

中山市图书馆馆长吕梅说，一次读书月活动，就增加几万个借书证。

市里还组织文明巡演和城市论坛等主题活动。

一次次道德小品专场社区巡回演出，就是一次次文明播种。

一次次城市论坛，换来市民主人翁意识觉醒，市民参与到政府决策中来。

一次城市论坛上，一个儿童反映没有活动场所。后来，曾是广东最大城市郊野公园的紫马岭公园增加了儿童游乐区。

中山很早就推出的全民健身广场，用健康生活引导市民，志愿者每晚准时在健身舞广场领舞，成为城市一道舞动的风景。

2018 年，中山市第十次荣获"全国无偿献血先进城市"称号。中山市器官捐献数量位居全国地级市第一。

四

2004 年 4 月，中山市启动"新时期中山人精神"大讨论，寻找全体市民高度认同的价值取向，凝聚社会共识。

创文之际开展这次大讨论，市委基于这样的战略考量：

正如人需要精神一样，城市也需要精神。城市精神是一个城市的灵魂，是一个城市的精神支撑，是一个城市可持续发展的动力，更是一个城市市民整体面貌的体现。伟大的事业需要并孕育崇高的精神。当一种实践代表着时代发展的客观要求，体现着造福于民的使命意识，表现出坚韧不拔的意志力量时，她就在造就一种精神。中山改革开放，把一个普通的农业县建设成为一个经济社会协调发展的现代化城市。在这个伟大的社会实践中，人们的精神在凝聚，人们的观念在趋同，从而形成了一种与时俱进的精神力量。新时期中山人精神就是中山历史人文传统与正在丰富、发展着的市民素养、价值观念、道德行为、精神气质等因素的综合体现。把这种精神概括提炼出来，就是希望为中山今后建设和谐社会、实现可持续发展的新目标，提供一股源源不绝的强大精神动力。更希望新时期中山人精神能凝聚民心，集合民力，发挥民智，在一代又一代中山人中传承下去，成为这个城市一笔教化的瑰宝、一种文化的积淀、一条精神的纽带。

社会各界积极参与大讨论，这一话题成为市民街谈巷议的热点，大讨论持续到年底。通过社区讨论、市民投票等环节，综合大讨论的观点和意见，经过专家评议，提炼出"新时期中山人精神"：博爱、创新、包容、和谐。

"博爱"是中山这块土地的特色情感符号，是中山人精神的灵魂，是中山人群体的情感观，其核心是爱国主义和人文精神；

"创新"是中山人开拓进取、务实开放和与时俱进的精神风貌和工作状态，是中山社会充满创造活力的行动体现；

"包容"体现了博大与海纳百川的宽广胸怀，是中山人建立在自信基础上开放的文化心态；

"和谐"是新时期的社会主调，也是中山文化传统的重要内涵。

自下而上，从市民中来的八字精神，引导新老中山人重塑城市精神，至今没有人质疑。

五

文明建设的目的，就是要以文明成果回馈市民，让市民有更多文明获得感，进而产生强烈的城市情感认同。

市民长久以来对这座城市的情感积累，让许多市民发自内心喜爱这座城市，呵护这座城市。市民常说，走过世界许多地方，还是感觉中山最好。虽然有对自己城市偏爱的因素，但是，隐藏其中的归属感，正是这座城市的文明之源。

逸仙湖公园创文宣传墙前，一位母亲在教导孩子（余兆宇、陈泳蓓／摄）

1997 年，联合国将全球人居领域最高奖项"人居奖"颁给中山，成为当年唯一一个亚洲国家获奖项目。联合国人居中心代表克里斯蒂娜亲临中山颁奖，表彰中山市政府在"人类住区可持续发展和管理方面作出的突出贡献"。临别时，克里斯蒂娜兴奋不已："我来到中国，看了中山这个城市，感到很惊讶！想不到！出乎意料！"

在中山，有一件事给人留下深刻印象。为了打破地处旧城区的市人民医院路口的交通瓶颈，相关部门决定拆迁拓宽马路，但一棵横亘马路中央的古榕树让人犯难了：将大树迁移已无可能，只有毁树和绕道两种选择。结果，毁树的选择没有被提上议程。为保护古榕，市里额外支付了一笔不菲的拆迁费和建设费，让道路沿古榕两侧分流，古榕和条状绿化带独立成路中央一道独特的风景。

在中山，有人发现了这样的"奇迹"，全国创建中国优秀旅游城市考察验收期间，验收组成员在一个无人守候亦无电子眼的十字路口，微服"监视"一个小时，竟无一人违章抢行；在免费开放的孙文纪念公园，"挑剔"的验收组成员睁大双眼，在偌大的公园内却难以找到一个烟头、一片纸屑；节日之际，城区主要街道摆满鲜花，节日过去了，鲜花一盆不少。

文明不再是制度约束下的遵章守纪，而是环境熏陶后的习惯养成，背后是中山市民无与伦比的主人翁意识。

一块草坪，警示的、规劝的语言都用上了，但还是不断有人穿行，有关部门开始自我反省：也许是自己考虑不周，草坪改变了人们惯常的行走路线。若在草坪中铺一条石板小径，不就满足了人们绿地漫步的闲情逸致，又可以保护草坪吗？这一创意的延伸，令中山出现了一处处带草坪的大型停车场，远远看去，就是大片翠绿的青草地。

徜徉在中山的大街小巷，人们看不到其他城市通用的"禁止""罚款"等字眼，代之以极富人情味的提示语："公共设施为大家，你我共同爱护它"，"中山是我家，清洁靠大家"，"小草绿茵茵，足下请留情"。

1988 年中山几个文化人发起的敬老万人行活动，演变成一年一度的慈善万人行，持续至今，成为中山人一年中重要的节日。

人道、慈善、博爱，成为中山人重要的精神内核。祖籍中山、旅居日本的著名爱国侨领吴桂显先生，在日本衣食住行极为简朴，住的是 80 平方米的旧木屋，骑的是单车，却向家乡捐赠 3700 多万港元。他最大的心愿是"兴学育才，建设祖国"。除捐赠家乡外，他还向河北承德、湖北巴东、广西河池、四川梁平、广东河源等地捐建希望小学。

在中山，有一位年过花甲的普通退休教师，将自己毕生积蓄捐给市红十字会，他的名字叫吕有琼。

汶川地震后，中山石岐区宏基路不愿透露姓名的徐老伯，将一幢两层楼房挂牌出售，房款全部捐给地震灾区。

文明是一个渐进的过程，只有逗号，没有句号，中山人对文明的追求永无止境。

中山人说，让近者悦，远者来，城市就很好。

"中山杯"华侨华人文学奖，从华侨华人文学史的角度审视、梳理了 60 年来华侨华人文学的整个创作过程，并不断发现新的闪光作品，填补了国内相关奖项的空白。然而，华侨华人文学奖的能量远不止于此。

"中山杯"引爆乡愁

冷启迪

　　2017 年 9 月，从台湾传来噩耗，马来西亚华文作家李永平病逝；2018 年初，中国著名现代诗人洛夫仙逝台湾。两位"文曲星"的先后离去，让远在千里之外的中山文学界，陷入了伤痛与追忆，大家用各种方式缅怀两位留下的精神财富。而这一切，都源于一个共同的名字——"中山杯"华侨华人文学奖。就在中山市举行的颁奖晚会上，洛夫这样说："乡愁是一种治不好的病，但来到中山，我的病好多了。"而李永平则说："华侨华人文学奖之旅是我第一次踏上祖国大陆。我生长在马来西亚，在台湾念大学，一生漂泊无居，如今在外多年的南洋浪子终于回家了！见到母亲，母亲老了，但是精神依然健旺，我心里很宽慰。"

两位获奖者都曾有过相似的感慨：是"中山杯"照亮了游子回家的路，也是"中山杯"搭起了一座"中国桥"。

文化创意与精神还乡

时间回到 2009 年，中山市委常委、市委宣传部部长丘树宏全程参与了首届"中山杯"华侨文学奖的策划和组织工作。全国首创的"中山杯"华侨文学奖，目标是做成国家级大奖，信心和决心来源于：其一，中山拥有的资源独一无二——伟人故里，孙中山先生是海内外华人共同敬仰的伟人，孙中山的理想有着人类共同追寻的普世价值。他的"天下为公"，他的"博爱"精神激励着一代一代中华儿女，孙中山故里的人们理所当然地要将其精神发扬光大。其二，中山是著名的侨乡，有海外华侨 90 余万人。华侨资源是中山的一大笔财富，华侨对中山社会、经济的发展起着不可磨灭的推动作用。孙中山曾说过，华侨是革命之母。"中山牌""侨牌"一直是中山推动社会发展的独特优势。如何继续打好"中山牌""侨牌"？如何在保证这两张牌具有中山特色的同时，又兼具国际大视野？华侨文学奖这一文化创意最终实现了这种理想，这个创意包含着两层深意：一是体现了文化境界，即抓住了当前华侨文学的发展走向——世界华文文学正在形成一门独立的学科，随着中国与世界文化交流的深入，世界华文文学正在成为一门显学。二是华侨文学必将与国际接轨，成为中山人，甚至中国人看世界的桥梁。我们通过这种形式，将与世界及世界文学联系起来。

创意很快变成现实，"中山杯"华侨文学奖自 2009 年 8 月初开始启动，至 9 月 30 日征集截止，共收到来自全球 15 个国家和地区的 150 多部申报作品。经审查，符合评选条件的共有 75 部作品，其中小说 33 部、诗歌 5 部、散文 16 部、纪实文学 21 部。此次评选聘请了 17 位优秀专家学者组成评委会，经评奖委员会评选并向社会公示，共有 19 部作品入选优秀奖，涵盖小说、散文、诗歌、纪实文学四个门类。华文作家张翎的长篇小说《金山》获得了"中山杯"首届华侨文学奖评委会特别大奖。小说组、散文组、纪实文学组、诗歌组的最佳作品奖获得者，分别为严歌苓的小说《小姨多鹤》、刘荒田的散文《刘荒田美国笔记》、陈廷一的纪实文学《共和之路——孙中山传》、洛夫的诗集《雨想说的》。11 月 12 日晚上的颁奖典礼上，严歌苓、洛夫、张翎等文坛"明星"走过"星光大道"登台领奖，著名歌手费翔倾情演绎《故乡的云》，颁奖典礼成为一次中华情怀的畅叙，充满人文气息的交流和感动。

　　2011 年，"中山杯"华侨文学奖升级为华侨华人文学奖。"中山杯"华侨华人文学奖，每两年评选一次，中山市相继开展了"华侨文学 60 年"研讨会等系列活动，让华侨文化元素融入孙中山文化，让历史文化资源向

我笔写我心——首届"中山杯"华侨文学奖颁奖典礼

城市品牌转化，它也成为中山一个新的城市文化品牌。

20 世纪海外移民，就其身份认同而言，大致经历了华侨—华人（华裔）两个互相交错的发展阶段，它们相应地界定了不同历史时期海外华文文学的性质、特征和文化主题的变迁。早期的海外华人大多保留原乡的国籍，或选择双重国籍，他们因此被称为华侨与侨民。据此，华侨的文学创作被称为"侨民文学"，可以视作中国文学的海外延伸。而当代的大部分海外移民，选择了所在国家的国籍之后，他们的国家认同的政治身份已由华侨变为所在国公民的华人（或称华族）。他们用汉语写作的文学，成为所在国多元文化的构成部分，可统称为"华文文学"，并构成世界华文文学的组成部分。

近年的华人文学创作，突破原乡与异乡、离散与怀旧、文化身份与国籍认同的精神缠绕，直书"中国经验"。如严歌苓的《小姨多鹤》、张翎的《金山》，这种写作代表海外文学的高度，说明华人华侨的华文文学写作已成为当代中国文学不可或缺的重要部分。然而，前些年，华侨文学在中国文学史里一直处于边缘化的状态，直到近几年世界华文文学才在各大院校里"慢热"起来，首届华侨文学奖评委会特别奖得主、《金山》作者张翎直言不讳地表达了自己的看法："在中国文学版图里面，我们应具备有容乃大的气度。海外华人作家每个人都有自己独特的声音，为什么这些声音不能包括进我们中国文学的版图呢？"

海外华侨华人作家对母文化的向往比国内的作家有着更为明显的迫切感。专门研究海外华侨华人文化的专家钟晓毅教授指出，海外华语写作十分艰难。在"全球化"的文化语境里，很多海外华人有着强烈的文化身份认同的渴求。"文化流浪"与他人世界的疏离与矛盾，是海外华人"文化还乡"最为直接的诉求。

用文字铺就还乡路

"我 1994 年离乡去往他国，开始有思乡的感觉，这是一种无处倾诉的感觉。今天，我的作品获了国内的奖，作为一个业余作者，我驾着一艘文学的慢船，在海洋、河流、湖泊里漂流，终于回到了故乡的港口。中山，用文字为我铺了一条还乡的路。"加拿大华文作家曾晓文在第二届"中山杯"华侨华人文学奖颁奖典礼上的一番话，让人动容。

作家刘荒田在首届"中山杯"华侨文学颁奖典礼上的一句话也让人感慨："爱中国是最美丽的乡愁。"而当洛夫上台接受诗歌类最佳作品颁奖时，主持人调侃道："洛老，您曾说过乡愁是一种治不好的病，现在病好点了没有？"洛老回答："今天所有的亲人、朋友都在这里，我很开心，现在好一点了。"风趣的话语引得观众们会心一笑。美女作家严歌苓接过奖杯后对观众说，母语写作是一种精神世界的回归，中国语言的魅力一直为海

2011 年 11 月 12 日，第二届"中山杯"华侨华人文学奖颁奖典礼在文化艺术中心举行

外作家所欣赏，她会坚持用母语创作下去。

一部部震撼人心的作品，领着人们回归到民族精神的家园。从《血色辛亥》到《梦回东方》，从《铁血年华》到《青山一发》，这些妙手著成的长篇佳构，在波诡云谲的历史风云中，烛照出的是一个大变动时代的个体命运与殊难割舍的家国情怀。首届获奖作者张翎曾经说过：《金山》是她把在中国生活的经验和在加拿大生活的经验有机结合的成果，这两种经验让她看到了一个立体的《金山》。通过作家的笔墨，读者看到了更多个体生命在走出国门后与外面世界的碰撞与撕扯，思维的视角摆脱了单一的地域局限，从而更加全面地了解时代的变迁。

第三届获奖作者李永平在《大河尽头》序言《致祖国读者》一文中，深情说道："别来无恙，祖国！"这一声固然叫得艰苦、心酸，但在内心深处那个旮旯角落，压抑了长长的六十个年头，现在，终于可以大声地、光明正大地叫喊出来，感觉可真好。

当他的父亲——一位广东揭阳县灰寨镇的读书人，在20世纪30年代，跟随一帮"猪仔"乘坐着压舱底的轮船，漂洋过海，去往马来热带雨林时，他从未想过今生就将与祖国永别。读书人想的是经世济人，攒够了钱，终究要风风光光回到"唐山"的。但时局动荡，他不得不死心塌地在异乡定居下来，而后有了李永平和他的七个兄弟姐妹。李永平把父亲称为"浪子"，而自己则是"游子"。在到底成为"马来西亚人"还是"中国人"的挣扎之中，敏感的他一直有着撕裂之感，以至于十分喜爱体育运动的他总是不敢看决赛时马来西亚队和中国队的比赛，尤其是林丹和李宗伟的比赛，"我不知道支持谁，心里充满了怨恨。"

混沌之中，台湾"收留"了他，他说自己有两个故乡：一个生他养他，一个在他人生的十字路口伸出双臂，让他在世界上有个安身立命之地。可是他的内心还有另一位娘亲，是他记忆中，父亲在信纸上反复写的那个地址——广东省揭阳县灰寨镇，是他童年乡里们口中的"唐山""神州""华夏"——母亲中国。《大河尽头》载着他回到了故乡，也为他"想象的乡愁"拓展了华丽的空间：火热的赤道，神秘的大河，混合着热带雨林的湿热与诱惑；对大河尽头的溯源，也不再只是乡愁的溯源。殖民主义对人的蹂躏、人在"中邪"状态下肆无忌惮的恶施，循环在不忍与不堪、救赎与堕落之间，李永平的欲望叙事一发而不可收拾。

搭起通往世界的桥

"中山杯"华侨华人文学奖从华侨华人文学史的角度来审视、梳理了60年来华侨华人文学的整个创作过程，并不断发现新的闪光作品，填补了国内相关奖项的空白，然而华侨华人文学奖的能量远不止于此。首届"中山杯"华侨文学奖的获奖作品被搬上电影电视，作品《金山》由著名导演冯小刚改拍成电影，张黎已开始筹拍电视连续剧；获得最佳小说作品奖的《小姨多鹤》由著名演员孙俪主演，拍成电视连续剧在全国播出。而王兴东的电影剧本《辛亥革命》、王朝柱的电视连续剧剧本《辛亥革命》，则随着电影和电视剧的播放而影响巨大。王兴东捧着奖杯显得分外激动，因为很久以来，中国都没有奖励过电影和电视剧的台本了。更没有想到的是，剧本的作者，也能够像演员那样走红地毯。

2016年，孙中山先生150周年诞辰之际，在国务院侨办领导的关心和支持下，"中山杯"华侨华人文学奖更名为华侨华人"中山文学奖"，由国务院侨务办公室主管，纳入国侨办"文化中国"项目，华侨文学奖也走向了更广阔的天地。

2016年，作为第二届世界华文文学大会的重要内容，华侨华人"中山文学奖"引起了各界高度关注和充分肯定。中国世界华文文学学会副会长

第三届"中山杯"华侨文学奖颁奖仪式在孙文步行街大庙下广场举行（付希华／摄）

杨匡汉教授认为，华侨华人"中山文学奖"与世界华文文学大会对接起来，必将产生更大影响，推出更多更好的作品。这个文学奖对重视和挖掘中国传统文化，讲好中国自己的故事有重要意义。

海外华人作家王威参加过首届"中山杯"华侨华人文学奖颁奖活动，与华侨华人"中山文学奖"有很深渊源。他认为，华侨华人"中山文学奖"是把海外华文作家推向读者及各界的重要奖项，对海外华文作家具有特殊意义。旅美作家陈瑞琳表示，中山华侨华人文学奖是中国唯一一个面对华侨华人的文学奖项。严歌苓、张翎在自己的简介里，都会写上获得过中山杯华侨华人文学奖。华侨华人承担着传播中华文化的重要使命，文学是很好的传播中国故事的载体和途径。我们要让世界了解中国，同时海外游子特别想用自己的笔写中国故事，得到中国读者的认可，华侨华人"中山文学奖"给了这些作家一个良机，也带动了海外游子的写作热潮。

而中山，这个被诗人称为"比回归线还温暖的地方"，也借着文人的笔走向更远的地方。洛夫因文学奖与中山结缘，他曾多次到访中山，对这里有着深厚的情感，曾在游览中山后写下长达 200 行的长诗，并提携指点过不少中山诗人。获奖作家陈瑞琳回去后在自己网页上以《踏上"中山"之路："中山杯"首届华侨文学奖》为题，抒发自己通过参赛对中山的印象：143 年前，一个叫"孙中山"的人诞生在中国广东沿海的小小村落里，那个村子就叫翠亨村。这个从小顽皮的少年，从村头的民间文学里萌生了反抗的欲望，从大海的涛声中窃来了西方的火种。万马齐喑的年代，他空谷的呐喊，竟唤醒了脚下的土地，从此改变了中国命运。143 年后，葱葱郁郁的翠亨村已被绚丽的城市所环绕。在通往中山市的海陆大道上，来自海内外的各路文学兵团正在向中山行进。

至今，中山杯华侨华人文学奖已经举办了四期，今后还将继续举行下去，将以其特有的主题内容和形式，为华侨华人精神回乡，为一带一路建设发展，为世界文化交流合作作出贡献。

沙溪凉茶拥有 133 年历史，身披"中华老字号""国家非物质文化遗产"等光环。对于治疗四时感冒、清热除湿等又具有很好疗效，远销海内外，特别受到海外华侨华人的欢迎，为广东以及港澳地区常用凉茶之一。

沙溪凉茶蜚声海外

妍　冰

引　子

　　岭南的夏日，每天被热浪包围着，白天只能躲在空调房里看看书，夜里在朗朗圆月下写写心仪的文字。倦了、渴了，便冲上一杯沙溪凉茶，整个口腔顿时充满了浓郁的涩香味，舌尖微麻，咂一咂嘴，刚刚的涩劲在不知不觉之中泛起一丝丝的甘，沁入心脾，整个人立刻就有了精神，疲劳和困倦便一扫而光。不用怀疑，这就是沙溪凉茶的魅力！

　　在伟人故里，中山市的西面有一座繁华小镇叫沙溪镇，这里是著名的文化之乡，有着深厚的人文历史底蕴。镇里有一种妇孺皆知的中草药凉茶，

沙溪凉茶系列产品

叫"沙溪凉茶",这是国家非物质文化遗产,蜚声海内外。

沙溪凉茶,名如其药,是一种针对广东高温高湿的热带和亚热带季风气候,利用本地物产而配制的传统中草药,很受当地百姓和海外乡亲的欢迎,以历百年而名誉天下。

2019 年 6 月下旬的一个清晨,我按着导航提示,行驶 4 公里,用了 15 分钟到了沙溪凉茶制药有限公司。事先联系了公司党支部书记、办公室主任郑泳源先生。

我转身环视四周,大门左侧是一座六层高的楼,应该是公司生产车间,右侧是一座四层小楼,郑泳源带我走向这座楼。我想这应该就是公司办公大楼吧。我随之上到二楼,郑泳源倒了一杯水递过来,我喝了一口,好熟悉的味道。

"这是你们的凉茶味道。"我随即说道。

"是啊！你怎么知道？"郑泳源惊奇地问。

"这淡淡的涩，涩后在舌根处泛起一阵阵甘，带有醇香。我怎么能忘记呢？"我笑着说。

"这么说你常喝沙溪凉茶？"郑泳源也笑了。

"是啊！这与我的身世有关。我妈妈是中山左步村人，后来随军去了黑龙江。我在黑龙江长大。1996年，我调回中山，刚刚回来水土不服，尤其是我在东北出生的丈夫浑身起了红疹，痒痛难熬。是我小姨带我们到了沙溪，买了几包沙溪凉茶，告诉我说岭南气候特征就是到了春夏之交属于潮湿季节，按着说明，坚持每天喝，就不会受潮湿困扰了。我们按着小姨的话，每天喝一包，结果我丈夫身上的红疹消失了，原本我嗓子痛，每天干咳不止也好了。这凉茶功效还真灵验。从那以后，我们家就没断过沙溪凉茶。以后沙溪凉茶又出了加糖的颗粒冲剂，方便又好喝。但是我们喝惯了不放糖的，就像今天您给我的这杯，淡淡的苦味，泛着阵阵甘，很是令人回味。"

"原来如此。你们家和沙溪凉茶有缘分啊。"郑泳源笑着说。

"可是，我毕竟不了解沙溪凉茶的渊源。今天到此，请您讲一讲沙溪凉茶的故事吧。"

郑泳源中等身材，穿一件蓝白相间的T恤衫，头发整齐地向后梳理，浑身透出知识分子的儒雅，又有着管理者的智慧。他目光炯炯，面带微笑，显得很平易近人。他让我坐下来喝完沙溪凉茶才说："想了解沙溪凉茶？我带你去一个地方。"说着站起身，示意我向门口走去，我随着郑泳源下楼来到一楼一个红漆大门前。我抬头看去，门口一个木制牌匾，写着"沙溪凉茶文化馆"。

在那里，我觉得自己好像穿越了。一百多年前的往事，沙溪凉茶的生产、功效和发展，国家非物质文化遗产，中华老字号等等，一一呈现在眼前。

沙溪凉茶创始人

清咸丰十一年（1861 年），黄汇出生在广东省香山县隆都塔园村（现沙溪镇塔园村）。他自幼家境贫寒，15 岁起便自食其力，当轿夫谋生。那时当地缺医少药，庶民患病，极少找医家诊治，一般采取土法求神问卜，试过不管用后才考虑请郎中。一天，黄汇为人抬轿，行至古香林寺庙的时候，遇到一个和尚。那和尚送他一道药方，叮嘱他此药方是用来济世救人，千万不能欺世盗名、利欲熏心，更不能谋取银两。黄汇接过药方，默默记着和尚的话。

后来黄汇的一个朋友病了，请郎中看了几次，药也煎服了，可病就是不好。黄汇便试着用和尚给的药方煎了一碗给朋友服，朋友第二天一觉醒来明显感到舒服，之后连服三剂便痊愈了。

从此，黄汇的药方便成了"圣药"，闻名乡里。黄汇便给那药取名"黄汇凉茶"，用于治疗感冒、劳倦伤寒等，并治好了很多人，于是名声大震。这就是沙溪凉茶的最早雏形。

那一年（清光绪十一年，即 1885 年），就成了黄汇首创沙溪凉茶的时间。

附近乡民来求药的越来越多，黄汇记得和尚的话，全部免费赠药。后来一些村民硬是要塞"利是"给他。为了弥补一些支出，黄汇收下了。但他始终坚持这样一个原则：富裕的人态度诚挚，他便收下；贫困的人，无论怎样坚决不收。

直至今时，已经走过一百多年，沙溪凉茶的后人依然传承着黄汇的仁心、大爱，经常在酷热季节进社区、进学校、进药店开展"沙溪凉茶免费喝"公益活动，把健康带给千千万万的老百姓！

一百多年前，沙溪凉茶以"黄汇凉茶"之名风靡隆都，旁及省港澳。它的名称，经历了"黄汇凉茶—伤寒圣茶—伤寒药—沙溪伤寒茶—沙溪凉茶"这样一个漫长的发展过程。每走一步，都是一个个坚实的脚印，也在历史上留下一个个令人追念的足迹。它的厂家，也经历了沙溪供销合作社凉茶工场—沙溪中药厂—沙溪制药厂—广东益和堂制药有限公司—广东沙溪制药有限公司这样一个历史变迁过程。然而，始终保持不变的，是它的无味配方（岗梅、金钮扣、蒲桃、臭茉莉、野颠茄），还有制茶人的做人准则。沙溪凉茶有三宝（清热、除湿、导滞），深得消费者青睐。

后来，黄汇送儿子黄国屏读西医。黄汇去世后，黄国屏继承父业，在孙文中路开了一家名为"黄潮善堂"的诊所。新中国成立后，"黄潮善堂"诊所随着公私合营成为沙溪公社的凉茶加工场，成了专门生产凉茶的小作坊。后来越做越大，"沙溪凉茶"逐步得到发展。

沙溪凉茶传承人

"后来呢？是谁传承了黄老的沙溪凉茶？"听了沙溪凉茶不同寻常的历史，我问郑泳源。

"是方乐尧先生，"郑泳源说，"他祖籍为沙溪镇濠涌村，1956 年出生于沙溪墟。1972 年 7 月于中山红一中（龙山中学）高中毕业，同年到沙溪五七农场，再到沙溪藤厂；1975 年 9 月，沙溪工交办领导抽调他参与接收沙溪供销社凉茶工场，是沙溪凉茶厂早期主要创办人之一。进厂的时候是一名会计。他参与了沙溪凉茶的发展和改革，花费了很多精力，为沙溪凉茶的发展做出了很大贡献，可以说是一位领军人物。"

"能让我见见这位领军人物吗？"

"方先生已经退休多年。现在美国女儿家里度假。"

"哦！"我只能请求郑泳源向我详细介绍方乐尧先生的事迹。

郑泳源说："可以说沙溪凉茶的发展，浸润着方乐尧的智慧和汗水。

他从进厂到离开公司，经历 40 多年风风雨雨，为沙溪凉茶呕心沥血，倾注了全部心力。在 20 世纪 90 年代，假冒沙溪凉茶非常猖獗，他为打击假冒产品，想方设法为沙溪凉茶增加防假冒技术，甚至不顾人身安全亲自带队去查处假冒产品生产窝点。他为人非常节俭，但为沙溪凉茶能上升为国家标准，投入大量资金，与高校合作进行沙溪凉茶的药理研究，使得沙溪凉茶的安全性、有效性有据可查。为节省开支，他的办公室没有豪华装修，只是简单粉刷墙壁。小汽车用了 20 年没有换过。

"初进厂时，他任会计，但什么事情都做。节日时写标语，外出回收纸箱，上山掘草药，参加义务劳动，农忙时节下乡支农，等等。他吃苦耐劳，炎夏之夜在小阁楼值班，凌晨 3 点钟出发去采掘生草药。遇上紧急出差，更是匆匆吃一口饭就走……那时候他是厂里最得力的干部之一。1984 年 5 月，方乐尧升任副厂长；1987 年 2 月，升任厂长。转制后，沙溪凉茶先后更名为中山益和堂药业有限公司、广东益和堂制药有限公司，方乐尧任总经理。"

"郑主任，能不能介绍一下方总如何管理的？"

"那时候，以方乐尧为首的公司领导班子主要从三个方面抓起：一是抓生产管理，二是抓产品质量，三是抓人才培养。其实，方乐尧总经理的用人之道，始终坚持在厂内发掘人才和培养人才。他能看人，也会评判人。他知道，领导与员工所处的地位不同，看人的观感、对人的评价便不同，衡量人的标准也不同。方总能把公司的集体利益和职工的个人利益均衡，始终把培养、使用人才放在突出的位置抓紧抓好。这个人才战略，是源自沙溪凉茶厂时期的'既定方针'，方总是不折不扣地继承下来，这就是他的精明之处。对于沙溪凉茶的传承和发展来说，方乐尧作为传承人是当之无愧的。"

后来郑泳源提到转制，我不由得想起了 2003 年，那一段时期中山很多事业单位也面临这种状况，给单位员工带来很大波动。于是我问郑泳源：

"沙溪凉茶也遇到转制吗？方先生是如何应对转制这种新生事物的？"

"转制的确给沙溪凉茶带来波动。曾经有境内境外多个商家先后前来广东益和堂制药有限公司，试图将公司收购，但方乐尧顶住不放。他说这不是钱的问题。最令他不能释怀的是他为之奋斗了数十年的沙溪凉茶，以后何去何从的大问题。药厂的经营权一旦归他人所有，在更大利益的驱使下，别人完全有可能把'沙溪凉茶'从药厂的产品中开除出去，从此，沙溪凉茶就会从沙溪大地上消失。至今，沙溪凉茶依然完好无损地存在着，这都是方乐尧的功劳。另外，沙溪凉茶品牌升级也与方乐尧有着密不可分的关系。"

"品牌升级？"

"是啊。"郑泳源说："1999 年以后，方乐尧代表沙溪药厂委托广州中医药大学新药开发研究中心对沙溪凉茶主要药效进行试验研究。该研究为沙溪凉茶清热、除湿、导滞，用于四时感冒、身倦骨痛、寒热交作、胸膈饱滞、痰凝气喘等疾病治疗提供了药效学依据，对沙溪凉茶的有效性做出了科学评价，从而更加肯定了沙溪凉茶的有效性。1999 年沙溪凉茶由省标升为国标——'中华老字号'。2002 年至 2003 年间，方乐尧带领广东益和堂制药有限公司投入四千万对厂房设备等进行改造升级，2004 年通过GMP（药品生产质量管理规范）认证。这标志着沙溪凉茶在新世纪大踏步迈进了新里程。2004 年，方乐尧还代表沙溪药厂委托广州中医药大学新药开发研究中心进行了'沙溪凉茶急性毒性试验'和'沙溪凉茶长期毒性试验'，结果表明：沙溪凉茶未见急性毒性反应，长期连续给药未见明显的毒性反应，证明了药物基本安全无毒。试验结果告诉消费者，沙溪凉茶是安全可靠的，可以放心饮用。2006 年 1 月至 5 月，方乐尧再次代表沙溪药厂委托广西中医大学第一附属医院对沙溪凉茶进行临床试验研究。通过对

沙溪凉茶获批"中华老字号"

480 例患者临床试验，结果表明沙溪凉茶治疗感冒疗效确切。总之，沙溪凉茶不仅仅是一剂能治感冒的良药，更是良心药、爱心药。沙溪凉茶的首创者黄汇仁心仁术。他经营的黄汇凉茶一直保持低廉的价格服务普罗大众，还经常赠药给贫苦穷人。方乐尧作为传承者这种悬壶济世的精神被人们广为传颂。"

郑泳源站起来，给我续了一杯沙溪凉茶，自豪地告诉我："沙溪凉茶跨越清朝、民国、新中国三个时代，经历了一百多年发展过程，从个体生产的零敲碎打，到手工操作的作坊生产，再到现代化大生产。在这一历史变迁中，沙溪凉茶紧跟时代步伐，不断创新，与时俱进，以百年品牌自身的优势不断占领凉茶业高地。沙溪凉茶走着一条品牌之路。沙溪制药从沙溪凉茶原始的手工作坊起步，发展到目前集研发、生产、销售于一体的大型制药企业，共有 8 大剂型 187 个品种。现在，沙溪凉茶的这一优良传统仍在不断发扬光大，以优质产品和热忱服务推动凉茶产业再次腾飞，健步迈向'品牌为王'的新时代。"

沙溪凉茶的发展

"进入2010年以后，沙溪凉茶的发展一度进入瓶颈阶段。"郑泳源说。

"为什么？"

"因为过于强调传统工艺，忽视了现代化设备的使用，过于强调产品质量，忽视了成本核算。所以，在现代市场竞争中处于劣势。"

"如何克服这些劣势呢？"

郑泳源说："2013年沙溪制药厂被浙江京新药业属下的一个控股公司收购。他们是上市公司，收购之后就给药厂注入资金5000万元，并且派了总经理和财会老总。现任总经理程曙光就是那时候被派到公司的。他具有非常全面的专业知识，也带来了总部的科学管理模式。他以非常敏锐的目光再加上雷厉风行的作风，果断地淘汰高耗能、效率低的生产设备，大胆投入1000多万元引进低耗能的先进设备。例如：投入500多万元引进MVR浓缩器；又投入300多万元购买先进的精密仪器。他又向总部申请投资200万将之前的烧煤锅炉改成天然气，之后每月节省10万元，一年就收回成本，利润也快速增长。他大力推行先进的管理理念，为沙溪制药的再次腾飞打下坚实的基础。同时他对沙溪凉茶非常感兴趣，进行了深入研究，认为由一个普通老百姓研发的凉茶可以传承一百多年，肯定有它的独到之处。他认为传承好沙溪凉茶是每个沙溪制药人的责任。沙溪凉茶文化馆就是在他的坚持下建立起来的。"

"现在你们公司有多少员工？"

"公司员工250人，因为生产设备现代化，很多员工都到销售一线了，销售队伍由原来不足 10 人，增加到七八十人。这些销售人员分散在全国各地，将沙溪凉茶销往四面八方。现在我们公司都是到各大院校招收专业人员，比如广东药科大学、广州中医药大学。现在车间生产已经完全自动化，每天生产量将近 2 万包，每月销售额 100 多万元。所以公司的利润和福利都不错，员工有年假和高温补贴，有五险一金，还有宿舍。"

"真不错！看起来，被收购也不是坏事，反而拯救了沙溪凉茶。"我感叹道，"目前，沙溪凉茶生产形势如何？"

"按需生产"，郑泳源答道："也就是说销售人员在全国各地先拿到订单，按订单生产。"

"这可是新思路啊！"

"是的，这是程曙光总经理带来的管理新思路，新模式使沙溪凉茶突破瓶颈，进入一个崭新的发展时期。"郑泳源感慨地说，"目前，公司在传承百年历史的基础上，不断开拓，锐意改革，已发展成一家独具特色的现代化中药企业，进入广东省中成药产业 20 强。全部生产线于 2004 年首次通过 GMP 认证，2014 年通过新版 GMP 认证。沙溪制药共有 8 大剂型187 个品种。享誉百年的'沙溪凉茶'系列，成为独家产品，并被列入国家非物质文化遗产。润肠宁神膏为自主研发的国家三类新药，产品远销中国港澳，美、加、澳等国家，以及东南亚地区，深受广大客户的推崇和喜爱。"

再铸新辉煌

沙溪凉茶拥有 133 年的历史，身披"中华老字号""国家非物质文化遗产"等光环，对治疗四时感冒、清热除湿等又具有很好疗效，远销海内外，特别受到海外华侨华人的欢迎，为广东以及港澳地区常用凉茶之一。

"为让远近各方朋友都能够了解沙溪凉茶的起源、发展和制作过程以及临床药效，再现一代代药学、医学、工程等方面工作者的卓越成就，程曙光总经理上任之后，一个重大举措就是投资兴建了占地近 200 平方米的沙溪凉茶文化馆。"

"就是刚刚我们看过的那个文化馆吗？"我问。

"是的，这个文化馆在 2017 年 10 月 30 日正式开馆。2018 年 3 月，广东益和堂制药有限公司更名为'广东沙溪制药有限公司'，成为传播沙溪凉茶百年品牌文化的新平台、新窗口。开馆以来，吸引了一批又一批国内外游客前来参观。不少国际友人认为：沙溪凉茶历史悠久，很有文化内涵，承传和创新是发展沙溪凉茶的两大重任，希望沙溪凉茶再接再厉，品牌之路越走越宽！"

"真是太好啦！这样沙溪凉茶就真正能够被国内外朋友所熟知，就能够在世界各地传播开去，真正达到蜚声中外。"我由衷感叹。

"为了方便游客购买沙溪凉茶，我们于去年 4 月向中山市食品药品监督管理局申领了食品药品经营许可证，游客可以现场下单购买。而且我们对所有游客提供赠饮，让沙溪凉茶成为他们旅途的'开心茶'！"郑泳源继续说。

"好贴心好细致的服务！你们如此用心地经营，沙溪凉茶定会以百年老字号的风采，筑梦新时代，再铸新辉煌。"我感叹道。

斗转星移，流年似水。这个夏日的午后，我的心被沙溪凉茶的过去、现在和未来，被几代沙溪凉茶人的倾心付出，盛得满满的。

放下笔，我起身默默向他们致以崇高敬意！

中山火炬组建股份公司并上市，建立了规范的现代企业制度。首个火炬开发区上市公司平台吸引、培养了大量资本资产运营、招商引资、投资及财务管理等方面专业人才。中山火炬与改名后的中炬高新，成了中山市在资本市场的名片。

中国高新区第一股

程明盛

1995 年 1 月 24 日，中山火炬（600872）在上交所挂牌交易，创下两个纪录：全国首家公开发行股票并上市交易的国家高新区股份公司，中山市第一家 A 股上市公司。

为什么是中山火炬？中山火炬凭什么？

萦绕在资本市场的疑问，借着资本市场的放大效应，让中山火炬赢得了更大关注度。

2001 年 2 月，中山火炬更名为中炬高新。

中炬高新身后的中山火炬高技术产业开发区，高新技术产业占据全市高新技术产业三分之一强，是中山高新技术产业的代表。

一

1988 年 8 月，国家科委实施"火炬计划"，这是一项发展中国高新技术产业的指导性计划，需要选取经济基础好、科技力量发达、高校和科研院所集中、具备科技发展潜力的地方，打造科技产业基地。

为此，国家科委考察团深入各地调研，其中包括珠海。考察团返程经过中山，中山市科委负责接待。双方聊起国家科委动态，中山市科委知道国家科委此行的考察目的，当即向主管科技的副市长古干清汇报。古干清是电子工业部到中山挂职主管科技的副市长，他知道此前电子工业部几个项目在东莞落地，顺德万宝冰箱也是电子工业部推荐的项目。古干清深知"火炬计划"项目的分量和高新技术开发区的含金量，当即向市委书记谢明仁和市长汤炳权做了汇报。三人形成共识，就是一定要争取国家级开发区项目。于是，中山方面邀请考察团去了中山港工业开发总公司。这里已经有标准厂房，提供的优惠条件也大幅优于珠海。考察团与中山市达成初步意向，就在这里创办高技术产业开发区。

1990 年 3 月 26 日，国家科委、广东省政府和中山市政府签署协议，联合创办中山火炬高技术产业开发区。连续三年，三方每年各投资 300 万元，共计 2700 万元，作为中山火炬的启动资金。

国家科委出面直接投资、组织实施的首批高技术产业开发区在全国只有四个，除了中山火炬外，还有山东威海火炬、厦门火炬、海南火炬，都以"火炬"命名，民间称为国家科委"亲生子"。

1990 年，国家、省、市三级联合组建成立中山火炬高技术产业开发区领导小组，三级联合组成了管委会。

管委会委员兼办公室主任古干清谈起"火炬计划"落户中山的原因，他说，首先是市委、市政府领导集体一致的超前认识和具体行动；其次是

中山港货运码头上的集装箱（文智诚／摄）

当时中山港出口加工区规划建设已初具规模，4 万平方米标准通用厂房已建成，一批土地已完成"三通一平"；再次是科技力量相对薄弱的中山，具备发展高新技术产业的独特条件，如毗邻港澳，有为数众多的港澳、海外乡亲，便于对外招商引资；最后中山是中国民主革命先行者孙中山先生故乡，对于争取海内外支持更为有利。

1991 年 3 月 6 日，国务院批准中山火炬高技术产业开发区为国家级高新技术产业开发区。

1993 年 1 月 30 日，张家边区、中山港区、火炬开发区实行三区合并，定名为中山港区。1995 年 1 月，中山港区改称中山火炬高技术产业开发区，初步理顺了内外关系，打破了体制樊篱，掀开了中山火炬新的一页。

1993 年 1 月 16 日，中山火炬高新技术实业股份有限公司成立，首任班子成员为董事长宫玉亭，董事总经理萧易，董事副总经理葛志斌。股份公司前身是中山高新技术总公司，原副市长宫玉亭任总经理，萧易、葛志斌任副总经理。

古干清说，1988 年他到中山后先管理电子办公室，当年中山电子工业年产值 2.56 亿元。7 年后的 1995 年，中山电子工业年产值增长到 260 多亿元，是初创时的 100 多倍，其中开发区占了四分之一多。

二

一张白纸可以描绘最新最美的图画。

伴随中山火炬而来的，是一批有志于科技创新的人才。

最近，著名科学家钱学森 1992 年 8 月 22 日写给副总理邹家华的一封信被翻出。在信中，钱学森建言"我国汽车工业应跳过用汽油柴油阶段，直接进入减少环境污染的新能源阶段"，预言了电动车时代即将到来。这封信中，钱老对中山市中标搞氢化物—镍蓄电池中试基地寄予厚望。他说："不久前广东中山市中标搞氢化物—镍蓄电池中试基地，说明我国氢化物—镍蓄电池汽车现在就可着手开发。而这种能源的小汽车一次充电的行程已远远大于铅蓄电池汽车一次充电的 100 公里，可达 250 至 300 公里，是可以进入实用的。外国也在同样阶段，并不比我们领先多少。"

此前的 1992 年 4 月 13 日，《人民日报》在头版显要位置，刊发了一条消息，标题为"氢镍电池中试基地选点招标，五城市角逐，中山市中标"。

1992 年，国家"863"计划氢镍电池项目由五个城市竞争，最终落户中山火炬。虽然只是一个中试项目，但全世界一致看好。同时这也是 863 计划首个进入中试的项目，国家科委将这个项目看成重中之重，寄予厚望。

氢镍电池项目汇集了国家 863 计划项目新能源组组长、北京工业大学教授吴锋，包钢稀土研究院院长李培良，天津大学副校长张允什。他们是国内电池研究领域三大权威人物。项目集中了全国电研究池领域主要专家攻关氢镍电池技术，组建了中山市森莱高技术有限公司，吴锋担任中试中心主任兼公司董事长、总经理。公司与专门生产电池的电子工业部 755 厂合作。中山火炬出钱，755 厂出技术，共同成立新士达公司，及时将中试成果推向产业化。

氢镍电池项目是当年科技人才投身中山火炬的一个缩影。

当年，东南大学携技术进入中山火炬，组建东大微电子公司，攻关中文数字 BB 机等。中国第一个电子女博士、东南大学校长韦钰几次深入公司指导科研。

西南兵工局某厂厂长母培德调派厂里管理和技术骨干，同中山火炬合作办起明佳光电子公司，母培德担任董事长。中国著名光学家母国光院士多次到公司指导。

北京邮电专家云集中山市泰康通信设备有限公司，攻关数字程控交换机，当时各级政府的支持力度很大。20 世纪 90 年代初，邮电系统只知道泰康，多不知道华为，可惜泰康后继技术更新乏力。

中山高新技术产业化经过曲折探索，氢镍电池、泰康通信、东大 BB 机等当时领先的项目最终未能成功。

曾任股份公司总经理、董事长，经历了股份公司一段发展历程的葛志斌说，股份公司在资本市场化运作中，在风险投资机制缺乏或不完善的背景下，对科技成果转化成商品、形成产业化这一过程的难度认识不足，在"产学研"有机结合方面走过一段弯路，一些项目最终功亏一篑，留下了深刻的教训和启迪。

三

中山火炬高新技术实业股份有限公司首任总经理萧易回顾当年选择中

山时说，1991年，国家兵器工业部升调他去北京工作，但家属安置比较麻烦。恰好国家科委打算委派干部到中山火炬，祖籍中山的他当即报名并成行。那时，中山火炬开发区刚刚成立，看到的是一片农田，接待客人的南海渔村还是竹棚搭建的。

1992年，葛志斌从中山市拖拉机厂厂长任上调任中山火炬董事副总经理，此前的1987年，他曾作为广东省首批赴日研修生到日本企业学习。1995年初，葛志斌再次赴日研修，为后来股份公司产业发展和招商引资，尤其是引进日资汽配产业创造了条件。

在邓小平视察南方谈话发表后，安徽省科委常务副主任季烽辞职来到中山火炬，牵头成立了中国科技开发院，担任中山分院院长，同时拾起了化学家的老本行，负责实体研发项目。跟随他到中山的，还有获国务院津贴的几十位专家和安徽省科委的中层干部。

当年，负责宣传联络的陈永解，每天参与接待国内几拨考察团。

祖籍广东的陈永解，原来在内地大城市生活安逸，借着一个机会，跟着广东省领导走了一遭，觉得初创的中山火炬是理想的创业宝地。当时主持开发区工作的市领导也很欢迎他。于是他一心留了下来，虽然落户时因为工资标准高而被降了一块，以后有了更好的机会也没有挪窝。

时过境迁，如今这些老火炬人已经退休，安乐祥和地过着自己的日子，偶尔相聚，谈起往事，对于当年的付出无怨无悔。

陈永解描述了当年创业时的"火炬激情"，季烽、吴锋等专家带着项目南下，高新技术产业园里气氛热火朝天，大家都有一股劲。初创那几年，过的是集体生活，大家分别住在集体宿舍和20多栋小别墅里。当年这里恐怕是全国硕士、博士最密集的地方，一个公司一栋别墅，几十个高学历人才挤一栋楼，晚上串门，一起聊天谈工作，一起打篮球、踢足球、比赛游泳、唱歌，很开心。他住单间宿舍，有40多平方米，带阳台与卫生间。每栋别墅请了清洁工和做饭阿姨。大家都吃食堂，有时一起出外聚餐，结下了深厚的同事情谊。所以 20 多年后，虽然天各一方，许多人相互还有联系。

四

1995 年中山火炬作为国家级高新区在上交所成功上市，是一个里程碑式事件。1998 年 8 月，国家科委纪念火炬计划实施 10 周年时，"中山火炬改制并成功上市"被评为"火炬计划实施 10 年来十大要事"，中山火炬是唯一上榜企业。

当年中山火炬为什么要组建股份公司？上市给公司带来了什么？

中山火炬 1992 年正式运作后，资金需求巨大，原来三级三年投入的 2700 万元已是杯水车薪，"三通一平"资金严重不足。

第一笔两亿元巨额资金来自工行贷款，但还不够，因为每年"三通一平"就要 6000 万—8000 万元投入。贷款行工行建议公司改制上市，向资本市场寻找发展空间，以高新技术成果回报投资者。

于是，中山火炬改制上市提上议事日程。1992 年初，中山火炬开发区被国家体改委、国家科委确定为全国四家"体制综合改革试验区"之一，中山火炬作为当时罕见的高新科技题材，得到省政府有关部门批复，中国证监会很快同意中山火炬作为推行股份制的试点。

改革首先剥离了中山高新技术产业开发总公司原来代为行使的行政职能，成立了中山火炬高新技术产业（集团）公司，9 家银行等单位作为发起人，共同改组原中山高新技术产业开发总公司，以定向募集方式设立股份有限公司，首期发行股份总量 3.3 亿股，募集资金 3.3 亿元。

一夜之间，中山火炬成为当时中山最有钱的公司。点钞时，点钞机都烧坏了几台。

中山火炬发起股东会议（缪晓剑／摄）

1992 年 8 月 10 日深圳发售新股抽签表引发哄抢事件，引起中国社会广泛争论，企业股份制改革上市工作一度暂停。

1993 年全国人代会期间传出喜讯，高层认为，高新区是新生事物，应该支持中山火炬上市。随后，广东省体改委把中山火炬排到待上市企业前列。

当年，在中山先后召开了全国银行系统和中国证监会、教育部高校系统支持高新产业发展的会议，中山火炬就此纳入国家科委首家上市公司计划，成为高新产业第一个概念股。

1994 年 6 月，公司经中国证监会批准，发行社会公众股 2800 万股，募集资金 2.24 亿元。1998 年，公司首次实施配股，募集资金 2.74 亿元。公司两次共募资 4.98 亿元，并承担了约 5 亿元的火炬计划贷款，主要用于 5.32 平方公里的火炬高技术核心区域的基础设施建设及配套，招引了包括佳能、住友、三井化学、东丽、日信、伟福、武藏精密等一批日资企业。并与国内各大企、院、所合作成立了数十家高新技术企业，为火炬开发区奠定了坚实的发展基础。

中山火炬组建股份公司并上市，建立了规范的现代企业制度。首个火炬开发区上市公司平台吸引、培养了大量资本资产运营、招商引资、投资及财务管理等方面专业人才。

中山火炬与改名后的中炬高新，成了中山市在资本市场的名片。

五

国家领导人前往视察和鼓励，各级政府高度重视和支持，股份公司历任经营班子以开拓精神勇于实践，让中炬高新在探索中前进。

股份公司调整发展思路，围绕高新技术产业投资、园区开发招商、园区资产资本经营，走出了一条高新技术产业发展之路。

火炬人认为，公司改制上市，用机制的创新和探索，打破国企的僵化机制，不拘一格灵活用人，通过资本运作、充分放权，改造传统企业，创建具有市场竞争力的充满活力的企业，做了成功的实践。

1999 年中山火炬收购中山市美味鲜食品厂时，后者还只是一家品牌认知度不够的普通调味品企业。公司通过巨额资本投入，将原来老旧的市属企业改造扩大，使其成长为全国调味品行业第二强。

公司通过资本市场运作，建立了格兰特镀膜玻璃有限公司，实际上是在石岐玻璃厂的技术基础上，全新创建的新型建材企业。它通过引进国际先进的技术设备，在国内新兴的镀膜玻璃市场上名声大噪。

中炬精工从原来拖拉机厂的一个车间，改造发展成先进的汽车配件企业，利用资本市场得以发展扩大，发展成先进的汽车零部件企业，产品营销中外。

"中山火炬"创业初期，肩负着中山火炬开发区园区开发、市政基础设施投资建设等政府职能，在后续运营实践中，成功开发了中炬高新产业园、中炬汽配产业园、中国绿色健康食品产业基地等园区。

而今，中山火炬区同时拥有国家健康科技产业基地、中国包装印刷基地、中国电子中山基地、国家火炬计划装备制造中山（临海）基地等九大国家级产业基地，已形成健康医药、智能装备、电子信息、新能源、汽车配件、新材料、节能环保等产业集群。

其中，中炬汽配产业园圆了中山人造车梦，这个造车梦由来已久。

从 20 世纪 80 年代开始，中山人就希望在这块土地上造出属于自己的汽车。

当时，市委市政府已在拖拉机厂设立中山汽车制造厂筹建办公室，拟与日本铃木公司合作引进零部件组装生产汽车。

1997 年，张家边企业集团与湖南万发汽车厂合作生产组装万发牌汽车，一批"万发中巴"行走于中山城乡，成为中山道路一景。

20 世纪 90 年代末，丰田、本田、日产三大日本汽车整车厂五个项目投资广州，崛起一个日系汽车产业集群。

中山火炬区依托中炬高新对园区基础设施的投入和完善的配套，瞄准广州日资汽配产业定向招商，火炬区发展成为广东省第一个、全国第16个"中国汽车零部件制造基地"，以另一种方式圆了中山人的造车梦。

目前，火炬开发区汽车零部件企业已形成高水平的产业集聚，影响力与日俱增，能够起到引领汽车工业发展的示范效应。2018 年，汽配产业基地规模以上企业达到 51 家，已建立研发机构的有 32 家。

从 1995 年中山火炬上市，到 1997 年中山公用借壳佛山兴华上市，中山经历了两年 A 股上市空白期。又是一个 7 年，直到 2004 年，中山才有了第三家 A 股上市公司中山华帝。

据中山市金融局介绍，2019 年上半年，中山市明阳智能、日丰股份先后在 A 股上市，两家公司 IPO 募集资金共 17.64 亿元。此外，中山有两家上市公司发行公司债券募集资金 12 亿元。截至 2019 年上半年，中山上市公司直接融资额累计已达 787.3 亿元。截至 2019 年 6 月 30 日，中山境内外上市公司共 34 家，新三板挂牌企业 60 家，另外有 257 家企业在区域股权交易中心挂牌。2019 年上半年，中山对企业上市、新三板挂牌、资本市场再融资等给予扶持补助，安排企业上市扶持资金约 2000 万元。自扶持企业上市政策实施至今，中山市已累计发放企业上市扶持资金约 3.7 亿元，有效调动了企业积极性，加快了中山企业发展、利用资本市场的步伐。

2001 年 12 月，70 岁的郑守仪当选中国科学院院士。这是国务院、国家科委、中国科学院对郑守仪 45 年深钻苦研我国有孔虫取得的研究成果的肯定和认可。2004 年 7 月，她又荣获"2003 年度库什曼有孔虫研究杰出人才奖"，这是有孔虫研究领域的国际最高奖。

逐梦深海

田际洲

1951 年下半年，20 岁的郑守仪在菲律宾商业专科学校毕业，取得了"商科教育"和"教育生物学"双学士学位，并留校任英文速记教师。按当地学校的传统，新教师第一次登上讲台，要做自我介绍，郑守仪也不例外。她向同学们介绍说："我是一个纯粹的中国人！"当她上完第一节课，校长便把她叫到办公室："十分抱歉，当局有规定，外国人是不能在公立学校任教的。"

"自己就是中国人，以后还要做一个顶天立地的中国人！"郑守仪的本籍是广东省中山县三乡墟（现中山市三乡镇），她并不认为自己说错了，于是一边求学，一边寻找回国的机会。

"献身科学，科学报国！"性格坚强、刚毅的郑守仪想上大学，可家中拮据，出不起学费，她只好半工半读，到东方大学深造，主修生物学。她天资聪慧，敏而好学。经过三年的刻苦攻读，郑守仪在东方大学顺利毕业，获得学士学位，还被免试录取为菲律宾大学生物系研究生。在菲律宾大学生物系的实验室里，她在显微镜下看到有孔虫美丽的姿态，马上就喜欢上了。

"学位可贵，祖国的兴旺更宝贵！"在菲律宾大学生物系求学的时间里，郑守仪仍一边努力学习，一边打探回国的渠道。她还做出一个惊人的决定："只要祖国需要，可以随时放弃攻读菲律宾大学生物系硕士学位。"

1955 年春天，在华侨中学读书的弟弟郑绍隆结识了该校一位教师。这位教师在秋天回国，还给他写了信，弟弟把这一消息告诉了姐姐。郑守仪向弟弟要了这位老师的通信地址，悄悄给他写了一封信。收到郑守仪的信后，这位老师很快给她写了回信，并告诉她："祖国正着手大搞建设，迫切需要建设人才，欢迎海外学子回来。"

"祖国需要我回去投身建设事业，我有什么理由不回呢？时不我待，回祖国去，为祖国做贡献。"正苦于回国无路的郑守仪开始打听回国路线，准备回国投身祖国的建设事业。

1956 年春天，郑守仪办了出境签证。在办理入境签证时，郑守仪向中华人民共和国驻菲律宾代表处的同志打听回国路线，代表处的同志十分热情，向她仔细介绍了回国路线。当问到回国后与哪个部门接洽时，代表处的同志根据她的专长，建议她找中国科学院，并告诉她中国科学院在北京的地址和电话。

6 月上旬，她一声不响地买了一张飞往香港的机票。回国的准备皆已做好，这时郑守仪却开始忐忑不安。"要不要把自己回国的事提前向父母讲呢？不讲，父母辛辛苦苦把自己拉扯大，省吃俭用，靠打工挣钱送自己上了大学，如果连招呼也不打就走了，父母会怎么想？讲了，要是父母反对又怎么办？"

郑守仪是家里唯一的女孩，排行老四，父母格外疼爱她。她不娇气，特别有志气。中学毕业时，她看到一些菲律宾华侨同学在纪念册上彼此赠言，互相勉励："为祖国服务，不怕牺牲！"她的内心也萌发了报效祖国的想法。

1956 年 6 月 30 日早晨，心事重重的郑守仪忍着离别亲人的苦痛，提着简单的行装匆匆走出家门，打了一辆出租车直奔马尼拉机场。

波音客机从马尼拉机场腾空而起。透过机窗，郑守仪俯瞰马尼拉，禁不住心潮起伏。"爸爸、妈妈，请原谅女儿的不辞而别。"郑守仪说完，泪水夺眶而出。

这天中午，飞机在香港启德机场降落。下飞机后，郑守仪逛了一下午中英街，后在九龙一家不大的旅店住下。

第二天上午，郑守仪从香港九龙乘车经罗湖到达广州。在广州车站，郑守仪看到车站顶上高高飘扬的五星红旗和一幅巨大的"把青春献给祖国"的宣传画，坚强的她再也抑制不住内心的激动，滚烫的泪水扑簌簌淌了出来。"这是我郑守仪多年的心愿，今天终于实现了。祖国，你的女儿回来了！"

1956 年 7 月 1 日上午，在《没有共产党就没有新中国》的歌声中，郑守仪登上一列开往武昌的火车。当时京广铁路还在建设中，第二年才通车。郑守仪这次要从武昌转乘火车抵京。

这一天，刚好是中国共产党 35 周年纪念日。火车的广播报完站点，播放歌曲《没有共产党就没有新中国》和《社会主义好》。郑守仪跟着广播里学唱，还没到北京，她就会唱了。沿途的田野，农民开始搞夏收，到处是一派欣欣向荣的景象。离北京越来越近了，郑守仪的心情格外激动。

1956 年 7 月中旬，几经辗转的郑守仪在前门站（后称北京站）下了车。她没有停留，马上乘公车赶往西城区三里河的中国科学院。经过天安门广场时，郑守仪在车上看到了雄伟的天安门和天安门城楼上毛主席的画像。

找到中国科学院后，中国科学院的同志热情接待郑守仪，并根据她所学的专业，安排她到青岛海洋生物研究室（中国科学院海洋研究所前身）工作，专门从事浮游生物研究。报到这天，童第周主任告诉她："你的主攻方向是中国海的现代有孔虫，因为古代的有孔虫少数领导做过研究，但是现代有孔虫还没人研究过，所以你就研究现代有孔虫吧！"

"能为祖国工作，是难得的享受！"到青岛后，级别是最低的研究实习员，郑守仪不管级别高低，马上投入现代有孔虫研究工作。她衣着朴素，剪着齐耳短发，工作仔细认真。研究室的领导、同事，都亲切地叫她小郑。

2009 年 12 月 5 日上午，中山三乡有孔虫雕塑园开幕暨广东省科普教育基地揭牌仪式在三乡镇小琅环公园隆重举行。图为中科院院士郑守仪（右）等嘉宾在参观有孔虫博物馆展览厅

工作落实之后，郑守仪给远在海外的父母写了报平安的家书和一张照片。两个月后，郑守仪收到了父亲的回信："投奔祖国是对的，希望你专心从事研究工作，将来一定有所成就，我们是快慰的。"满纸的勉励与期望，未见一字责备，她悬着的心落下了，并为远在海外深深爱着祖国的父母兄弟感到高兴和骄傲。

工作之初，海洋生物研究室设备简陋、物资短缺，就连找一块合适做有孔虫模型的石头都极为困难。在这样艰难的条件下，郑守仪开始了对现代有孔虫的研究工作。有孔虫是一带硬壳的单细胞动物，绝大多数在海洋中生活。它们个体很小，有的比针尖还小，甚至要借助显微镜才能观察到。有孔虫对海洋环境，如海水深度、温度和盐度的反应比较敏感。通过它们，我们不仅可以研究海洋生态学，而且可以推断古沉积环境，鉴定地层年代。研究它们，对于判明石油地质情况特别有价值。

"外国有的，我们一定要有。"现代有孔虫研究，在一些发达国家已有半个世纪的历史，而在我国还是空白。为了尽快赶上去，小郑早出晚归，连节假日都在实验室里度过。郑守仪请海外的亲友寄来大量外文图书资料，利用节假日翻译出来。她和研究室的同事还自己动手，允查阅大量外国文献资料，并翻译、整理、分析，逐步掌握了研究的规律和方法。还与同事一起，建起了实验室，配置了实验设备，研究有孔虫的工作渐渐走上正轨。

有孔虫研究工作艰苦、繁琐，要先将从海底挖取的泥块烘干、称重、冲洗，然后再烘干、加药物浓缩，而后放到显微镜下对有孔虫进行分析、分类、计数，还要通过磨片和解剖等方法，观察其内部结构。完成这一道道工序之后，再做文学介绍。当时没有相机，郑守仪就用手绘制各种有孔虫的形态图。

1958年9月，在国家科委海洋组的规划和领导下，由我国60多个单位协作，在渤海、黄海、东海、南海进行了一次全国性的海洋普查。郑守仪积极投身这一普查工作，并担负起搞清我国各海区域有孔虫的分类区系、生态分布等艰巨任务。在这次全国海洋调查的一年零四个月里，她的足迹踏遍了祖国的万里海疆。

20 世纪 60 年代初，郑守仪与郑执中教授合作，全面系统地完成了中国海现代浮游有孔虫分类与生态研究，填补了国内空白。从生物海洋学角度，她首次用浮游有孔虫种类及其数量分布规律确定海流水团分布范围，提出黄海冷水、黄海暖流、台湾暖流和黑潮主干在黄海东海的分布趋向示意图。她还明确提出黄海、东海及邻近水域浮游有孔虫生物的地理区划，指出南海北部浮游有孔虫的分布反映出南海暖流及其进入北部湾分支的途径。

到了 70 年代，郑守仪重点进行底栖有孔虫研究。她突破主要凭借外部形态来鉴定种类的传统方法，采用观察虫体内部形态结构的高起点方法，使我国现代有孔虫研究跻身世界先列。自 20 世纪 70 年代后期开始，郑守仪进行底栖有孔虫研究，已描记 1500 多种，约占世界已知现代种类的四分之一。在定量分析的基础上，她系统总结了中国海有孔虫区系和生态特征，作为环境参数，为海洋生态学、生物地层学等研究提供了重要参考资料。

为了清晰地描画有孔虫的内部构造，她想了个办法将加拿大树胶晶体与石蜡混合加热后灌进有孔虫空壳，再用稀盐酸溶解碳酸钙壳，这样就可以看到有孔虫空腔的立体形态。郑守仪和助手傅钊先将普通的钢锯条截成十厘米长短，再打磨尖锐，制成简单的雕刻工具。从未学过雕刻的郑守仪就是用它们制成了一个个精致的有孔虫模型。

在接下来数年时间里，郑守仪日复一日，年复一年，孜孜不倦地投身于现代有孔虫的研究工作，在我国海洋科学发展的道路上默默探索、钻研。她早出晚归地在实验室里忙碌着，烘干海底的泥块，坐在显微镜前观察，

第 16 届亚洲运动会火炬接力（中山站）传递在中山开展，郑守仪在兴中道上传递火炬（夏升权／摄）

伏案撰写资料，绘制精细的生物图，完全达到了如痴如醉的程度，工作从未有过间断，节假日也不例外，甚至连个人的婚事都无暇顾及。

"文化大革命"前，郑守仪独自完成了 500 多种底栖有孔虫的分类研究，绘制了 2300 多幅有孔虫形态图，完成了我国第一套研究底栖有孔虫的基础资料，为我国底栖有孔虫研究打下了坚实的基础。

打倒"四人帮"后，全国科技大会胜利召开，中国迎来了科学发展的春天。"文化大革命"中扣在郑守仪头上的"特务"帽子摘掉后，她重新回到中国科学院海洋研究所工作。"时间就是成果！"48 岁的郑守仪又起早贪黑，争分夺秒地工作，决心把在十年动乱中失去的光阴夺回来。她采集的有孔虫北起渤海，南至南海诸岛，从潮间带到几千米深的上千个检测站，其数量之多在国内是第一家。

25 岁回到祖国，她兢兢业业地从事现代有孔虫研究 20 多年，从研究实习员做起，经过助理研究员、副研究员，最后晋升到研究员，她是一步一步干出来的。她的研究成果得到中国科学院的肯定和认可，并开始进入世界先进行列，论文和专著在国内外产生了极大反响。

功夫不负有心人，各种头衔也接踵而至，山东省政协副主席，青岛市副市长，青岛市人大常委会副主任，全国政协常委，致公党副主席，山东省侨联副主席，先后荣获全国劳动模范、全国"三八"红旗手、全国归侨先进个人、中科院"科普工作先进个人"、"齐鲁女杰"等殊荣。

2001 年 12 月，70 岁的郑守仪当选为中国科学院院士。这是国务院、国家科委、中国科学院对郑守仪 45 年深钻苦研我国有孔虫取得的研究成果的肯定和认可。2004 年 7 月，她又荣获"2003 年度库什曼有孔虫研究杰出人才奖"，这是有孔虫研究领域的国际最高奖。

为了使微小的有孔虫成为人们看得见摸得着的科研、科普教具，郑守仪开创了具有专利权的有孔虫属种宏观模型的制作项目，并相继完成了《东海的胶结和瓷质有孔虫》《中国动物志：胶结有孔虫卷》两部著作。

在《东海的胶结和瓷质有孔虫》中，她对大量种类进行了难度较大的磨片观察研究，从而突破了过去主要凭外部形态结构鉴别种类的传统方法，研究水平超过了国内同行，在国际上亦不多见。《中国动物志·胶结有孔虫》，全书 100 多万字，配有她手绘的 122 个图版、100 幅插图。

从青丝黑发干到两鬓如霜，海洋研究所的工作人员早就叫她郑老了。在这 40 多年中，郑守仪共发表和完成了 250 多万字的论文和专著，亲自完成中国海 700 多个检测站的有孔虫定量计数，亲自绘制了有孔虫形态图 8000 余幅，记述中国海现代有孔虫 1500 会种。还发现一个新科、一个新亚科、24 个新属和 290 个新种——其中一个新物种用她的名字命名。她曾亲手制作有孔虫模型，赠送给了多个学校。

在定量研究的基础上，郑守仪总结了我国海区现代有孔虫主要种类的生态特征及区系群组分布规律。这些研究成果，不仅促进了我国海洋原生动物学、生物海洋学、地质古生物学、生物地层学的研究，也为世界现代有孔虫研究增添了新资料，更重要的是为我国石油勘探和开发，提供了基

位于中山三乡小琅环公园的有孔虫雕塑园

础参考资料。

2005 年 9 月，中国科学院海洋研究所与广东省中山市三乡镇镇政府共建世界上第一座有孔虫雕塑园。当中的 114 座有孔虫放大型石雕，就是根据郑守仪捐赠的有孔虫放大型模型，用大理石、花岗石和砂岩雕塑而成。这些有孔虫是郑守仪从古生代到现代不同种类的有孔虫里精选出来的。巨大的雕塑群形态各异，线条流畅，体现着与大自然的和谐统一，是小琅环公园里最壮丽的风景。

"我是中山人，中山是我的家乡。"满怀对家乡的深厚情谊，郑守仪无偿支持家乡建设有孔虫雕塑园和有孔虫博物馆，推广海洋科普知识，并组织发起成立"三乡镇郑守仪青少年科技发展基金会"，引导家乡的青少年传承爱国情怀和科学精神。

从 2006 年起，郑守仪四次回到家乡。第一次回三乡，她到桂山中学给家乡的学子做了"献身科学，奉献祖国"的报告会。此后两次回三乡，她给桂山中学的学子讲"'海里的小巨人'——有孔虫"，把科学的种子播撒在家乡，把家乡的学子带进科学的殿堂。2018 年 11 月，87 岁的郑守仪第四次回家乡，参观了位于小琅环公园的地有孔虫博物馆和雕塑群后，到桂山中学、三鑫双语学校、载德小学讲课，鼓励家乡学子热爱祖国，热爱科学，热爱家乡。

无论是"追求卓越，做最好的自己"的办学理念，还是"立志、立诚、立品、正学"的校训，无论是中山一中过去在特色办学中做出的努力，还是今天取得的各项荣誉，这些无疑都是一中人对"办人民满意的教育"的最好诠释。

那一方圣土

黄祖悦

背靠金字山，遥对岐江河。它，从诞生之日起就在石岐铁城妈妈的心坎上，孙文中路幽静的林荫掩映中……幼年时，它有一个乳名，叫铁城义学；后来，它长大了，有了个学名，叫丰山书院。此后，它数次更名。直至1985年，它由"石岐一中"更名为"中山市第一中学"，肩负起新时代的神圣使命。它需要更广阔的视野，更纵深的发展空间。带着深厚的文化积淀，带着对美好未来的憧憬，它欣然迁徙到金字山脚下，把浓浓的书香带到了金字山脚下。

不负父老乡亲的厚爱，它频频用捷报回报中山人民：大学上线率100%；本科上线率98%以上；2019年优投线上线率75.2%；2016年之后，

2018 年 7 月 12 日，中山第一中学航拍图（中山影像 © 一飞工作室／摄）

连续四年上重点线的学生人数突破千人六关，且逐年增长；2008 年到 2019 年，一大批学子被清华大学、北京大学、香港大学等顶尖学校录取，文理科状元 14 名；学科竞赛共获得省赛区一等奖 200 多人次，二、三等奖 300 多人次；科技体育艺术喜报频传，多次代表中山市参加广东省比赛，成绩优异。

与之相应，它被评为全国中小学心理健康教育特色学校、清华大学生源学校、广东省教育研究院基础教育研究实验基地学校、广东省青少年科技教育特色学校……

这所百年名校在厚重的文化土壤上结出了累累硕果。

走在中山市一中的校园里，能清晰地感受到一中不事张扬中铮铮的风骨，勇于创新中笃定的理性，彬彬儒雅中鲜明的个性，也能感受到这所百年名校绽放出新的活力和芬芳。

无论是"追求卓越，做最好的自己"的办学理念，还是"立志、立诚、立品、正学"的校训，无论是中山一中过去在特色办学中做出的努力，还是今天取得的各项荣誉，这些无疑都是一中人对"办人民满意的教育"的最好诠释。

续写钟楼的故事

"请老校长郭修仁鸣钟。"

"当——当——当——"随着钟声响起，老校友和退休老教师热泪盈眶。

被邀请的老校友代表、退休老教师和7800多名在校师生，聚在中山市一中钟楼前，听着熟悉的钟声，敲响18下。莘莘学子，白发恩师，再度聚首，百感交集。

多么熟悉的声音！几十年前，我们就是在这钟声的催促下，跑步进课堂，老师的谆谆教导又回响在耳边。几十年弹指一挥间，我们都已两鬓斑白。熟悉的钟声，伴随我们度过在一中的青春时光，那也是人生最美好的回忆。我们在钟声中成长，在钟声中放飞希望。捧着高校的录取通知书，听着离别的钟声，我们怎么不泪湿衣裳。"不要给一中丢脸！"老师的殷殷嘱托，成为人生不变的方向。岁月的长河，记载了对母校多少的想望。

如今，离别多年的游子又回到母亲的怀抱。我们可以问心无愧地说：一中，我们没有让你失望！走遍南北西东，我们没有忘记自己是一中人，没有辜负母校的培育，没有忘记临别的誓言。

"下面，请全体人员，共同宣誓，由2017届高三班主任领誓。"

8000多人举起右手，庄严宣誓：

立为一中人，当大志正心，爱国爱民；

立为一中人，当至诚立身，求真求实；

立为一中人，当敦品敏行，惟善惟勤；

立为一中人，当正学明道，慎独慎思；

学百科之理，融人文自然，修和雅之性，循知行合一；

吾辈同心，追求卓越，做最好的自己！

铮铮誓言，铿锵有力，掷地有声，如扬鞭催马，催人奋进；如声声号角，青春的热血再度奔涌。

这是2017年12月27日上午十点半，中山市一中钟楼前，感人的一幕。

这一天，是中山市一中109年校庆。40分钟仪式结束，老校友、退休教师移步校史馆。虽然不是第一次前来，他们依然留连忘返。

中山一中校史馆，500多平方米，按历史的印记，分成五个主题。校史馆展出的毕业证、荣誉证、活动留影……那不是刻板的历史，而是一幅幅生活的画面。为新中国成立作出突出贡献的英雄模范杨殷，曾任中国青年同盟中山县支部书记的孙康，广东省攻协办公厅秘书处副处长、中共暨南大学党委委员黄健，中山县首任团委书记刘广生，中国现代著名心理学家阮镜清，中华留日学生总会第一任会长蔡福就……从这里走出来的历史文化名人，他们的音容笑貌亲切可见。一部中山市一中文化史，折射着中山的百年历史。老校友、退休教师走进这片承载着一中人梦想的天地，去回味一中的历史，去寻找自己当年的足迹。从百年前的铁城义学，到丰山书院，再到香山县一中学堂、中山县一中学堂，再到今天的中山市第一中学，一页一页的历史，一层一层的文化积淀。历史已被尘封，丰厚的文化土壤，丰富的精神养分，却依然滋养一代又一代一中人的心灵。

走到触摸屏前，随着讲解老师的指引，老校友们找到旧照片，找到当年的座位，找到自己当年的身影，又一次流下幸福的泪水。看，当年的我，多么年轻，样子多么傻，却是多么亲切！几十年前的校园生活历历在目，冲开记忆的闸门，好像再一次回到青葱岁月。

王锡文校长看着新老校友和退休老校长老教师们感动的样子，会心地笑了。校史馆、钟楼，他终于帮助新、老一中人，找到了共同的根。

还记得 2008 年 12 月 27 日，正值中山市一中的百年校庆，中山市一中举行大规模的庆祝活动。很多老校友和退休的老领导、老教师应邀前来。随着路线指引，大家纷纷到体育馆签到。随后，意外的情况出现了。老校友们签到后，没有作过多的停留，而是三五相邀，离开了现场。原来，他们去了孙文中路的老一中的钟楼前，合影留念，那里才有老校友、老教师的共同回忆。1998 年，一中迁到金字山脚下。这些老一中人，在新校找不到那种亲切感。

一定要留住老一中人的心！带着这个愿景，王锡文找到对校史研究同样感兴趣的贾学斌主任，让他组建一个班子，专门研究一中的校史。

贾学斌主任带领一群人，开始了一中校史的探索。他们发现，早在康熙三十一年，即 1692 年，就有了铁城义学，这才是一中的史祖。这样算起，它已经有三百多年的历史了。铁城义学的特殊之处还在于，它是香山地区第一所由政府筹办的官学。

1748 年，清乾隆十三年，知县暴煜将铁城义学增修，改名丰山书院。1786 年，丰山书院改为丰山官立高等小学堂。1908 年，丰山官立小学堂改为丰山官立中学堂，成为香山县第一所中学。

在中山的文化教育和历史发展中，中山一中起着不可忽视的作用。清乾隆年间，中山九大书院，以丰山书院规模最大，藏书最多，影响也最广泛。"立志、立诚、立品、正学"的校训，为中山一中积累了深厚的文化底蕴。从这里走出的很多名人，都在书院教过书。

1921 年到 1949 年，一中成为中共地下党活动的基地，中共中山县第一任支部书记、第一任县委书记，都是从这里走出来的。1945 年以后，这里的学生站在革命第一线，中山县立中学成为民族民主运动的中心。

1949 年后，中山一中作为广东省六十所重要中学之一，涌现了很多突出人物。如教育教学的"五大王""四大王"，还有改革开放之后，中山地区的第一个学生共产党员张咏苹。

王锡文校长首先恢复了丰山书院"立志、立诚、立品、正学"的校训，作为一中的校训。接着，他决定建立一个能承载一中历史和梦想的高规格校史馆。王校长带人到全国各地考察，博采众家之长，希望建设一个便于参观，而且能永久留存的校史馆。

2013 年 12 月 27 日，中山市一中 105 周年校庆，主题定为"105 嘉年华——欢迎老校友回家！"中山市一中的校史馆正式开馆。这一次，回校的老校友达 5000 多人！年近百岁高龄的老校长何蔚高也坐着轮椅回来了。王锡文校长深感欣慰，他明白，校史馆，就是一中文化的一大原点。

找到了文化原点，那么，如何让新、老一中人有共同的话题呢？

一中老校友为什么这样钟爱钟楼？王校长想起，一中新初中部是由老校友设计建造的，那里有个钟楼的仿制品。于是，王校长策划了一个新的活动：传承钟楼文化，讲好钟楼故事。

钟楼，曾经为纪念南朗籍爱国商人程藻辉捐资兴建女子学校而命名为"程藻辉纪念亭"。有一段时间，一中初三、高三的毕业班都在钟楼上课。钟楼的钟声，伴随了多少师生共同奋进的岁月。钟楼，就是一中文化物化的载体。

讲好钟楼的故事，要让新、老一中人，都能记住钟楼的故事，钟楼的故事还要续写！

2017 年校庆前，学校首先向全校征集"中山市一中誓言"。高二两名

中山市一中初中部教学楼，正中央为程藻辉纪念亭

学生的作品得到校方的认可，经过老师的加工、润色，成为全体一中人对社会的承诺。

2018年12月27日，激动人心的时刻到了。

早上8点半，100多岁的何蔚高校长坐着轮椅，由儿子推着来到现场。这位轮椅上的百岁老人，可是中山市一中最老的功臣啊。何蔚高校长虽然已神志不清，但他至今依然惦记着他的中山市一中！每个人的心里都充满了无限的敬仰，无以言说的感动。

这一次校庆规模之盛大，超出所有人的想象。16000多人齐集钟楼前，一起聆听钟楼的钟声，朗诵《一中誓言》，高唱一中校歌。

16000多新老一中人，用这样一种特殊的方式，一起续写了百年校史上每个人和钟楼感人的故事。

钟楼的故事，还在延续。从此，中山市一中的校庆、开学礼、毕业礼、初中成长礼、高中成人礼等庆典活动，都安排在钟楼前举行。每次庆典，除了升国旗、唱国歌，师生还齐诵"一中誓言"，唱一中校歌。成长礼、成人礼上，大家齐唱《我和我的祖国》。这些丰富多彩、主题鲜明的活动，让钟楼的故事越来越丰富，也给钟楼赋予了越来越多的内涵。钟楼承载着一中的历史文化，也传承着一中的大爱。

书香伴我成长路

"我们科组的研究点是切片式评课。所谓'切片'，就是把课堂几十分钟分成若干环节，一个环节一个环节地进行……"听着中山市一中老师的微讲座，在座专家流露出欣赏的眼神。

"中山市一中的这堂微讲座，短小精悍，重点突出，抓住了问题的本质。研究的问题点，有效解决了老师们教学中开头难的问题。从他们的研究过程看，有理有据，理论与实际相结合，能将导入新课这个环节落到实处，可见研究者不仅有新的思想，有新的理念，也有对学生较全面的把握。由此可见中山市一中老师功底深厚，悟性强。用短短的15分钟，给我们展示的是一个全面且成功的研究！"

听着专家的点评，主讲老师脸上洋溢着成功的喜悦。她偷偷看了一眼科组长，又偷偷看了看级组长，他们都露出满意的微笑。她玥白，自己的成功，归功于科组和级组的多次点拨，归功于备课组全体成员的共同研究、再三打磨。

这是2019年上半年的一个星期五，中山市一中专题"教育教学研讨会"的一个片断。

王锡文校长对此十分欣慰。他坚信，中山市一中的教育教学工作，正在迈上一个新台阶！

果然，不久后的高考，学校又一次向全市人民交上了满意的答卷！

好成绩的取得，不是偶然的。

刚到一中，王锡文一直是专职的德育副校长。从 2006 年开始，他主动担任高三任课老师。2007 年，开始主管学校的教学工作。他一直思考，一所学校最重要的是什么。无形的是文化，有形的是老师。只有教师发展了，才有学生的发展。一个老师最重要的又是什么呢？专业第一。只有专业，与老师的发展息息相关。王锡文觉得，抓学校管理，就要营造良好的学术氛围，点燃老师的激情！

在他的带领下，学校开始采用行政管理和学术引领互相促进的方法，并在年级召开教师会，由级组安排老师主讲。这种老师间的微讲座，成为他们开启学术研讨的最好平台。

读书，工作，总结，这是学术工作的起步。有了以上的铺垫，引导老师正式开展课题研究就水到渠成了。

王锡文引导老师把教育教学中的小问题当成研究点，每年开展校本课题研究，以学科为单位。为了有效地带动老师，2016 年，王校长采用"让一部分人先强起来"的策略，开设"作业教师工作坊"。

2016 年 9 月，学校开设"丰山学部"，从高中三个年级中各抽出四个班，放在同一栋教学楼。丰山学部，不仅仅注重学科的学习，还要参加读书、发明创造、竞赛等多样活动，接受提高教育。丰山学部的老师，除了要有热情，有爱心，有敬业精神，更要有研究的潜能。"作业教师工作坊"的老师多数担任了学部的教学工作。几年试验下来，取得很大成功，连续三年的高考理科状元都是从这个学部出来的。

浓浓的学术氛围，离不开浓浓的书香。

中山市一中大力倡导读书，只要你爱读书，处处都有书读。什么是书香校园，那是到处都有书读、真的要读书的地方。

"书就是用来读的！"这是王锡文最朴素的理念。图书馆，是读书的原点，是滋养文化的地方。中山市一中，要成为文化圣地，要继承丰山书院的传统，把图书馆丰富起来。

中山市一中有大规模的开放性图书馆，馆里一边是藏书，一边是阅览室，学生可以在里面读书、做作业。为了进一步方便学生读书，学校又在校园建起了读书角。

中山市一中图书馆的书有两个来源，一是学校买书，一是学生荐书。让人欣慰的是，一中学生自荐的图书，没有老师担心的缺乏文化含量的"地摊"货，全是可读性强、有内涵的书籍。一中的学生不仅爱读书，还会有选择性地读书！

学以致用　受益终身

"不给一中丢脸"，与其说是现任校友会会长李毅然最朴素的心愿，不如说代表了所有校友共同的心声。

说起一中的学习生活，70岁的李毅然依然充满深情。他说："我们一家三代都是一中人，叔叔、我、儿子，我们都不忘一中的恩。我一直记得老师说的话：不要给一中丢脸，不要做一中的败家仔！"

1962年，李毅然以优异的成绩考上一中初中部。当时，他品学兼优，成绩突出，是老师眼中的拔尖人才。初三时，他的父亲不幸头部受了重伤，一家人全靠母亲一个人养活。为了减轻家庭负担，他决定报考中专。老校长何蔚高知道后，专程到李毅然的家中，劝说他母亲："国家需要的人才分为中等人才和高等人才。按照你儿子的成绩，他应该成为高等人才。所以，我们希望他能报考高中。"李毅然母亲一脸无奈，何校长说："你的困难我们理解，学校可以帮着想办法解决，或者推迟交费时间，或者争取助学金。或者减免学费。"后来，李毅然上了一中高中，学校每月发给 2 元的助学金。毅然把钱积攒起来，加上母亲每天在街道办缆绳厂加班加点的工资，一起凑够了他的学费。

几十年过去，70 岁的他依然不忘母校的深恩，不忘在一中度过的青春岁月。

那时的一中，不让一个学生退学。一中对每一个家庭困难的孩子都深深地关爱。李毅然身为学生会干部，平时帮着学校做很多的工作。每学期，他在各个班级统计困难学生的情况，上报给学校，由学校进行相应的资助。

那时的一中，不让一个学生掉队。老师用心教育学生，将学生分成学习小组，一对一互相帮助。

一中当时已经有图书馆，李毅然非常勤奋好学，除了完成老师布置的作业，还在图书馆阅读了大量书籍。后来，他在华南师大学习的时候，老师拿出一百多本中外名著，问这些书有谁全读过，只有他一个人举手。

李毅然最大的遗憾是，高三他本来可以被学校保送上清华大学，却因历史原因，下乡做了知青。但他一直没有放弃何校长所说的上大学成为高等人才的理想。在一中的六年，决定了李毅然一生的轨迹。他说，一中老师认真教书，秉承"有教无类"的孔子思想，除了教会学生学习科学文化知识，更注重他们思想品德的塑造，注重学生良好生活习惯的培养，要求学生穿着干净整齐。哪怕是打补丁的衣服，都要洗得干干净净，穿出精气神。一中老师也注重学生的美术、音乐和体育教育，关心学生的健康。

多年来，李毅然始终不忘自己是一中人，始终牢记老师的教导：不做一中的败家仔，不给一中丢脸。他曾经在神湾镇任书记九年，面对神湾的贫困落后，他本着"以人为本"的思想，给当地修路，引自来水，完善基础设施，脚踏实地帮神湾脱贫，让百姓过上了安稳的日子，得到人们的尊重。他曾担任文广新局的副局长，后来，又做了水利局副局长，以广博的文化知识和优秀的人格魅力交上了满意的答卷。

呵，中山市一中，对知识的渴求和碰撞，是师生之间永不干涸的情感源流。那一方圣土，有了你，就有了文化的生生不息；有了你，就有了代代相传的爱的颂歌！你驻足在哪里，哪里就是一片播种的乐土；你驻足到哪里，哪里就能收获祥和与安乐……

陈连娇的付出没有白费，她连续 7 次打破世界蹼泳纪录。昔日中山水乡那个身材瘦小、默默无闻的小女生，已然成为乘风破浪的"美人鱼"，站在了世界之巅！

七破世界纪录的"美人鱼"

吕 由

陈连娇，女，中山横栏镇三沙村人，四年七次打破世界纪录的国家级运动健将，中国蹼泳运动的代表人物。

蹼泳产生于 20 世纪 60 年代，在现代潜水运动的基础上发展起来。1986 年，国际奥委会正式承认蹼泳的全部比赛项目。蹼泳运动员佩戴鱼尾一样的蹼具竞速潜泳，犹如美人鱼在大海中穿梭，因此蹼泳被称为"美人鱼"运动。

1991 至 1993 年，陈连娇连续三年参加全国蹼泳锦标赛，三次打破和刷新自己创造的女子 50 米屏气潜泳世界纪录，并与队友共同打破女子 4×200 米和 4×100 米两项蹼泳世界纪录。1994 年第七届世界蹼泳锦标赛上，分别以 18 秒 62 和 18 秒 58 的成绩两次打破 50 米蹼泳 18 秒 87 的世界纪录，夺得世界冠军。

11 岁的短跑纪录创造者

1972 年，陈连娇出生在横栏镇一个普通的农村家庭，父母均是水乡农民。横栏位于珠江三角洲南部、西江出海口东岸，是中山 24 个镇区之一。陈连娇第一次展现优秀的运动天赋，并不是在游泳项目上。1983 年，还在横栏镇三沙小学就读的陈连娇，在镇运动会上爆冷获得 60 米女子短跑冠军，成为横栏镇女子短跑纪录的创造者。当时的体育老师慧眼识珠，马上意识到这个不起眼的小不点，可能是从事体育运动的好苗子。

在体育老师的鼓励和推荐下，同年 7 月，陈连娇进入中山体校参加集训。离开小学之前，陈连娇的父亲并不知道女儿稚嫩的肩膀，未来会撑起中国游泳运动的一片天空。朴实的他只是单纯地被老师的真诚打动，本着对学校和老师的信任，觉得这也许是女儿走出农村、改变命运的一条出路。而陈连娇的母亲，则希望女儿在自己身边安安稳稳长大，明确反对女儿到体校摸爬滚打。最终，决定权回到了 11 岁的女儿这里，懵懵懂懂的陈连娇选择了去学体育。

中山面积只占广东省的百分之一，常住人口 300 多万，却是一座体育"大市"，拥有丰富的运动基因和深厚的群众基础。中山体校是培养体育后备人才的专业学校，是名副其实的冠军摇篮。30 多年来，中山体校为国家培养输送了亚洲飞人苏炳添、乒乓球世界冠军江嘉良、举重世锦赛女子冠军邱红霞、跳水世界冠军陈艺文、全运会首位马术"四冠王"梁锐基等一大批优秀运动员。陈连娇辉煌的运动征程也是从中山体校迈出第一步。

当时的中山体校，教学、生活设施并不完善，学校饭堂也仅仅能够满足温饱，远远谈不上营养均衡。7 月的广东，酷暑难耐，教室、房间里没有空调，甚至连电风扇都是稀缺用品。初入体校，集训教练告诉陈连娇，可以在短跑与游泳中选择一个未来的主修项目。岭南水乡长大，自幼熟识水性，在体校每天热得满头大汗的陈连娇灵机一动，果断放弃了明显成绩更好的短跑，选择了更凉快、更好玩的游泳运动。"既然选择了远方，就要风雨兼程"，小女生陈连娇踌躇满志，对未来充满了信心和期待。

一个月后，陈连娇从体校逃跑。

她成了著名的"逃兵"

中山体校还有一名"逃兵"，就是苏炳添。

回顾二人的职业生涯，不难发现有很多共同点。一是同样是土生土长的中山人，都出生于农村家庭：苏炳添是古镇人，陈连娇是横栏镇人，二人的家相距不过几里地。二是同样是在村镇的田径短跑比赛上崭露头角而被老师发现，随之被推荐到中山体校。三是同样出道较晚，陈连娇11岁才开始接受正规训练，苏炳添则更晚，14岁才进入中山体校。四是身材都较为矮小，苏炳添身高1.72米，陈连娇身高1.61米。最后一个共同点——两个人都曾因训练太苦而从中山体校逃跑回家，都是经过父母、教练、队友的反复劝导才重返体校。

陈连娇跑过一次，苏炳添跑过三次，可以说这两个后来中国体育的明星选手，都是从中山体校"跑出来"的。

训练的艰辛，不言而喻。

多年以后，早已远离职业竞技运动的陈连娇，仍然不愿回忆体育路上那些痛苦与磨难。"我刚进中山体校时还是一个十来岁的小女孩，就已经开始接受高强度的基础训练。年纪小，训练一天后手脚经常磨破，浑身酸痛也没处诉苦，自己偷偷哭。运动员并不是钢铁之躯，对苦与痛的感知和平常人一样。"陈连娇说。"我特别感谢我的启蒙教练黄汉东。黄教练就像伯乐一样，发现了我的特长，鼓励我在这个项目上咬牙坚持。又像长辈一样，关心我的生活和训练，带我度过了最初那段艰苦的时光。如果没有他的培养，我绝对没有后来的成绩。他让我明白，要超越别人，首先要超越自己。要挑战人类极限，必须先要挑战自己的极限。"

六年后，17 岁的陈连娇来到省游泳队，这也是她第一次到省城广州。当时的陈连娇并没有什么像样的成绩，能够去省队训练，得益于家乡中山对体育事业的高度重视。广东是中国潜水运动的发祥地，1977 年广东组建了潜水队（后称蹼泳队），此后蹼泳运动在广东迅速发展。当时，中国蹼泳运动的功勋人物、国家游泳队教练杨春霖途经中山，市委一位老领导敏锐地看到了机遇。"我们有个小姑娘，身体素质不算突出，但是在蹼泳上潜力很大，杨指导能不能帮我们带一带，让她当一段'旁听生'？"在杨春霖教练的支持下，陈连娇进入省游泳队，跟随杨春霖的弟子、男子蹼泳运动员李金胜进行一对一的专业蹼泳训练。这也是陈连娇第一次接受正规、专业和系统的蹼泳训练。

李金胜是陈连娇步入职业蹼泳的第一个师父，陈连娇也是李金胜的第一个徒弟。每天训练期间，李金胜是严厉的教练。训练之余，又是和蔼的兄长。"教学相长"，几年后，正是因为带出了世界冠军陈连娇，才真正坚定了李金胜走上职业蹼泳教练之路的决心。那时的陈连娇远离家乡，身边既没有亲人，又不习惯城市的生活。省队的训练比在中山体校时，又是加倍严格和枯燥。身体上的酸痛，精神上的孤独，让陈连娇一次次萌生退意。两次因为身体基础指标达不到要求，险些被省队退回中山，也让陈连娇愈发陷入灰心和彷徨。教练看出了她的情绪，鼓励她，开导她，还嘱咐同宿舍的队友晚上陪她一起谈心聊天，慢慢地帮助她适应了新的生活。陈连娇下定决心，一定要练出来！不辜负家乡父老期待，不辜负教练和队友的鼓励，用优异的成绩报答国家的培养和教育。

运动员最终是靠成绩说话。没有比赛，就没有成绩。

震惊泳坛的小个子姑娘

时间在紧张的训练中飞逝。

1990年，广东省第八届运动会开始增设蹼泳比赛项目。这年8月，陈连娇参加蹼泳比赛项目，获得第四名。1991年10月，经教练推荐，她参加了全国锦标赛蹼泳女子50米屏气潜泳项目。对于初出茅庐的运动员，取得成绩并不是关键，最重要的是积累经验、开阔眼界。当时的陈连娇对自己并没有很大的信心和期望，像一头初生牛犊一样走入了赛场。比赛开始，她跟随队伍上场。站位，调整呼吸，准备，枪一响，她就跃了出去，什么也不敢想，只是全神贯注按照平时教练的教导挥臂摆腿、挥臂摆腿……直到终点。比赛结束，陈连娇以17秒13打破世界纪录的成绩夺得了冠军。这个成绩震惊了赛会，震惊了教练，更震惊了陈连娇自己。

"我在终点回望电子屏看到比赛成绩，过了很久都不敢相信自己竟然打破了世界纪录。激动的心情难以言表，我根本无法止住泪水，"陈连娇事后回忆，"我出生在中山的一个小村，从来没有想过自己能够站上领奖台。这次的成绩给了我极大的鼓舞。我开始相信，只要努力付出，就一定会有回报。"这次比赛后不久，陈连娇终于进入中国游泳界的"最高学府"——国家游泳队，跟随杨春霖教练深造。虽然打破过世界纪录，但是在高手云集的国家游泳队，陈连娇的身体素质和运动天赋，只能用平平

1991年10月11日，陈连娇参加全国蹼泳锦标赛，以17秒13的成绩打破女子50米屏气潜泳世界纪录。图为陈连娇载誉归来

无奇来形容。别说是女子游泳运动员动辄身高一米八、一米九的当今泳坛，即使在 20 世纪 80 年代的女子泳队，身高只有 1.61 米的陈连娇都"微不足道"。身高臂长、上长下短、手大脚长这些先天优势陈连娇都不具备，这是职业体育中几乎无法跨越的天然鸿沟。

不足从来不是得不到冠军的借口。乒乓球传奇邓亚萍身高只有 1.55 米，网球冠军李娜双膝经历过四次手术，奥运冠军徐莉佳先天左眼几近失明，中国体育从不缺少铿锵玫瑰。中山姑娘陈连娇，同样是不服输、不认命的铁娘子。为了弥补自身条件的不足，陈连娇主动选择了"地狱模式"。杨春霖教练同时还带男队，陈连娇就跟男队一起训练。别人练一遍，她练十遍。别人练到傍晚，她练到深夜。除了提高技术水平，她还特别注重锻炼心理素质，珍惜每一次参加比赛的实战机会。经过艰苦磨砺，曾经懵懂、柔弱、总想打退堂鼓的陈连娇，很快成长为一名意志品质超强的高水平运动员。用当时一位教练的话说："陈连娇平静、坚韧，心理素质在国家队是数一数二的。"陈连娇的付出没有白费，此后四年里，她连续六次打破世界纪录。昔日中山水乡那个身材瘦小、默默无闻的小女生，已然成为乘风破浪的"美人鱼"，站在了世界之巅！

回顾那辉煌的四年，陈连娇说道："我的荣誉并不单单属于我个人，更是属于我的家乡、我的祖国。没有家乡的培养，没有国家游泳队教练员们对我的支持和帮助，我的成绩无从谈起。我曾无数次因为不堪重负，产生撂挑子的念头，甚至因此与教练冷战、争吵乃至发生肢体冲突。是他们的包容和理解，谆谆教诲和加油鼓劲，完善了我、成就了我。还有我的队友们，帮我解决生活上、成长中的难题，为我营造了一个温暖的、家一样的氛围。印象深刻的是一次国际比赛，我的手臂韧带严重拉伤，举起来都剧痛难忍，但接下来还有一场接力比赛。如果是个人项目，我可能放弃了，但接力是关系全队成绩和国家荣誉的团体项目，这时我想起多年来教练、队友对我无私的关爱，毅然选择带伤比赛。最后，我们居然打破了赛会纪录。后来才知道，带伤参赛的并不只是我一个人，几乎所有人都在忍痛拼搏，这就是我们中国游泳队。"

世上没有不散的宴席，运动员的职业生涯非常短暂。1996 年，24 岁，已经过了竞技巅峰的陈连娇告别师友，选择退役。

爱上妇女工作的世界冠军

累了，就回家吧！

13 年竞技运动生涯，离开时是一个雨季少女，归来时确是一个满身伤病的老兵。陈连娇从未忘记家乡，中山也从未忘记自己的女儿。

在中山市委、市政府的殷切关怀下，陈连娇回到了朝思暮想的家乡，回到了父母身边。这时的陈连娇，已经获得中山市劳动模范、"杰出市民""新长征突击手"、广东省"先进个人"、体委体育荣誉奖章、全国"三八"红旗手等多项殊荣。得益于在体育运动中培育的优良思想品质，载誉归来的她，并没有躺在荣誉簿上睡大觉，也没有被名气冲昏头脑。犹如在泳池之中的优雅转身，她以一颗平常心在家乡开启了人生新的征程。在广东华侨信托投资公司中山办事处，她干起了办公室和工会工作。2001年，她考入中山市妇女联合会，这一干就是 18 年。她的工作作风一如既往：坚毅、沉稳、爽朗，踏踏实实，兢兢业业。

笔者问陈连娇："回顾辉煌的运动生涯，最自豪的是什么？"陈连娇说，"最令我自豪的并不是我的冠军和荣誉。纪录存在的意义，就是给人打破的。没有人能一直站在领奖台上。我最自豪的，是我的家乡中山。中山在我幼小时培养了我，又在我退役后敞开怀抱接我回来。这既是我梦想起飞的地方，也是我永远的家。我当运动员那些年，正是我的家乡在改

中山市著名蹼泳运动员陈连娇（中）高举火炬跑在队伍前面，左边是中山市著名田径运动员李杰强，右边是中山市著名游泳运动员冯强标

革开放的大潮中飞速发展的时代，可以说我和家乡是同频共振、一起成长的。我的家乡真正是世界冠军的摇篮，还是'高尔夫球之乡'、CBA联赛广东主场之一。中国国际毽球交流中心也设在中山。除了竞技体育，中山的群众体育和学校体育也很了不起，石岐的小学门球项目和蹦床项目、东升各中小学校的棒球项目等在全国都有知名度。退役了，我的心愿就是继续以一个普通劳动者、妇女工作者的身份，为我的家乡尽一份力。"

采访接近尾声，笔者问："娇姐，现在你还游泳吗？""不游了，我游了十几年，怕了，够了。而且谁都游不过我，没意思。"陈连娇说完哈哈大笑。"但是与蹼泳有关的报纸、杂志，我都有。国家队的比赛无论多晚我都会熬夜看，我的目光从未离开中国蹼泳队。我的心，一直和蹼泳运动在一起。"

作者简介

吕由，男，生于1985年。中国民主同盟盟员。文艺工作者，文学爱好者。作品曾获《大河报》《光明日报》《泉州晚报》等报纸征文奖项。

2020年3月26日，苏炳添在个人社交平台写道："2018年，我打破了60米室内跑的亚洲纪录，也以9.91秒追平了100米的亚洲纪录……我的目标不只是亚洲，而是世界……对我来说，未来就是去破还未破过的纪录！"

解码苏炳添

江泽丰　　吕　由

1989年8月29日，苏炳添出生在广东省中山市古镇镇一个普通家庭。这个家庭与职业体育运动本无联系，至少在苏炳添上初中之前是这样。

改变发生在苏炳添上初一那年。有一次体育课，体育老师杨永强在跳远池里划了一条线，让同学们依次跳过去。有同学犹犹豫豫，想跳又不敢跳；有同学试了几次都失败了。苏炳添轻轻松松，一下就跃过了沙池。杨老师把这位小个子拉到一旁问道："有没有兴趣加入田径队？"

苏炳添回应道："好啊。"

由此，杨永强老师成了"亚洲飞人"的启蒙教练。每天放学后，苏炳添准时出现在田径队，跟着杨老师做一个小时的基础训练。

2004 年 11 月，15 岁的苏炳添第一次参加正规的田径比赛——中山市中学生田径运动会，他以 11 秒 72 的成绩获得冠军。这一速度达到了国家二级运动员的标准，也使他得到了中山市体校田径教练宁德宝的关注。同年 12 月，苏炳添被中山市体育运动学校录取，开始接受系统的专业化训练。2006 年，苏炳添在香港对抗赛、广东省田径邀请赛中接连取得好成绩，崭露头角，顺利进入广东省田径队。2009 年，苏炳添参加了全国室内田径锦标赛、亚洲田径大奖赛、东亚运动会等多项赛事，并以全年 11 金的成绩结束赛季，大放异彩。2011 年，苏炳添夺得亚锦赛百米冠军，并在全国田径锦标赛上以 10 秒 16 刷新了保持 13 年的全国纪录。

仅仅几年时间，这个操着一口广式普通话、谦逊低调的"八零后"，从学校田径队走向国际赛场，用一波波"中国速度"，向世界展现了敢为人先、顽强拼搏的中山人精神。

先出左脚——一次改变运动生涯的重要抉择

2012 年伦敦奥运会，苏炳添被挡在决赛门外。他深深意识到，自己急需找到训练的新技术新方法，否则，世界田坛将再无苏炳添。虽然苏炳添的身高只有 1.72 米，但他拥有相当出色的起跑和耐跑能力，小步快频的特色使他一般在赛跑的前 30 米至 40 米一段不输老外。跟鲍威尔、布雷克等短跑巨星相比，苏炳添的上肢力量还有欠缺。于是，他将提升的突破口放在了训练上肢力量、提高后程能力上。

2012 年第一次去美国冬训时，苏炳添采用卧推、举杠铃等手段，强化力量训练，为自己的后程"续航"。从美国回来后，他的身形更加精壮，肩膀也更宽了，大臂肱二头肌的棱角和线条更加鲜明，有了一丝肌肉型欧美选手的味道。连苏炳添自己也说，比赛时感觉手臂摆动起来比原来更有

2014 年苏炳添在美国冬训

向前的冲劲。冬训回来，他就在全国室内田径锦标赛南京站男子 60 米决赛中，以 6 秒 55 的成绩问鼎冠军，刷新了自己保持的全国纪录。这次决赛，苏炳添的起跑比预赛还慢了"小半拍"，但最终成绩却比预赛快了 0.01 秒，这说明他决赛时的途中跑更加出色，也就是说，去美国冬训是有成效的。

2014 年底第二次去美国冬训，苏炳添憧憬着收获更多。作为一名身高只有 1.72 米的田径选手，他的身材一直被外界诟病。很多人认为，在以腿长优势跑天下的百米赛道上，苏炳添这样的身型很难找到突破点。但恰恰是这一瓶颈，在第二次美国冬训中成为他重生的希望。苏炳添身材不高，在百米跑道上的主要特点就是快和灵。起跑和前 30 米必须是他的强项。这次美国冬训，外籍教练建议他进行技术改造。

按照苏炳添以往的跑法，虽然他启动很快，但是往往到 50 米至 60 米被高水平选手超越之后，就会出现被带乱节奏、力量和速度逐渐下滑的问题。想要提高成绩，就需要打破现有格局，建立一个从起跑到途中跑过渡自然、逐渐加速并尽可能将最高速状态保持到后半程的节奏。苏炳添思考良久，与教练袁国强和劳伦反复交流，决定改变技术动作。用他的话说，技术用久了，就像一把钝掉的刀，要么磨刀霍霍，要么换把更锋利的。他要换把更锋利的刀。

这个技术动作的改变是在起跑器上让两脚换个位置，出发时从先出右脚改为先出左脚。这一改变意味着有可能打乱节奏，有一定风险，但苏炳添仍决定尝试一次。他和教练袁国强进行了一系列训练，并将整个 100 米的节奏重新编排一次。因为不同的脚出发，节奏也不一样。

刚开始，苏炳添很不适应，就连最基本的脚蹬起跑器发力都很费劲。2015 年 2 月，美国室内赛波士顿站比赛就是一次失败案列。因为不熟练，在男子 60 米比赛中，苏炳添的起跑以及起跑和途中跑之间的那一段衔接没有做好，三步之后蹬地不积极，没有注重身体重心的下压，最后只跑出了 6 秒 71。

不过，苏炳添并没有气馁，他主动和教练进行深入探讨，并加强训练。渐渐地，左脚出发的技术掌握得越来越好。一周多后的美国室内赛纽约站比赛中，苏炳添没有留下遗憾。他以 6 秒 61 的成绩获得纽约站 60 米短跑比赛的第三名，成绩比波士顿站整整提高了 0.1 秒。

跑出这个成绩之后，苏炳添算是吃下了一颗定心丸。赛前，他对新技术的运用还非常担心，但最终结果证明，这一改变是有成效的。"这些年不断在美国特训，外教也告诉我，如果技术上改进了，整个人就能上一个层次。以前我就是一味地加速度、加节奏。现在我学会了分阶段地加快节奏，分配体能。"

百米破十——第一位跑进 10 秒的黄种人

2015 年 5 月下旬，苏炳添准备出发去美国参加 2015 年国际田联钻石联赛尤金站比赛。出发前，苏炳添如往常一样，给父母打电话。"爸、妈，我要去美国参加比赛了。"电话里，苏炳添和父母拉拉家常，谈起最近的训练和生活。父母主要关心儿子最近吃得如何，并没有问及儿子的训练水平怎么样，去比赛有没有信心拿名次。这已经成为苏照华和侯仲平夫妻的习惯。他们不想给儿子压力，只想让他"轻松"上阵。和父母通过电话，苏炳添又和初中体育老师杨永强、中山体校教练宁德宝通了电话。这也是他的习惯。他们都是自己的恩师，有时比赛前的许多压力和不安，都能在与恩师的愉快聊天中，一扫而空。

5月31日凌晨，苏炳添身着红色战袍，足蹬白色战鞋，出现在国际田联钻石联赛美国尤金站男子100米赛场上。他正准备入场，一个熟悉的身影走了过来。"翔哥。"苏炳添定睛一看，原来是不久前刚退役的国际著名田径运动员、亚洲飞人刘翔。刘翔过来后与苏炳添拥抱了一下，"我是来为你加油的。""注意起跑节奏，进入途中跑后要把握节奏，不要乱。"刘翔在赛前为苏炳添"开小灶"。交流结束，两个中国小伙子用力击掌、互相加油。

苏炳添踏上跑道。此时他面对的形势并不算理想，尽管有着1.5米／秒的顺风"助推"，但他被分在最内侧的跑道，一旁还有美国名将盖伊、罗杰斯，牙买加名将内斯塔·卡特尔，以及圣基茨和尼维斯名将金·科林斯等高手，这几个人在百米短跑中全部跑进过10秒。清一色的黑皮肤里，他是唯一一个黄皮肤选手，想从中脱颖而出并不容易。尽管如此，苏炳添还是信心满满。现场介绍运动员时，他指了指战袍上的"CHINA"字样。

蹲地、鸣枪、起跑……

奇迹发生在30米之后，苏炳添在加速阶段的表现非常出色，虽然在后程盖伊凭借个人实力后来居上，但苏炳添依旧保持住了优势。他奋力冲线，第三个冲过终点。100米，他用了48步。

2015 年国际田联砖石联赛美国尤金站比赛，苏炳添（右）在比赛中

　　等待成绩的几秒钟里，苏炳添一动不动地盯着大屏幕。第三名的成绩已经足够让他高兴了，但那一刻他还是希望能看到更好的纪录诞生。

　　当看到大屏幕打出 9 秒 99 的成绩时，苏炳添瞪大了眼睛，差点不敢相信。瞬间，他咧开嘴，激动地笑了起来。"破 10"，他是世界第 100 人，更是亚洲第一人。在正常风速下，他成为了除弗朗西斯和奥古诺德这两名入籍卡塔尔的尼日利亚选手外，第一个跑进 10 秒的亚洲本土选手。他不但创造了黄种人百米"破 10"的历史，还重新从张培萌手中夺回了男子百米的全国纪录。

　　"中国人也能破 10 秒！我做到了，为中国人争气了！"苏炳添难以抑制自己的兴奋。"'破 10'对中国是个里程碑，作为中国第一人，能把自己的名字写进历史，我感到非常骄傲。但在未来的道路上我还要继续努力，不要因这个成绩而自满。"苏炳添清楚，这对于中国田径乃至对突破 10 秒大关孜孜以求的黄种人而言，是多么重要啊！

苏炳添在 2015 年 5 月 31 日的国际田联砖石联赛美国尤金站男子 100 米短跑比赛中，以 9 秒 99 的成绩获得第三名，成为第一个真正意义上的亚洲本土"破 10 飞人"

这让一直被欧美田径界轻视的亚洲短跑，从此有了质的飞跃。甚至苏炳添的 9 秒 99，也有着比肩刘翔当年创造历史的意义——中国乃至亚洲人，也能在欧美人擅长的短道项目上实现飞跃。苏炳添用 0.01 秒的微小突破，完成了中国田径追逐 37 年之久的速度梦想。

刘翔第一时间跑来与苏炳添庆祝。"太牛了，太牛了！"两人难掩激动之情，紧紧相拥。在现场见证了这一历史性时刻的刘翔，第一时间在微博上表达了对苏炳添的祝贺和赞美之情："有幸见证了中国男子 100 米新纪录！苏炳添真的太棒了！"

国际田联委员——一份沉甸甸的荣誉

2015 年，苏炳添成为首位突破百米十秒大关的黄种人，创造了历史。2018 年，苏炳添三破男子 60 米比赛的亚洲纪录，并以 9 秒 91 的成绩两次追平亚洲纪录，成为世界级的男子 100 米飞人。

苏炳添以自己的优异表现，带动了身边的年轻新锐，甚至给中国田径带来了更大自信。中国田径进入世界级比赛比较晚，近年进步明显。2019 年多哈田径世锦赛，中国田径队以三金三银三铜的成绩排名第四，仅次于美国、肯尼亚、牙买加等世界田径强国。

2019 年 11 月 18 日，中国田协发布消息，苏炳添当选为国际田联运动员工作委员会委员。这是中国首次有田径运动员当选该委员会委员。苏炳添能够进入国际田联任职，代表成千上万的运动员发声表态，正是因为他多年来的努力和成绩有目共睹，得到了广大运动员和国际田联的认可。

新入选的委员有 6 人，苏炳添是唯一的亚洲男子百米跑运动员。他创造的 9 秒 91 亚洲纪录，为他加了重要的一分。成功当选委员后，苏炳添表示："感谢世界田联、中国田径队的信任与支持！我会倍加珍惜这一来之不易的机会，努力做好工作，不辜负大家的期望，为广大运动员发声！"

从 22 岁破全国纪录，到而立之年仍在创造奇迹，苏炳添不断突破的精神，正契合田径运动的精神。这种精神带给中国体坛的意义，可能远远超越苏炳添的成绩本身。来自世界各地的运动员，推选苏炳添进入国际田联运动员委员会，也正是看重苏炳添不断突破所代表的体育意义。

树高千尺不忘根

作为地道的中山人，苏炳添在家乡被父老乡亲亲切地称为"添仔"。中山是苏炳添"梦开始的地方"，他与故乡一直保持着血肉联系。苏炳添的父母一直居住在中山。2017 年 10 月苏炳添结婚，迎娶的是从中学便开

2015 年 6 月，苏炳添创黄种人"破 10"纪录后回家

始相恋的女友林艳芳。这位年轻的"中山仔",以积极进取、勇于争先的性格和刻苦耐劳、低调朴实的品德,成为新时代中山城市形象的第一代言人。

2015年9月,中共中山市委、市政府发出在全市开展学习"苏炳添精神"活动的倡议,希望广大干部群众和全市各级各部门以苏炳添为榜样,自觉将学习苏炳添"敢为人先、不断超越、奋勇拼搏、为国争光"的精神与立足本职、爱岗敬业结合起来,与全面深化重点领域和关键环节改革结合起来,与全面实施创新驱动发展战略、加快转型升级结合起来,推动中山新一轮大发展。

2020年3月26日,苏炳添在个人社交平台写道:'2018年,我打破了60米室内跑的亚洲纪录,也以9.91秒追平了100米的亚洲纪录……我的目标不只是亚洲,而是世界……对我来说,未来就是去破还未破过的纪录!"

飞人的脚步,从未停歇。飞人的精彩,还在继续!

作者简介

江泽丰,1983年7月生于粤西茂名。曾采访过2010年广州亚运会、2014年韩国仁川亚运会。长期记录苏炳添的参赛经历,见证苏炳添的成长历程和创造历史的神圣时刻。

吕　由,见前。